異世界召喚されたが強制送還された俺は仕方なくやせることにした。

しぐれあめ
イラスト●KACHIN

TOブックス

異世界召喚されたが強制送還された俺は仕方なくやせることにした。

CONTENTS

illustration：KACHIN
design：福田 功

第一章

カーテンを閉め切った薄暗い部屋の中で、俺は雀が囀《さえず》る声を聞きながら世界を呪った。また朝が来た。俺の嫌う時間がやって来たのだ。

俺の名は藤堂晴彦。今年で三十二歳になる。現在、十年近くになる引きこもり生活を更新中である。

現在の体重は126kg。

長年に渡る不摂生な生活は俺の身体を別人のように変えてしまった。引きこもり前は70kg程度であったはずなのに、どこで道を間違えてしまったのだろうか。

今の俺を人間以外で例えれば間違いなく豚である。

このような惨《みじ》めな姿をさらしているが、学生時代からこんな身体をしていた訳ではない。記憶も曖昧《あいまい》ではあるが、あの頃の俺は少し太めではあるが、明るく社交的な人間だった。周囲からはハルと呼ばれて、友達の数は少ないなりに仲良くやっていたと思う。だけど今の俺を知る当時の人間は現在の俺を「ハル」などとは呼ばない。別の呼び名で俺を罵《ののし》るのだ。

「ニートの豚野郎」。

現在の俺を罵るときに彼らが使うあだ名である。とても嫌なあだ名だが、俺の特徴を良く表していると思う。そう呼ばれて馬鹿にされるのが嫌になって益々引きこもったわけだ。自分でも良くないことだとは分かっていたが、ズルズルとぬるま湯に浸ったままで三十歳を過ぎてしまった。

そんな俺が活動しているのは主に夜だ。日中は寝ていることが多い。深い理由はない。朝と夜の境目があいまいになった生活を続けていくうちに、深夜を中心とした生活に切り替わっていっただけだ。

本来であれば朝が来たら眠くなるので寝るだけなのだが、今の俺は睡眠時間を削ってでも見たいものがあった。最近気に入っている無料のアニメ動画である。

ディスプレイの向こうでは、フリルのスカートがよく似合う魔法少女がキラキラした瞳をしながら夢や希望を語っていた。典型的な勧善懲悪《かんぜんちょうあく》の物語だ。現実はこんなに甘くないことを自分自身が一番よく理解している。だが、見るのをやめることができなかった。

次回予告の後に真っ暗になった画面にはブクブクに太った化け物の顔が映し出されていた。俺は悲鳴を上げた後、それが自分の顔であることを認識して軽く絶望した。

朝なんか大嫌いだ。早く夜が来てほしい。自分の醜《みにく》い姿を隠すにはぴったりだからだ。胡坐《あぐら》をかきながら座る回転椅子は、俺が貧乏ゆすりをするたびに自重でギシギシときしんでいる。

でっぷりと脂肪の乗った腹がぐるるる……と空腹を主張してきた。ああ、腹が減った。仕方がないと思いながら俺は台所に向かうべく席を立った。確か賞味期限が大分過ぎたおはぎが冷蔵庫の中にあったはずだ。若干カビが生えていたかもしれないが、腹さえ壊さなければ構わない。

台所に向かう通路の足元には、食い終わったコンビニ弁当の残骸《ざんがい》や読み終えた漫画雑誌、脱ぎ散らかした洋服やペットボトル、ビールの空き缶が散乱していた。まともな神経ならば掃除をしようという気にもなるのだが、今の俺にはどうでもよかった。冷蔵庫へ向かうゴミ山を掻き分けながら歩いていくと、何かに足を取られて床に転んだ。腹が立って自分の足を取ったものを持ち上げて見ると、よれよれのリクルートスーツが出てきた。ゴミの中に紛れた忌《い》まわしいものを見た俺はスーツを壁に投げつけた。思い出したくない忌まわしい記憶の産物だ。

『わが社には貴方のような人材は相応しくありません。せめてもっと痩《や》せて真面《まとも》な身だしなみに整えてから出直してはいかがですか。ああ、そうそう、そのドモリ口調もいただけない。失礼ですが、豚がブヒブヒ言っているようにしか聞こえませんでしたよ』

採用面接時の面接官の言葉と、同じ部屋にいた面接希望者の嘲笑《ちょうしょう》が頭の中で鮮やかに蘇《よみがえ》ってくる。もう十年近く前の事だというのに、今でもつい最近のことのように思える。あの忌まわしい出来事のせいで俺は部屋から出られなくなった。外に出ると、いろんな人間に自分が嗤《わら》われているような強迫観念にとらわれるのだ。外に出るのは苦痛以外の何物でもなかった。

外に出るのが怖くなった俺は就職を断念した。それでも無理して大学を卒業してからはアパートの中に引きこもった。心を病んでいたのだと思う。幸いなことに資産家の親が仕送りを止めないでくれたおかげで、今日までのうのうと暮らしてこれた。

だが、人に会うのは心の底から怖かった。だから日中に外出することは避けた。腹が減った時だけは近くのコンビニに行くために外に出た。それでも人のいない深夜を狙って外出する。そんな俺に夜の闇は最適だった。夜はいい。こんな情けない自分のことを包み隠してくれる。

冷蔵庫に入れていた大福は、残念ながらお亡くなりになっていた。あずきが外側にあるはずなのに、真っ白な白カビに覆われたその姿は、流石の俺でも食べることを躊躇《ちゅうちょ》させるものだった。視覚に訴えかけるというのは厳しいものがある。

「……仕方ない。コンビニ行くか」

正直行きたくないのだが、空になった胃袋は主人の想いなどまるで無視して、虎の唸り声のような音をあげている。早く飯を寄越せとでも言っているのだろう。俺はため息をつきながらパーカーを羽織るとフードを深々と下ろした。万が一に誰かに会っても視線を避けることができるからだ。溜息交じりにドアノブを開けて外に出た。白みがかっている外の空は明るくなり始めており、それだけで俺の気持ちを萎《な》えさせた。

◆◇◆◇◆◇◆◇

コンビニで買い物を終えた俺は外に出て帰路についた。かすかな猫の鳴き声を耳にしたのは、ちょうどその時だった。ふと辺りを見渡してみると、四車線ある道路の真ん中あたりに一匹の猫が横たわっていた。おそらくは道路を横断しようとして轢《ひ》かれたのだろう。傍《かたわ》らには一匹の子猫が親猫にすり寄って悲しそうに鳴いていた。早朝とはいえ車通りの多い道路だ。そのまま居れば子猫も轢かれるだろう。

異世界テンプレものによくある展開ならば、子猫を助けようとして轢かれて異世界転生するというような展開なのだろうが、あいにくとそんな面白い展開が現実に起こるはずもない。可哀そうだが見捨てるのが一番だ。理性ではそう思いながらも、子猫の必死の鳴き声は妙に俺の耳元から離れなかった。足早にその場から立ち去ろうとも考えたのだが、俺の足は自分の思うようには動かずに立ち止まってしまった。何故立ち止まったのだろう。俺は自分に自問自答していた。

何をしている。あの子猫を助けようとでもいうのか。やめろ、やめろ。そんなことをして轢かれるリスクを払う必要がどこにあるというのだ。そんなことをして誰が褒めてくれるわけでもあるまい。そう思いながらも体は自然と子猫の下に走っていた。

たどり着いた矢先に彼方から猛スピードでトラックが走ってきた。子猫に気づいて減速する様子もない。反射的に俺は子猫のもとに走った。親猫の側にいた子猫を抱きかかえると、夢中でその場から走り去ろうとした。だが、そんな俺に無情にもトラックのヘッドライトが迫った。眩《まぶ》しいと思った次の瞬間、頭と腹を思い切り殴られるような衝撃を感じた。かすれかけた視界の端に、コンビニで買った食料を入れた買い物袋がゆっくりと宙に舞う姿が見えた。

死ぬんじゃないのかな。朦朧《もうろう》とする意識の中で俺の頭の中に場違いなファンファーレが鳴り響いた後に陽気な音楽が始まった。同時に何者かの声が響き渡った。

【おめでとうございます！　名もなき豚【世界重要度E】による英雄的行動が認められました。勇者検索条件にヒット。速やかに異世界ディーファスに召喚されます。召喚シークエンスを実行。ERROR。再度実行。ERROR。再度実行。ERROR。再度実行………不安定なアクセスに成功。成功率は半減ですが、これより転移を行います。この世界のご利用ありがとうございました。担当はあなたのお耳の恋人、地球神アイリスでした】

ちょっと待て。このまま怪我をして転生という展開じゃなくて、怪我したまま異世界転移させる気か。どれだけ鬼なんだ？　地球の神。能天気にアナウンスしてんじゃねえ。頭部からダクダクと流れるあたたかいものを体感して、死を身近に感じながら俺は意識を失った。

◆◇◆◇◆◇◆◇

地球とは別の次元に存在する異世界ディーファスには、シュタリオンという小国がある。その王宮の軍議の間にはシュタリオンの国王と王女、そして強国であるバルバトス帝国の皇帝とその配下達が一堂に会していた。本来はシュタリオンの王が座るはずの豪奢《ごうしゃ》な大理石に似た石でできたテーブルの中央の席には、バルバトスの偉大なる獅子王ハーゼンダークが太々しい様子で座っていた。その傍らには『神算鬼謀《しんさんきぼう》』と人々から恐れられる軍師ケスラが控えていた。そして他の席には親衛騎士団の団長たちがずらりと勢ぞろいして、シュタリオン王家の人間に睨《にら》みを利かせていた。一方、テーブルの端の席には、シュタリオンの現国王と彼の娘であるシェーラ王女が肩身を狭そうにしながら座っていた。

「……いい加減にしろ。どうしても勇者召喚の儀式を行わないというのか」

「召喚は命の危険を伴うものです。妻なき今、儀式を行えるのは彼女の血を引く娘のシェーラのみ。この子を危険な儀式で死なせるわけには参りませぬ。どうかお引き取りいただけませんか」

「シュタリオンは、帝国と連合国で結ばれた人類血盟から抜け出したいというのでしょうか」

「そのようには申しておりません。ですが、できることと、できないことがこちらに……」

シュタリオン王がそう言おうとした瞬間、しびれを切らした獅子王はテーブルを拳で力任せに殴った。ただそれだけの癇癪《かんしゃく》で城全体が地震にあったかのように振動する。

「こんな王国、いつでも潰せるのだぞ」

虫けらでも見るような目で獅子王はシュタリオン国王を睨みつけた。イエス以外の答えは認めない。そんな様子を見せる自らの主に軍師ケスラは苦笑する。

「シュタリオン王。ご自分達のお立場を理解した方がいいですよ。貴方たちには自由な意見など求められてないのですから」

「貴様ら、占領まがいで我が王国に攻め入った上に脅迫するというのか」

「脅迫ではない。これは命令ですよ。はき違えられては困りますなあ」

「くっ……」

シュタリオン王が悔しそうに歯噛《はが》みする中で、シュタリオン王国の王女であるシェーラ姫は静かに口を開いた。

「お父様。私、勇者召喚の儀式を行います。王国のために」

「おお、シェーラ、すまない。すまないのう」

そう言ってシュタリオン王は滂沱《ぼうだ》の涙を流しながら愛娘にしがみついた。ようやく話がまとまったか。ケスラはそれを白眼視しながらシュタリオン王女を見た。父親同様にブクブクと太った白豚め。元は奇麗な肌と顔をしているのであろうが、白豚姫と国民から揶揄《やゆ》されているほどの肥満体の女、それがシェーラ王女である。見目麗しい王女ならば悲劇にもなりえるが、あれでは出来の悪い喜劇に過ぎない。見るに堪えないな。そう判断したケスラは師子王に退出を促《うなが》した。残された親子は泣きながら自らの運命を嘆いた。

獅子王と軍師の立ち合いの下、地下の祭壇にて勇者召喚の儀式は行われていた。シェーラ姫による古代語の詠唱の後で勇者召喚の魔法陣が淡い赤色の光を放つ。魔法陣は二重、三重に立体の文字が浮かび上がり、やがて球体の立体魔法陣になった。同時に魔法陣の中心から眩《まばゆ》い光の柱が放たれる。

城から発せられた光は雲を貫いて天に届く一条の光の柱となった。光の柱がディーファスと地球を結ぶゲートとなって二つの世界を結び付けたのである。

尋常ではない魔力消費が儀式の使用者であるシェーラに襲い掛かる。自らの許容量を超えるほどの急激な魔力の消費で、貧血のような立ちくらみを覚えながらも彼女は詠唱を続けた。命を削るほど過酷な儀式に彼女が耐えられたのは、儀式の失敗が父と自分の身の危険に直結するという思いがあったからだ。彼女の悲痛な想いを知ってか知らずか、ケスラは残忍な笑みを浮かべた。

魔力を消費しきった魔法使いが最後に消費するのは生命力である。シェーラの生命力がなくなりかけた頃、魔法陣の上の空間に何者かの影が現れた。次の瞬間に影は実体化して宙に投げ出された。投げ出されたのは見覚えのない装束を纏《まと》った人間だった。ドサリと魔法陣の上に落ちた男は起き上がることもなく呻き声をあげるだけである。よく見ると頭にけがをしている様子であった。

「成功だ‼　邪魔だ、どけっ‼」

「きゃあ！」

興奮した様子でケスラは疲労しきったシェーラ姫をねぎらうこともせずに押しのけた。魔法陣に

近づこうとするケスラの肩を掴《つか》んだのは、こめかみに青筋を浮かべて険しい表情を浮かべるシュタリオン王であった。

「なんですか、その手を放してもらえませんか、シュタリオン王よ」

「死ぬところだった娘に対して、かける言葉はないのか」

「大袈裟ですね。生きているではありませんか」

「貴様……」

「全く面倒ですね。おめでとうございます。シェーラ姫。あなたは英雄を召喚した聖女として崇められましょう。たとえ見た目が白豚だとしてもね。これでいいですか？」

「ふざけるな！」

我慢しきれなくなったシュタリオン王が拳を振り上げた。だが、それはケスラにしてみれば計算通りの動きだった。帝国の重鎮に殴り掛かれば人類血盟に参加している同盟国の王といえども只では済まない。実のところ、ケスラの心の中では何らかの形で難癖をつけて、この国を帝国の支配下に置こうという考えがあった。ゆえにその口実が向こうからやってきたのは願ったり叶ったりであった。ケスラが口元に笑みを浮かべてシュタリオン王の拳が届くのを待ち構えていると、意外な人物から静止の声がかかった。

「お父様！　やめてください！」

それは、息も絶え絶えになりながらも父の身を心配するシェーラ姫から発せられた叫びであった。娘からの悲痛な叫びにシュタリオン王は必死に激情を押し殺した。ケスラは心の底からつまらなそうな顔をした後に王に背を向けると、魔法陣の中で横たわる男の下へと近づいていった。

近くに寄って、改めてケスラは男のだらしない体型に呆れかえった。シェーラ姫と似たような体格をしている。今度の勇者は随分とたるんだ体をしているものだ。まあ、レアスキルの所有者であれば拾い物か。ケスラは内心でそう思いながら呟《つぶや》いた。

「ステータスオープン」

瞬間、複数の魔術文字による魔術回路が形成され、横たわる男のすぐ側でゲームのメニューのような画面が映し出される。これこそが古代の魔術師が完成させた状態確認用の画面である。黒を基調とした画面には、白抜きの文字でこう羅列されていた。

年齢：32
LV：1
種族：人間
職業：無職
体力：1／12
魔力：0／0
筋力：7
耐久：10
器用：8

敏捷《びんしょう》：6
智慧《ちえ》：12
精神：6

ユニークスキル
【ステータス確認】【瞬眠】

レアスキル
【鑑定LV：∞】【アイテムボックスLV：0】

スキル
【名状しがたき罵声《ばせい》】【金切声】【肥満体質：126／58】【鈍足：1265／420000】【魔法の才能の欠如：126／65000】【運動神経の欠落：58／65000】【両手利き】【人から嫌われる才能】

「なんだ、こいつは。外れもいいところじゃないか」
ケスラは男のゴミのようなステータスを確認して落胆の溜息をついた。帝都からこのような小国にはるばる来たのに外れを引かされるとは。国と同様に勇者もゴミでしかないということか。しかもすでに死にかけている。いっそ止めを刺してやるか。この男を殺せば次の勇者を呼び出す準備を行うことができる。腰の剣を抜き放ったケスラに、驚いたシェーラは青ざめながら叫んだ。

「一体何をなさるおつもりですか！」

「見れば分かるでしょう。間引くんですよ。こんな外れは即廃棄するしかありませんからね」

「冗談を言わないでください。その方に何の罪があるというのですか」

「あえて言うならば、こんな風に生まれたことですかね。ぶくぶく太ったあなたと同じですよ」

「無礼な！」

憤《いきどお》るシェーラに対してケスラの嘲笑は止まらない。この男は狂っている。そう思ったシェーラは配下の凶行を戒《いまし》めてもらおうと獅子王の方を見た。獅子王はまるで興味がないといった様子で欠伸《あくび》をしていた。そして獅子王の背後では帝国の騎士団員達がケスラの動向を面白い見世物が始まるかのような表情で、にやにやと笑って見つめているではないか。

「御大層な魔力でこのような役立たずが召喚されるなど、役立たずの白豚姫という噂は本当ですね。貴方たちを見ているとイライラしてきますよ」

「…酷い。どうしてそこまで酷いことが言えるんですか」

「酷いですって？　本当のことを言って何が酷いというのですか」

次々に浴びせられるケスラの言葉に、シェーラは耐え切れなくなってぼろぼろと涙を流した。口答えしようとしたが、シュタリオン王に止められて口惜しそうに俯いた。反抗したところで無慈悲に切り捨てられるのが目に見えていたからだ。ケスラは反論しなくなった豚姫を冷たい目で一瞥した後、勇者らしき召喚者の近くまで近づいた。男はひどい怪我をしているのか、苦しそうに呻き声をあげるのみである。苛立ったケスラは男の背を乱暴に蹴った。

「おい、さっさと起きろ。怠《なま》け者の豚野郎が」

「……うう、誰だ？　いきなり何をするんだよ」

「お前のご主人様だよ」

「なんでもいい、傷の手当てをしてくれ。怪我をしているんだ」

「必要ないだろう。だってこのまま死ぬんだから」

そう言ってケスラは男の腿《もも》を剣で容赦《ようしゃ》なく貫いた。突然の凶行の激痛に男が悲鳴をあげる。剣を引き抜いて纏わりついた血をすすりながら、ケスラは残酷そのものの表情で嗤《わら》った。

「あははは、人間みたいな悲鳴を上げるんだね。勇者君」

「勇者？　俺が勇者だって言うのか」

「そうだよ。でも外れだから殺して次の勇者を召喚する。これでお別れだ」

「待てよ、外れってどういうことだ？」

「ステータスは一般人以下。特殊なスキルもない。君みたいな男を飼う余裕は、うちの国にはないんだ。お呼びじゃなかったんだよ」

「嫌だ、やめろ、助けてくれ！」

足を刺されたことでケスラが本気であることが分かったのだろう。男は怪我をした足を引きずりながら必死に逃げようとした。だが、その必死の抵抗もケスラの嗜虐心《しぎゃくしん》を誘うものでしかなかった。ケスラが男に向けて剣を振りかざそうとした瞬間、横から何者かに体当たりをされて体勢を崩した。

誰だ、邪魔をするのは？　憎しみを込めた目でケスラが見た先にいたのは、怯えた表情をしながら男をかばうように前に出たシェーラ姫だった。彼女は恐怖に震えながらも必死に勇者を守ろうとした。

「これ以上、勇者様に狼藉《ろうぜき》を働くことは、ゆ、許しません！」

「どう許さないというんですか？」

ケスラはこめかみに青筋を立てながら、床に転がった剣を拾った後に振り上げた。

その時、勇者と思われる男がヒステリックな叫びをあげた。

「なんだよっ！　なんだってんだよっ！　現実が苦しくてきつくて嫌で！　ようやく異世界に来れたっていうのに！　なんだよこの展開は！　俺ＴＵＥＥＥとかハーレムとかどこだよっ‼」

「何を言ってるのか分からないけど。君みたいにブヒブヒ言ってる豚野郎に優しい世界なんてあるわけがないだろう。」

ケスラの言葉に、男はこれ以上ないくらいに目を見開いた後、絶望した表情を浮かべた。自らの存在を全否定されたのだ。嫌だ、こんな場所に居たくない。アパートの部屋に帰りたい。男は心からそう思った。

その瞬間、男の身体から不可解な光が放たれ始めた。同時に頭が割れるようなアラーム音と電子音声が頭の中に響き渡る。

【不安定なアクセスによる召喚シークエンスが失敗しました。
ERROR条件
①肥満体【126／58】
②英雄的行動の欠如
③召喚者の意志薄弱
以上のERRORにより、一般市民【世界重要度E】は勇者とは認められませんでした。これより強制送還シークエンスを開始します。ご利用ありがとうございました。ご利用ありがとうございました。ご利用……】
「なんだよ、なんなんだよ、それはああっ！！！！」
いつまでも頭に響く理不尽な電子音声に対して抗議の叫びを上げながら、男は周囲にいたシェーラ姫と共に光の粒子となって世界から消失した。

◆◇◆◇◆◇◆◇

かび臭い地下から景色が一変したかと思うと見慣れたビル群が立ち並んでいた。どうやら俺のいた世界に戻ってきたようだ。自分のことを殺そうとした相手がいないことに安堵《あんど》した俺は、次の瞬間に足元が安定しないような不可思議な感覚を覚えた。足元がおぼつかない。おかしいと思って足下を見ると自分が宙に浮いていることに気づいた。一瞬の間の後に尻もちをついて地面に落ちた俺の上に、何かが容赦なく落ちてきた。

あいたっ！　なんだよ？

最初は何が落ちたのか分からなかったが、よくよく見れば自分と同じような体格の人間のようだ。大した高さから落ちてきたわけではないので怪我こそしなかったものの、尋常な重さではない。

「お、重い、誰か知らないけど早くどいてくれ！」

「ごめんなさい！　すぐにどきます」

下敷きにした俺の声に気づいた何者かが慌てて俺の上からどいてくれた。女の人のようだが、いったい誰なんだ？　そう思って顔を見ると、さっき俺を、剣を持った殺人鬼から守ろうとしてくれた少女であった。ファンタジー世界の住人であろう、現実離れしたサラサラの金髪の少女だった。エルフのように耳こそ尖っていないものの、目鼻立ちがしっかりした顔をしていた。ある一点の特徴を除けば美少女といえよう。残念ながら彼女を可愛らしいとは言えない要因があった。

凄く太っているのだ。ぽっちゃりさんで可愛いね、というレベルを軽く超えている。体形的にはドラム缶に近い。ボン、ボン、ボンの見事なスタイルをしていた。

俺の顔を見て瞬きした後、彼女は景色が一変していることに気づき驚いていた。自分が置かれた状況に戸惑っている様子であった。見慣れないビルや景色に青ざめていた。彼女に状況を説明しようとした俺は、貧血のように意識が遠のくのを感じた。よくよく考えれば車に轢かれた後に剣で刺されたっけ。そう自覚した俺の脳天から血が噴き出す。あ、やばいやつだ、これ。これで死んだら異世界に転生できるかな。そんなことを考えながら俺はひっくり返った。そんな俺に、先ほどのお姫様が慌てて駆け寄る。

「ちょっと大丈夫じゃないかも」

「だ、大丈夫ですか」

目の前で火花が散っているような感覚に血が足りないのだと自覚した。死ぬのかな、死にたくないな。そう思いながらも意識が薄れていく。お迎えが来たのだろうか。暖かく心地よい何かが体に触れているのが分かった。夢？　いや、これは現実か。そう思って薄目を開けてみると、お姫様が俺の傷口に掌を翳《かざ》してそこから謎の光を当てていた。心地よい光は見る間に俺の傷を消していく。これは魔法なのか。驚いて彼女の方を見ると、彼女は蒼い顔で脂汗を流しながら優しい笑顔を返してくれた。

「よかった。間に合いましたね。体の調子は…良くなりましたか」

「あ、はい、おかげさまで」

彼女は俺の返答に満足そうに微笑んだ後、力を失って倒れた。

驚いた俺は、慌てて起きると彼女を抱きかかえて声をかけた。怪我はしていないようだが、随分辛そうだ。信じられないくらい蒼い顔をしている。その時になって俺は周囲に人の気配があることに気づいた。見れば出勤ラッシュのサラリーマンなどが不審そうな顔で通りすぎていくではないか。何が不審そうなのか、俺は自分の格好と彼女の服装を見て納得した。塞《ふさ》がったとはいえ血まみれの男がドレス姿の少女を抱きかかえている姿は異様なもので、警察が職務質問をしてきたら一発でアウトな奴だろう。

彼女をゆすってみたが意識を取り戻すことはなかった。警官が来る前にアパートに退散しなければば。俺は彼女をお姫様抱っこで抱きかかえようとしてあまりの重さに諦めた。仕方がないので彼女の肩を抱えて引きずるようにしてアパートに戻っていった。

◆◇◆◇◆◇◆◇

這《ほ》う這《ぼ》うの体《てい》で部屋に戻ることができた俺は、彼女を万年床に横たわらせると、その場にへたり込んだ。疲れた。疲れ果てた。どういう重さだ、この子は？　軽く見積もって120kgを越えた俺に迫る体格をしているぞ。明日絶対に筋肉痛だ。そう確信しながら俺は彼女の寝顔を見た。こんなことを女の子に言うのは憚《はばか》られるが、彼女の寝顔は子豚のようにかわいらしかった。

マジマジと見てみると可愛い顔をしているな。痩せれば美少女だろうに。その頬《ほほ》を恐る恐る突いてみると苦しそうに寝返りを打った。どうやら夢や幻の類ではないようだ。だとすると、先ほどの光景も掛けられた言葉も夢ではないということになる。

『何を言ってるのか分からないけど。君みたいにブヒブヒ言ってる豚野郎に優しい世界なんてあるわけがないだろう』

さっきの陰険サディストの言葉が頭の中で繰り返される。あいつの言うことはむかついた。だが、一言も反論できなかった。異世界召喚されて強制送還された男など、どこの世界にも居場所などない。どこの世界に行こうとも世界はどこまでも俺に優しくない仕組みでできている。なんだかとても悔しくなって、俺は一人で涙を流した。

どのくらい泣き続けただろうか。思い切り泣いた後は、先ほどまでのモヤモヤが嘘《うそ》のようにすっきりした。気持ちが落ち着いた俺は目の前で眠るお姫様を眺めた。俺が号泣《ごうきゅう》しているときに目を覚まさなくてよかった。ただでさえ太っていて醜い男が目の前で号泣していたら、ドン引きすること間違いないからな。

次第に頭が冷えてきて冷静になった俺は、先ほどの光景を思い出した。同時にシュールな光景だと笑いが込み上げてきた。俺を殺そうとした陰険サディストの滑稽《こっけい》な姿を思い出したからだ。

「真剣な表情をしてステータスオープンだもんな。ゲームのやり過ぎだろう」

そう言った瞬間、腰を抜かしそうになった。目の前にゲームのキャンプ画面のようなステータス表示が映し出されたからだ。黒塗りの画面に白抜きの文字で、目の前のお姫様のステータスが映し出されているのが分かった。

シェーラ・シュタリオン
年齢：16
LV：8
種族：人間
職業：王女
体力：34／34
魔力：2／120
筋力：21

耐久：16
器用：23
敏捷：14
智慧：51
精神：60

ユニークスキル
【肥満の呪い】

スキル
【治癒《ちゆ》魔法LV：5】【肥満体質：70／48】【攻撃魔法の才能の欠如：64960／65000】

所有魔法
【中治癒魔法】【自然治癒促進（小）】【毒素浄化】【速度強化】【魔法防御壁】

まるでゲームそのものだ。気になった俺は、自分自身のステータスを確認できないか試してみた。
どうやら頭の中で見たいもののステータスに切り替えられるようである。シェーラという名のぽっちゃり姫から自分に意識を移すと、俺は自分のステータスを確認した。

藤堂晴彦
年齢：32
LV：1
種族：人間
職業：勇者？
称号：強制送還者
体力：12／12
魔力：0／0
筋力：7
耐久：10
器用：8
敏捷：6
智慧：12
精神：6

ユニークスキル
【ステータス確認】【瞬眠】

レアスキル
【鑑定ＬＶ：∞】【アイテムボックスＬＶ：０】
スキル
【名状しがたき罵声】【金切声】【肥満体質：１２６／58】【鈍足：１２６５／４２００００】【魔法の才能の欠如：１２６／６５０００】【運動神経の欠落：58／６５０００】【人から嫌われる才能】【アダルトサイト探知ＬＶ：10】

色々と突っ込みたくなったが、まず気になったのは職業が「勇者？」になっているところだ。「？」ってなんだ。いくらなんでも酷すぎる。称号も強制送還者という不名誉なものがつけられていた。一体この称号にはどういう意味があるのだろう？　そう意識すると、称号のところから新しい文字が浮かんできた。

【強制送還者】
勇者として異世界に召喚されたにも関わらず世界に拒絶された豚。はみ出し者。この称号を確認されたものは可哀そうなものを見るような目で見られるようになる。ちなみにいい加減な条件で転移を行ったものとして地球担当神アイリスは上司である創造神に呼ばれて説教を受けている真っ最中である。

知らんがな！　なんだよ、創造神に説教される神様って？　恐らくは召喚の際に聞こえた、あの能天気なアナウンスの声の主だろう。しかし、ステータスはこんな風に詳細な経験値まで確認できるものなのだろうか。

『疑問にお答えします。詳細について確認できるのはマスターのスキル【鑑定LV：∞】の特殊効果によるものです』

「うわわ、誰かが頭の中でしゃべっている⁉」

頭の中で声がする。幻聴が聞こえるくらいにおかしくなってしまったのだろうか。頭を抱えている俺に対して幻聴らしき声は尚も話しかけてきた。

『申し遅れました。私は【鑑定LV：∞】。AI型式1674141456688975８５-３と申します。呼びづらいと思いますので、気軽にインフィニティとお呼びください』

鑑定スキルが自分の意志で喋っているというのか。何が起こっているんだ？　慌てふためく俺の疑問に、インフィニティと名乗った鑑定スキルは流暢《りゅうちょう》な女性の音声で答え始める。まるで機械のように感情の籠っていない声だった。

『私は勇者のサポートのために女神アイリスによって生み出されました。作成者である彼女はがさつでポンコツではありますが、私のような存在を作ることに関しては天才的な能力を持っています。私は万物を鑑定できる【鑑定スキル：∞】。貴方の持つすべての疑問に応える能力を所有しています』

全ての疑問に答えるほど優秀だというのか。ＡＩと言ってるけど機械なのだろうか。

『その問いに対しての答えはＹＥＳであり、ＮＯです。私は心を持たない機械ではありません。自ら考えて判断する能力を持っています。ゆえに貴方の冒険に対して適切なアドバイスをすることができます』

あ、そうなのか。ありがたいのだが、申し訳ない。欠陥品の勇者につけられるとはお前も運がなかったな。

『現在の発言はマスターご自身の自尊心を傷つけています。訂正を要求します。貴方は決して欠陥品ではありません。１２６kgから58kgの理想体重にまで痩せることができれば、塞がれた異世界への入り口が解放されて第七世界ディーファスに戻ることができます』

「え、戻れるの」

『99.98%の確率でＹＥＳと申し上げます』

インフィニティの言葉に俺はしばらく考えさせられた。だが、何よりも先に思い出したのは、あの陰険サディストに与えられた恐怖の感情だった。できればもうあいつには会いたくはない。だから自然と答えが出ていた。

「いや、いいや。あんなおっかないところに戻りたくはないよ」

『お待ちください。彼女のことはどうするのですか』

機械的な口調ながら、どこか攻めるような口調のインフィニティに対して俺は押し黙った。

『自らの身を捨てて子猫を助けた貴方は勇敢でした。ですが、今の貴方は恐れるあまり、その時の気持ちを失ってしまっている。思い出してください。この少女は自分の身を顧《かえり》みず、貴方を助けたためにこの場所にいるのです』

全く反論できなくなった俺に、【鑑定スキル：∞】は耳の痛い正論を畳みかけていく。

『奇しくも召喚された時の貴方と同様の環境です。貴方は自分と同じような境遇に立たされた少女を外に放り出して何事もなかったかのように引きこもれますか？』

その疑問に躊躇《ためら》いもせずにYESと答えられるほど、俺は恥知らずではなかった。

少女が目覚めたのは、それからしばらく経ってからのことだった。見知らぬ部屋で目覚めた彼女は、周囲を警戒するように辺りを見渡した後、俺の姿を見つけて安堵の溜息をついた。少し太りすぎているが、目鼻立ちははっきりしているし、さらりと流れる金髪は本当に奇麗だった。なにより胸がでかい。これで顔や顎《あご》の肉がついていなければ完璧なんだがな。俺の失礼な視線に何かを察したのか彼女はシーツで体を隠した。

「勇者様、ですよね」

「ああ、うん。君たちの世界では俺はそういう存在らしいね」

「ごめんなさい、あんなひどい目に合わせて」

「いいよ、君も大変だっただろうからね」

普通ならば異性と話すことに緊張を覚えるのだが、何故か彼女は話しやすかった。同類相哀れむというが、彼女の体格が関係しているのは間違いない。彼女はまごうことなき俺と同じ肥満体だ。

見たところ、身長が１５０㎝程度しかないことを考えると、ＢＭＩ数値にしてみれば30程度か。

ふはは、ＢＭＩ45・７の俺に比べれば、まだまだ標準体に近い。こちとらデブの限界突破をした男だ。なぜＢＭＩに詳しいかというと、一時ダイエットしようかと試みたことがあるからだ。その時は筋トレによって痩せることができたが、すぐリバウンドしたことで潔く諦めがついた。以来、３kg程度は上限するものの現在の体重を保っている。俺がそんなくだらないことを考えていると、彼女はおずおずと聞いてきた。

「あの、勇者様。ここはどこなんでしょうか？」

「俺の部屋だけど」

「えっと、ここはシュタリオン王国のはずなんですが」

当たり前に言った俺の言葉に彼女は混乱しているようだった。とはいっても、本当にここは地球なんだけどな。どう説明しようか迷っていると、彼女の背後のテレビから大きな音が鳴った。最近よくやっているテレビＣＭだ。ふいに後ろから聞こえていた音に振り向いた彼女はそのまま凍りついた。何かを呟いているが聞き取れない。どうしたのか近づいて聞いてみた。

「どういうことですか、どうやってあんな薄板に人間が入っているのですか？　まさか、何かの魔術装置……というか、この部屋はどこにランタンがあるのですか？　壁のどこにも見当たらないし、部屋全体が固有魔術によって照らされている可能性も……」

彼女の言葉を聞いて俺は合点がいった。これはあれだ。異世界人が地球の道具を見て、驚いて慌てふためく例のやつだ。そんなことを考えていた俺のポケットからスマホのスヌーズ音が鳴った。

しまった、どうしても朝に見たいテレビがあって時間設定したままだった。何事が起きたのか驚いて身構える彼女に苦笑しながら、俺はスマホを取り出した。

「安心してよ。ただのスマホだから」

「すまほ？　すまほというのですか、そのアーティファクトは？」

「そんな御大層なものじゃないよ」

俺は苦笑いしながらスマホの画面をタッチしてスヌーズを解除した。彼女はそんな俺の仕草に瞬きしながらスマホに釘付けになっていた。そんな彼女の視線が若干気になりながらも、俺はスマホをポケットに突っ込むと話を元に戻した。

「あらためて自己紹介するよ。俺の名は藤堂晴彦。古くから俺を知っている奴からは、ハルって呼ばれてる」

「ハル、ヒコ」

「ハルでいいよ。王女様」

「私はシェーラ、シュタリオン王国第一王女のシェーラ・シュタリオンです」

「よろしくね、シェーラ」

「こちらこそよろしくお願いします、ハル」

俺がおずおずと握手を求めるとシェーラは躊躇《ためら》いがちにこちらの手を握ってきた。思っていたよりも彼女の手はずっと小さくて冷たかった。その手が少し震えていることに気づいて、俺は彼女が不安を感じている事を知った。無理もない。急に知らない場所に連れてこられたのだ。なるべくショックが少ないように現状を説明する必要がある。俺は少々躊躇ったが、先延ばしにしてもいいことがないと、意を決して事実を打ち明けることにした。

「シェーラ、薄々気づいてるとは思うけど、ここは君の国であるシュタリオンではない。君は強制送還された俺に巻き込まれて、俺がいる世界に来たんだ」

「ここが貴方のいた世界だというのですか。そんな、ではどうやって元の世界に、お父様の元に戻ればいいのですか？」

「それは……」

俺が標準体重になれば戻れるという話が頭をよぎったが、はたして、それを言っていいものかどうか迷った。それが本当のことなのか確信できなかったし、そもそも、１２６kgから58kgへのダイエットなんて、できるはずもないと思ったからだ。元の世界に戻れなかった場合、より一層この子を傷つけてしまうだろう。

しかし、躊躇ったせいで言葉を詰まらせた俺の反応を見たシェーラの目に、大粒の涙が溜まっていく。

しまった！　黙っているのは帰る方法がないからだと思ってショックを受けたようだ。そうではないと説明しないと。駄目だ、間に合わない。俺が宥める暇《ひま》もなく、瞼《まぶた》からあふれ出した涙は滝のように彼女の頬を伝い流れていく。感極まったのか、シェーラは口元を抑えて号泣し始めた。目を真っ赤にして嗚咽《おえつ》しながら泣き崩れる彼女を見て俺は思った。この子は俺に巻き込まれただけの被害者なのだ。確かに見た目は丸くて大柄に見えるかもしれないが、肩を震わせて泣く姿はただの女の子でしかない。

恐らくはこれまでも心無い罵声に傷ついてきたのだろう。だが、彼女はその身を挺して見ず知らずの俺を庇《かば》おうとしてくれたし、俺が瀕死の重傷を負っていた時も、自らの身を顧《かえり》みずに俺に治癒の魔法を使ってくれたのだ。そんな恩人を外に放り出すほど俺は冷たくなれなかった。

せめて彼女が元の世界に戻れる日まで力を貸してあげよう。俺は自らにそう言い聞かせた。

俺は泣きじゃくる彼女の肩にそっと手を寄せた。ピクリと肩を震わせた彼女が涙で潤んだ瞳でこちらをじっと見てくる。これから言おうとする台詞の気恥ずかしさに思わず顔が赤くなりながらも、俺は彼女に告げた。

「安心して。今は無理だけど、君が元の世界に戻れるように力になるから」

そう俺が言った瞬間、彼女は感極まったのか俺に抱きついてきた。柔らかい感触と甘い香りが鼻孔をくすぐる。脂肪に覆われた体というのも悪くないんだな。そんな不謹慎な考えが頭の片隅にちらついたのを慌てて振り払う。彼女は俺の首筋にぎゅっとしがみついた後、しゃくりあげながら言った。

「……ありがとう……ハル、ありがとう」

繰り返す彼女の言葉に心の底が温かくなっていく気がした。必ず君を元の世界に戻す。俺は心の中でそう決意した後、彼女を安心させるために優しく抱きしめ返した。だが、彼女を元の世界に戻すためには実現が困難な目標に挑まねばならない。

絶望的な可能性だが、適正体重を目指さないとならないのだ——。

◆◇◆◇◆◇◆◇

次の日。俺はシェーラの体調が回復するのを待ってから状況を整理した。ここが異世界ディーファスではない地球という星だということ。地球では魔法というものが存在しないこと。勇者として召喚された俺が太りすぎという理由で強制送還されたこと。信じてもらえないのではないかと思ったが、すんなりと彼女が信じてくれたので拍子抜けした。そこまではよかったのだが、その段階でシェーラは俺に疑問を投げかけてきた。

「あの、ハルはどうして太りすぎで強制送還されたことが分かったのですか？」

「ああ、それは【鑑定スキル：∞】、いや、インフィニティに教えてもらったんだ」

「か、鑑定スキルを持っているんですかっ！」

いきなり大声をあげたシェーラに俺は目を丸くした。自分の興奮した様子が他人の目にどう映ったのか自覚したのだろう。気を取り直すために咳払いした後、シェーラは俺に説明をしてくれた。

「鑑定スキルというのは万物を識別鑑定できる特別な能力です。レアスキルに分類されます。ディーファスでも所有しているのは稀《まれ》なのですよ」

シェーラにはそう言われたが、脳内にいるインフィニティさんがそんなに凄い存在なのかなあと疑問を覚えた。

『……今後、一切鑑定を行わずに沈黙しましょうか』

事務的な口調だが、どこか冷たいインフィニティの言葉に俺は慌てて謝罪した。脳内にため息をつく声が響くのが聞こえた俺は、なにゆえＡＩのご機嫌取りをせねばならんのかと、ため息をついた。ついでに頭の片隅によぎった疑問を口にする。

「インフィニティが凄いのは分かったんだけどさ、このステータス表示も凄いよね。ディーファスの人間は、これを使ってステータスを確認するのか」

「ステータスも確認できるんですか」

当たり前に思っていたことが、またしても当たり前でなかったようである。シェーラの様子に引きつった笑みを浮かべながら俺は尋ねた。

「ステータス確認もひょっとして特別な能力なのかな」

「普通の人間にはできませんよ。ステータスを確認できるのは勇者や特権階級といった一部の人間だけです。魔法で習得することもできますが、お城が建つくらいの費用が掛かると言います」

「げげ、マジかよ……」

どうやら俺のステータス確認スキルというのは、ブルジョア御用達のものであるらしい。シェーラも自分のステータスが見れないということだったので、まずは彼女のステータスを紙に書いて見せてあげることにした。

シェーラ・シュタリオン
年齢：16
ＬＶ：8

種族：人間
職業：王女
体力：34／34
魔力：62／120
筋力：21
耐久：16
器用：23
敏捷：14
智慧：51
精神：60

ユニークスキル
【肥満の呪い】

スキル
【治癒魔法LV：5】【肥満体質：70／48】【攻撃魔法の才能の欠如：64960／65000】
所有魔法
【中治癒魔法】【自然治癒促進（小）】【毒素浄化】【速度強化】【魔法防御壁】

日本語表記で分かるのかなと途中で気づいたが、よくよく見ると見慣れない言語で書いていた。それなのに読める。【鑑定スキル：∞】のおかげで、無意識のうちにディーファスの言葉で記入していたようだ。彼女は初めて見る自分のステータスをまじまじと見た。その後、何かに気づいて慌ててそれを覆い隠した。それを見た俺がどうしたのか尋ねると、彼女は耳まで顔を真っ赤にさせたまま抗議した。

「なんで【肥満体質：70／48】なんて表記がされているんですかっ!!」

「いや、なんでかは分からないけど。この数字ってなんなの？」

「……おそらくは私の現在の体重と理想体重です」

しょんぼりしながらそう答えるシェーラに俺は合点がいった。なるほど、あれが現在の体重と理想体重なのか。ということは俺の【肥満体質：126／58】を参考にすると、残り68kg痩せないと元の世界に戻れないという算段になる。先は長そうだ。

書き出していて、もう一つ気になったことがある。【攻撃魔法の才能の欠如：64960／65000】と書かれた謎の数字である。シェーラに聞いてみたところ、彼女もこの数字には覚えがないのか首を傾げた。

「確かに私は攻撃魔法が使えません。魔法学校で努力はしたのですが、実ることはありませんでした。仕方がなかったので、才能のある治癒術に専念していたのです」

「そうなのか、でも気になるよね。この【64960／65000】って数字。あと40稼ぐことができたら何かできるようになるんじゃないのか」

「まさかぁ」

「蓄積《ちくせき》された数字には覚えはないの」

「攻撃魔法の詠唱や魔法を放つイメージの練習だけは数万回行った気がします。才能がないと馬鹿にされて悔しかったですから」

そこまで聞いた俺はある仮説を立てた。シェーラが今まで行った努力が全くの無駄ではなくて蓄積された経験値だったとすれば、残り40を稼いだ段階で何かが起きる可能性がある。そう思った俺は、仮説を実証させてみることにした。

「シェーラ、試しに一回魔法を放つイメージの練習をしてもらえないかな」

シェーラは俺の言葉に戸惑いながらも頷《うなず》いて、目を閉じて精神集中を始めた。空気が張り詰める異様な感覚が部屋中に充満する。シェーラの口元を見ていると、何やら呪文の詠唱を行っているようであった。シェーラが詠唱を終えた後、空気が一瞬張り詰めて何かが生まれようとした後に霧散した。

「…やっぱり駄目でした」

シェーラは落胆していたが、俺の目にはステータスの変化がはっきりと映っていた。魔力：62／120から魔力：61／120に変化していたのである。魔力消費をしている。さらに【64960／65000】の数値が【64962／65000】に増えていた。俺はそこで仮説が正しいことを確信した。

「シェーラ、今の練習をもう一度やろう」

「ええ？　いくらやっても無駄ですよ」

そう反論するシェーラに数字の変化を説明すると、彼女は渋々俺の言うことに従ってくれた。そこからしばらくはシェーラの謎の詠唱ショーが続いた。詠唱を終えるたびに彼女の魔力が減り、代わりに経験値が溜まっていく。俺の言ったことを疑わずに懸命に付き合ってくれているシェーラは、本当に性格のよい子だなと思えた。攻撃魔法が使えなかったことで口惜しい思いをしてきたに違いない。

　これまでに彼女がしてきた努力を実らせてあげたい。俺は心からそう思った。

　最初から数えて二十回目の詠唱の後に変化が起き始めた。シェーラの掌《てのひら》からメラメラと燃える炎が生まれ始めたのだ。彼女は自分が生み出した炎に戸惑っている様子だった。不安そうに俺の方を見る。同時に俺の脳内では豪華なファンファーレ音と共に、インフィニティさんのアナウンスが始まっていた。

『経験値の蓄積により【攻撃魔法の才能の欠如】スキルは限界突破しました。マイナススキルの克服により【攻撃魔法の才能の欠如】は消失。【火炎魔法】スキルの封印を解除。新たに【無詠唱】【精霊王の加護】【努力家】【魔力集中】を習得しました』

　予想以上の盛りだくさんな収穫にびっくりだ。マイナススキルの克服ってなんなんだ。こんなに恩恵のあるものなのか？　驚いている俺の前でシェーラは涙目になっていた。どうやら攻撃魔法が使えたことが嬉しいのだろう。なんだか俺も嬉しくなって頷いていると、彼女は首を横に振った後

に叫んだ。

「ハル！　このままではまずいです!!」

「何がまずいっていうんだ？」

「この状態で魔法を維持できないんです。どこかに飛ばさないと……耐え、きれない」

彼女は、どこかへ飛ぼうとしている火球を必死に飛ばさないように耐えているようだった。このままでは部屋が爆発炎上する。俺は慌てて立ち上がってカーテンを開けると同時に、ベランダへ通じる窓を全開にした。そしてシェーラに向けて叫んだ。

「あの空に向かって放つんだっ!!」

俺の言葉に頷いて慌てて立ち上がったシェーラは、ベランダまで走り寄ると斜め上に掌を構えて空に向けて火炎魔法を放った。凄まじい勢いで飛んでいった火炎魔法は、ある一定まで飛んでいくと花火のように爆散した。

ドゴオオオオオオンッ！！！

大地を揺るがすような轟音に二人は茫然《ぼうぜん》となった。もしアパートの壁に当たっていたかもしれないと思うとゾッとする。ボヤ騒ぎどころでなく全焼騒ぎだ。大事に至らなかったことに二人して本当によかったと胸を撫でおろした。

第二章

次の日の朝、俺は久しぶりに部屋を閉め切っていたカーテンを全て開いて、窓を開けた。こうして部屋に日の光をしっかり入れるのは何年ぶりだろうか。窓のところどころには蜘蛛《くも》の巣が張っていたし、こうして日の光を当てて眺める部屋の惨状は酷いものだった。お菓子やジュースの残骸、無造作に放り投げられた雑誌、そして、サイズが小さくて入らなくなった洋服が足の踏み場もないくらいに広がっている様は、ゴミ屋敷そのものだった。後ろで見ていたシェーラも思わず顔をしかめるほど酷い有様だった。

「やるしかないか」

「はい、頑張りましょう、ハル」

そう言って俺を励ますシェーラは、ディーファスから強制送還された時に着ていたドレスから俺の所有する予備のジャージに着替えていた。サイズがダブルXXなので、若干ぶかぶか気味だがよく似合っている。さらにそこに俺が購入したマスクとゴム手袋、ゴミ拾い用のトングといったフル装備を身に纏った姿は、王女というよりは掃除のおばちゃんにしか見えなかった。

昨日、火炎魔法の空中爆発事故があった後は大変だった。爆発の瞬間を目撃していた人間が結構いたらしく、一時は付近に消防車やパトカー、そして多くの野次馬が集まって騒然となっていた。

バレてはいないと思うが、警察がいなくなる夕方まで部屋の明かりも消して、ノックの音が聞こえても居留守を決め込んだおかげで大事には至らなかった。

夕方のニュースで謎の空中爆発の瞬間というスクープ動画が放映されていた時は肝を冷やしたが、警察が乗り込んでこないところを見ると、どうやらバレてはいないようである。

もっともパスポートも滞在ビザも所有せず、戸籍自体が存在しないシェーラが職務質問を受けた瞬間に全てが終わる可能性がある。今後も警察の動きには注意する必要があるだろう。

そんな俺たちが今から行おうとしているのは、見てのとおり部屋の掃除だった。なぜ急にこんなことを始めようとしているかというと深くもなんでもない理由がある。成り行きとはいえシェーラが元の世界に戻るまでの面倒を見ることになったからには、部屋の掃除くらいするべきだと思ったからだ。まかりなりにも一国の王女である。この子は優しいからはっきりとは口には出さないものの、これからこのゴミの部屋で生活するといった時に見せた一瞬の表情には、はっきりとした落胆の色が浮かんでいた。それが俺に部屋の掃除を決意させるきっかけになったのである。

『生活環境の乱れはそのまま日常生活に影響します。痩せるというのであれば、まずは現在の環境を見直す必要があると提言します』

追い討ちをかけるように進言してきたインフィニティにげんなりしながらも、俺は頷いて掃除を開始したのだった。

◆◇◆◇◆◇◆◇

おかしい。ここまでゴミに溢れていたのか、この部屋は。

夕方になっても全く終わらない掃除に、俺もシェーラもすっかり嫌気がさしていた。言うならば十年間の掃除を怠《おこた》ったツケが今に来ていると言っても過言ではない。シェーラが手伝ってくれたおかげで、六割以上は片付いて床の踏み場も見えてきたのだが、凄まじいゴミの量だった。なにより積み上げられて紐で括られた漫画雑誌の量が半端ではない。燃えるゴミとプラスチックは分けてゴミ袋に入れているのだが、一回で出したら大家さんに怒られるのは間違いない量だった。

それに加えて凄まじいのが飲料水の空ペットボトルの量だった。七十リットル入りのゴミ袋いっぱいに入ったペットボトルの量は、袋四つ目に突入しようとしている。部屋の下の方から出てきたものに関してはペットボトルの底が黒く変色しており、水洗いしても落ちるか怪しいものだった。これをどうやって捨てようかと悩んでいたら、【鑑定スキル：∞】であるインフィニティからアドバイスが来た。

『ペットボトルと雑誌に関してはディーファスに持ち込めば高価買取してもらえる可能性が大です。アイテムボックスの使用を提言します』

アイテムボックス？　そんなものがあるのか。ますますＲＰＧの勇者の能力だよな。そう思いながら、俺は頭の中でインフィニティにアイテムボックスの使用方法を尋ねた。どうやらステータスオープンと同じようにキーワードを口にすれば発動する仕組みらしい。若干の照れを表に出さないようにしながら、俺は虚空に向かって声を出した。

「アイテムボックス！」

俺の言葉に反応して中空から現れたのは、ステータス画面と同様の黒いウインドウ画面であった。画面には一番上にアイテムと書かれたタイトルのほかに何も書かれておらず、どう使えばいいのか俺は首を傾げた。そんな俺に有能すぎる鑑定スキルがチュートリアルを行ってくれた。

『頭のなかでカーソルをイメージしてボックスの中に入れたいアイテムを指定してください』

言われるままにペットボトルが入ったゴミ袋を指定すると、光の粒子となって消え失せた。代わりに、ウインドウ画面にペットボトル×53と書かれた文字が現れた。何だこれ、便利すぎるだろう。調子に乗った俺は、ほかのペットボトルや雑誌もアイテムボックスの中に放り込んでいった。そのおかげか、日が落ちるころには部屋の掃除をすっかり終えることができたのである。

見違えるように奇麗になった部屋を眺めながら、俺とシェーラは達成感を感じていた。すっかり暗くなってしまったが、これだけ奇麗になれば文句はない。燃えるゴミなどを入れたゴミ袋が若干残っているが、奇しくも明日は燃えるゴミの回収日だ。後でコンビニに行ってゴミ回収用のシールを買ってきて貼れば回収してもらうことができる。

完璧すぎる計画に満足した俺は、そこでようやく空腹を感じてお腹を押さえた。そういえば掃除に夢中で朝から何も食べてなかったっけ。

「コンビニ行って菓子パンとコーヒーでも買ってくるか」

『減量するつもりならば、それはやめた方がいいと忠告いたします』

何気なく呟いた言葉にインフィニティが反応する。厳しいなあ。お腹が減ってるんだから、少しくらいならいいじゃないか。横にいるシェーラもお腹をおさえて顔を赤らめているところを見てみると、何か食べ物を買ってきた方がいいのは間違いない。

『マスター。人間の身体は炭水化物や糖分を優先してエネルギーに変えようとします。備蓄がなければ、体は脂肪を燃焼させてエネルギーに変えていくんです。運動だけで一年以上を見据えた長期的なダイエットを行うのならば話は別ですが、一刻も早く元の世界に戻りたいシェーラ嬢をそこまで待たせるのはいかがなものでしょうか』

「む、むう」

言われてみればその通りである。数値的な目標が分かっている以上、【肥満体質：126／58】のステータスを【58／58】まで変える必要がある。68kgという途方もない目的は、高すぎる山を見ているようで全く達成できる気がしなかったが。

『そんなマスターに提案です。食事の量は変えなくていいですから、野菜と肉を徹底的に取りましょう』

「え、なんで野菜と肉なの？」

『野菜と肉は炭水化物や糖分と違って体の中で脂肪に変わりにくいのです。エネルギーだけ吸収されると消化されます。つまり野菜と肉を主食にすれば脂肪がどんどん燃焼していきます。なので、一週間は騙されたと思ってこちらの指定する食事を続けていただけませんか』

「……甘いものがダメってことは、ひょっとしてシュークリームもダメなの？」

『駄目です』

「チョコレートは？」

『論外です』

「甘いコーヒーとか大好きなんだけど」

『明日から遠ざけてください』

「…分かった。明日から頑張る！……だから、今日くらいはいいよね」

『痩せる気ありますか？』

どことなく冷ややかなインフィニティの口調に若干おののきながら、俺はついに根負けした。もし言う通りにして痩せなかったら只じゃ済まさないぞ。心の中でそう思うと、『どうぞご随意に』というあっさりした回答が返ってきた。

ふとシェーラの方を見てみると、なんだか生暖かい目でこっちを見ていた。なんだろう、なんだかとても可哀そうなものを見るような目で見られている気がする。俺が疑問に思っていると、インフィニティが教えてくれた。

『私の声は彼女には聞こえていません。恐らくは空に向かって独り言を繰り返す危ない人くらいに思っているのではないでしょうか。』

うわあ……。そう考えたらドン引きだよ。一日かけて汚部屋の清掃をやらせた挙句に疲れ切った女の子を差し置いて、空に向かってお話ししているって、どれだけレベルの高いデブなんだよ、俺は？　というか、気づいていたなら早く教えてくれ、インフィニティ。

「失礼しました」

突然、俺の意志とは無関係に口が動く。え、怖い怖い怖い。俺、今何か言ったか？　身に覚えがないのは物凄く怖いんだけど。

「オープンチャンネルでこのように話すことはできます。ですが、こうして話をしても傍から見れば悪夢のような一人芝居にしか見えません。シェーラ嬢には、今のマスターは相当病んでいる人に見えていると思いますが、よろしかったですか」

分かった、ストップ。もうやめてくれ。シェーラが青ざめてこっちを見ている。急に早口の甲高い口調でしゃべるとか腹話術師の先生か、俺は。

シェーラの誤解を解くのには予想以上に弁解と説明が必要だった。

◆◇◆◇◆◇◆◇

結局、その日の夕食は、スーパーで買った野菜と肉を中心とした水炊きになった。

買い物をしている間にも俺の脳内ではインフィニティさんの厳しいチェックが行われていた。キャベツはOK。シイタケもOK。豚肉もOK。春雨はNG。人参もNG。食材を手に取るたびに頭の中ではピンポンピンポン、ブブーといった音が鳴り響き、クイズ番組かよ。と俺はインフィニティに突っ込みをいれた。

意外だったのは、鍋によく入れる春雨や野菜の人参もダメだということだった。インフィニティがいうには、この二つは炭水化物や糖分が入っているから駄目だという。さらに悲しかったのは、大好物のキムチもダメだということだった。原材料は白菜なんだから、いいじゃないかと俺が抗議すると、親切なインフィニティは原材料表示を見るように教えてくれた。そこには砂糖を使用しているという哀しい事実が書かれていた。味をまろやかにするために結構な量を入れているらしい。知らなかったがな。

数日分の食材を手にアパートに戻ると、お腹をすかせたシェーラがうずくまっていた。やばい、早く料理を始めないと。慌てながら俺は片付けた台所に立って水洗いした白菜を切り始めた。

日もすっかり暮れた頃、その日の夕食は出来た。白菜と複数のキノコと豆腐《とうふ》、そして豚肉をふんだんに使った水炊きである。ダシは利尻昆布を薄く張ったもので取り、味ポンを使ってあっさりといただく。少し驚いたのは、異世界人であるシェーラが鍋にあまり抵抗を感じないことだった。なんでもディーファスの冒険者階級は獲物をこうして食べることが多いため、一般にも広く普及しているのだそうだ。箸の使い方も様になっており、下手をすれば俺の方が下手くそなんじゃないかといった具合だから始末に負えない。

しかし、味ポンで食べる豚肉と白菜というのも乙なものだ。最初は肉と野菜だけかよ。と思いもしたが、これならばお腹も満たされる。米があればいうことなしだが、それはインフィニティにきつく禁止された。どうしても食べたくなった時には、日に一食だけ食べていいとだけ認めてくれた。そんな甘いことでいいのかと疑問を口にすると、なんでも炭水化物を全禁止にすると、かえって反動でドカ食いするなどの悪影響が出るとの回答だったので納得した。

シュークリームの事もしぶしぶ認めてくれた。まずは10kg痩せたら、ご褒美で食べていいということだ。随分高いハードルを設定されたが、がむしゃらに頑張るしかないだろう。

しかしシェーラはよく食べる。こちらが唖然とする勢いで肉も野菜も食べていく。うかうかしていると、こちらの取り分がなくなるのではないかという勢いだ。その勢いは養豚場の豚をイメージさせるようなものであったが、それを口にすると、今後の生活に絶対悪影響が出るだろうからと口にするのは自重した。そんなわけでその日の食事は大満足で幕を閉じたのであった。

◆◇◆◇◆◇◆◇

その日の深夜。シェーラが寝静まったのを見計らって、俺は静かに外に出た。どうしても試したいことがあったからだ。誰もいない深夜の公園にたどり着くと、俺は一人呟いた。

「ステータスオープン」

藤堂晴彦
年齢：32
LV：1
種族：人間
職業：勇者？
称号：強制送還者
体力：12／12
魔力：0／0
筋力：7

耐久：10
器用：8
敏捷：6
智慧：12
精神：6

ユニークスキル
【ステータス確認】【瞬眠】

レアスキル
【鑑定LV：∞】【アイテムボックスLV：0】

スキル
【名状しがたき罵声】【金切声】【肥満体質：126／58】【鈍足：1265／420000】【魔法の才能の欠如：126／65000】【運動神経の欠落：58／65000】【人から嫌われる才能】【アダルトサイト探知LV：10】

数あるステータスの中でも俺が特に気にしたのは、【魔法の才能の欠如：126／65000】

というスキルの項目であった。本来はマイナス効果しかないゴミスキルのはずだが、先日のシェーラは同様のマイナススキルである【攻撃魔法の才能の欠如】を克服したことで攻撃魔法が使えるようになっている。同様のメカニズムであれば、経験を重ねることでマイナススキルを克服して自分に有利なスキルを獲得できるのではないだろうか。なによりファンタジーの浪漫である魔法を使えるようになる可能性があるのならば試さずにはいられない。

藤堂晴彦三十二歳。この年にして童貞なので、魔法使いと呼ばれながら魔法を使えない。だが、魔法少女にや魔法使いには人並み以上の憧れを持っている。魔法は男の浪漫なのだよ。問題はこの【126/65000】の126がどうやって稼がれたかということである。若干、心当たりがあるのだが、人の目に触れるところでやりたくない理由があった。

俺は周囲に誰もいないことを確認すると、両の掌で球体を掴むような構えをした後にそれを左腰のほうに抱えながら中腰になった。一昔前に流行ったバトル漫画の主人公そっくりな構えで俺は気を練るイメージをした後、それを正面に放った。瞬間、何らかの力が体の中から抜け落ちていくような奇妙な感覚を覚えた。

「うー……はっ!!」

『…………』

沈黙するインフィニティさんが、なんとも生暖かい視線でこちらを見つめているような気がして気恥ずかしくなりながらも、俺はステータスを確認した。予想通りの答えがそこにはあった。

【魔法の才能の欠如：126／65000→129／65000】

「……よっしゃあっ!! 計画通り！」

自らの仮説が正しかったことに嬉しくなった俺は、その場でガッツポーズをした。どうやら先ほどのポーズは【魔法の才能の欠如】を克服する経験値を積むことができるのだ。どうしてそれに気づいたかといえば、子供のころにどうしても漫画の主人公みたいにエネルギー波を撃ったり空を飛んだりしたくって、よく友達と練習していたことを思い出したからだ。中途半端にやってきたことなどそれくらいしか心当たりがなかった。

仮説が正しかったことに嬉しくなった俺は、しばらくの間、公園で経験値を稼ぐことに夢中になった。のちに近隣の噂になる公園の怪人『豚男』の誕生であった。そんなことを繰り返していくうちに経験値は鰻登《うなぎのぼ》りに上がっていった。やはり自分の成長を数値で見られるというのはRPGの醍醐味《だいごみ》だろう。汗だくになって腕を振るのもだるくなる頃には、俺のステータスは次のように変化していた。

【魔法の才能の欠如：129／65000→3144／65000】

一回につき、経験値が3増えることを考えると、千回近く特殊なポーズの練習を行ったことになる。流石に自重しろとも反省したが、やってしまったことは仕方ない。腕をあげるのもだるくなっているから、恐らく二日後は確実に筋肉痛だ。ふらつく足でなんとか岐路に着く傍ら俺は思案していた。俺のステータスには、まだ二つのマイナスステータスである【鈍足：１２６５／４２０００】【運動神経の欠落：58／６５０００】が存在する。これらを克服して＋スキルを獲得すれば、俺ＴＵＥＥを実践するのも夢ではない。目指せ、豚の下剋上《げこくじょう》。そう心に決意して、フヒヒと笑いながら俺は意気揚々と立ち去っていった。

訓練を始めてから二週間が経過した頃、俺の身体に驚くべき変化がもたらされていた。

見事なまでに体重が減っているのである。風呂上りに全裸の状態で体重を図っていた俺は驚愕していた。それはそうだろう。デジタル体重計の表示で１２６kgあった体重が１１８kgになっていたのだから。表示が間違っていないならば、この二週間で８kg減ったことになる。どういう魔法だ、これは。驚いている俺にインフィニティさんの説明が入る。

『簡単な理屈です。野菜中心の生活に切り替わったことで、炭水化物や糖分による備蓄がなくなりました。それによって効率のいい脂肪燃焼が行われるようになったのです。加えて言うならば、マスターがこの二週間の深夜に行っていた怪しいストレッチ体操によって、基礎代謝も上がっていたものと思われます』

いやいや、簡単に言ってるけどかなり凄いことだよね、これは。インフィニティさん、いや、インフィニティ様。ここにきて俺は、自分がかなり恵まれた立場にいるのではないかということに気が付いた。普通の異世界転生ものの主人公が持っているチートスキルが、俺にとっての【鑑定スキル：∞】なんじゃないだろうか。俺の考えを読んだのか、気のせいかインフィニティさんはふふふと笑った気がした。

賞賛だけではなくツッコミも忘れない。怪しいストレッチ体操ってなんだ。必殺技の練習といいたまえ、必殺技の練習と。努力の結果を形として示すために、俺は大きな声で宣言した。

「ステータスオープン！」

藤堂晴彦
年齢：32
LV：1
種族：人間
職業：異界の姫の保護者
称号：公園の怪人『豚男』　強制送還者
体力：15／15
魔力：2／2
筋力：10
耐久：15
器用：8
敏捷：9
智慧：12

精神：9

【魔法の才能の欠如：36126／65000】

あらためてステータスを確認して驚いた。地味にステータスが上がっている。無論特筆すべきは、一日3000の経験値獲得を目指して訓練を行った【魔法の才能の欠如：36126／65000】なのだが、筋力や敏捷、さらに魔力といったステータスまで上がっているのは予想外だった。このままいけば、魔法が使えるようになるのも夢ではないだろう。

『こけの一念岩をも通すと言いますが、凄まじい影の努力をなさってますね。特殊な称号を獲得してますが』

「え？」

不思議に思った俺は、称号のところに書かれている公園の怪人『豚男』という言葉をまじまじと見た。そして全裸のまま髪をかきむしりながら大きな声をあげた。

「なんじゃあこりゃあああっ――!!」

一昔前の刑事ドラマの若い刑事の殉職シーンのような叫びをあげる俺に、インフィニティさんが冷静に解説してくる。

『ご近所で噂になっているようです。最近、深夜の公園で夜な夜な不可解な動きを見せる不審人物がいるということでして……それより前を隠さなくてよろしいのですか』

え？　インフィニティさんの言葉に我に帰った俺は絶句した。俺の叫びに異変を感じて駆け付けたシェーラが俺の一物をまともに見てしまい、赤面したまま石像のように固まっていたからだ。

「……ぞうさん、ぱおんぱおん……」

口をぱくぱくさせながらそう呟くシェーラを、俺はおっきしかけた息子を慌てて隠した後に大丈夫だから風呂場から出るように促した。ショックが大きかったようで、しばらく放心していたシェーラは、ふらふらした足取りで去っていった。大丈夫だろうか。

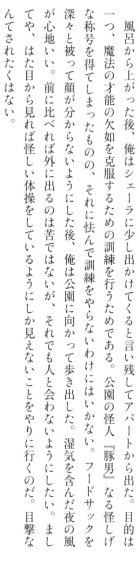

しかし「ぱおんぱおん」て。異世界に象なんているんだろうか？　そんなことを思いながら、俺は服を着始めた。

◆◇◆◇◆◇◆◇

風呂から上がった後、俺はシェーラに少し出かけてくると言い残してアパートから出た。目的は一つ、魔法の才能の欠如を克服するための訓練を行うためである。公園の怪人『豚男』なる怪しげな称号を得てしまったものの、それに怯んで訓練をやらないわけにはいかない。フードサックを深々と被って顔が分からないようにした後、俺は公園に向かって歩き出した。湿気を含んだ夜の風が心地いい。前に比べれば外に出るのは苦ではないが、それでも人と会わないようにしたい。ましてや、はた目から見れば怪しい体操をしているようにしか見えないことをやりに行くのだ。目撃なんてされたくはない。

そんな心境で歩きながらも、幸いなことに誰ともすれ違うことなく公園までたどり着くことができた。

公園の敷地内に入った俺は、周囲に誰も居ないことを慎重に確認した後、訓練を始めた。

何もない空間に向けて掌に集中させた魔力の塊《かたまり》を放つイメージで撃ち出す。それを精神集中しながら繰り返す。魔力が実際に集まっているわけではないのだが、集中するとそれなりに疲れが溜まってくる。そんなことを三十回ほど繰り返した時だった。視界の端に赤いものが映った。やばい、パトカーの巡回だ。やばいと思ったときには時すでに遅く、懐中電灯をかざした警察官がやってきた。

「こんな時間に何やってるんだい？」

「た、体操ですよ、体操」

「最近、この辺で不審者が目撃されてるんだけど、まさか君じゃないよね」

「はは、不審な人がいるんですね」

しどろもどろになりながらも、俺は何とか警察の目をごまかしながら公園から出た。焦ったあまり、立ち去るときに転げたのは言うまでもない。

それからさらに二週間が過ぎた。最初の一週間に比べて体重の減り具合が若干減りはしたものの、2kgの減量に成功した。トータル10kgの減量に成功したわけである。今までのダイエットではこうはいかなかった。気のせいだろうか。お腹周りが若干すっきりしたような感じがする。

そんな俺が最近、気になっていることがあった。

同じく食事制限をしているにも関わらず、シェーラが全く痩せる気配がないのだ。あまりにも見た目が変わらないことに不安を覚えた俺は、シェーラに内緒でステータス確認を行ってみた。結果として分かったのは、彼女のもともとのステータスの【肥満体質：70／48】から全く変わっていなかったことだった。幾らなんでもあり得ないだろう。不審に思った俺は、原因が何かインフィニティさんに尋ねてみた。

『おそらく何らかの形で栄養を補給している可能性があります』

何らかの形ってなんだよ！　インフィニティさんの言葉に、俺はツッコミを入れずにはいられなかった。このアパートから出ていない以上、栄養補給の手段は三食の食事以外にないはずだったからだ。四六時中を一緒に過ごしている以上、俺の目を盗んで外出しているとも思えないしなあ。疑問が多すぎることを口にすると、インフィニティさんはしばし思案の沈黙を行った後、こう提言してきた。

『気になるのであれば、彼女に鑑定スキルを使用することを進言します』

「いや、黙ってやるのは卑怯じゃないか」

『ステータスオープンさせることも裸を見ることも公衆道徳という面では大差ないと思われますが』

う、うるさいなあ。反論できなくなった俺は、赤面しながら自らの行動を顧みた。確かに対象者の承認のない状況でステータスを確認することは、覗《のぞ》きをやっていることと何ら変わりがない。仮に自分がステータスを盗み見られて体重の事を馬鹿にされたら、烈火のごとく怒り狂うに決まっている。そう考えると自らの行動の下種さに辟易《へきえき》した。

だけどシェーラが心配なのも確かである。数週間を一緒に過ごして分かったが、彼女は決して自分の肥満体質に引け目を抱いていないわけではない。むしろ、すごく気にしているのだ。だから原因を究明して改善につなげることは、彼女のためになるのだと自らに言い聞かせて行動に移ることにした。

◆◇◆◇◆◇◆◇

数週間をディーファスという住み慣れた世界から、日本という異国で過ごすことになったシェーラだが、順応していた。その最たる例がテレビである。最初こそ薄い板に映像が映ることに驚いていた彼女も、仕組みが分からないものの地球ではテレビを見ることが普通だと慣れてしまったようである。そんな彼女のお気に入りはお昼前にやっている時代劇だった。

「暴れん坊代官」と名付けられた一昔前に流行った時代劇は、勧善懲悪という観点の元で物語が進んでいく。見慣れている俺などは、主人公が絶対に死なないことが分かっているため冷めた目で見てしまうのだが、その点でシェーラの反応は新鮮だった。いつもクライマックスの殺陣《たて》のシーンになると呼吸も忘れるほどに夢中になるのだ。日本語こそ理解していないものの、俺に注釈されることで話の内容が分かっているシェーラは、この殺陣のシーンで主役が斬り殺されるのではないかと気が気でないのである。俺はこの殺陣のシーンが【鑑定スキル：∞】を行使する好機であると判断した。だから、シェーラが殺陣のシーンに夢中になる様子を横目で眺めながら、小声で鑑定スキルを呼び出したのである。

その瞬間、出てきた彼女の首元の装飾品に俺の目は釘付けになった。その首飾りには黒い背景に白抜きの文字でこう書かれていた。

『【肥満の呪い】の首飾り。

シェーラ姫が母親の形見として受け継いだ首飾り。別名『守護の首飾り』。元は多くの加護の呪文が込められていたが何者かの策略によって加護の呪文を書き換えられてしまっている。この首飾りをしている限り痩せることはできず、食べれば食べるほど体の脂肪に変換される』

なにこれ、酷すぎるにもほどがあるだろう。大事だった母親の形見を身に着けることで肥満体質になるなどあり得ない。下手をすれば加護が書き換えられていることも知らないんじゃないか。一刻も早く首飾りを取らせるべきだ。そう思った俺は計画を練ることにした。

形見の首飾りに呪いがかかっていますよ。

そう言おうかどうか非常に迷った。まともに話しても信用されない可能性があるからだ。血の繋がりのある母親の形見と、数週間しか付き合いのない俺の言うことを秤にかけたら、母の形見を取るのは一目瞭然である。かといって、風呂に入っている時に奪うなんて真似をすれば、お互いの信頼関係に致命的な亀裂が走るのは目に見えている。自分が今まで人に裏切られているからこそ、身近な人の心が傷つくことは極力したくないのだ。

そんな悩みを抱えたまま、言いだす機会を見出すことができずに数日が過ぎた。そんな中で気が付いたのが、彼女が俺の思っている以上に首飾りを大事に扱っているということである。ディーファスの世界神への朝の礼拝に始まって、食事の挨拶《あいさつ》や普段の糧が得られることに対する神への祈りの際、決まって彼女は首飾りを握りしめて祈りを捧げる。そんな彼女の健気な仕草を見ていると、とてもじゃないが大事にしている形見に呪いがかかっているとは言えなくなってしまった。そんな俺にインフィニティさんは苦言を呈してきた。

『真実を告げることを先延ばしにしてもいいことなんて何一つありませんよ』

そうは言われても迂闊《うかつ》に告げることはできないと思った。だから時期が来るまで様子を見ることにした。だが、インフィニティさんはそんな俺に剛を煮やしたようだった。それが騒動が起こる原因になるとは思いもしなかった。

◆◇◆◇◆◇◆◇

その日の夕食の前もシェーラはいつもと同じように首飾りを握りしめて、神に対する感謝の言葉を述べていた。首飾りがどのような品なのか分かっている俺としては、苦笑いするしかなかったのだが、そんな俺にインフィニティさんが話しかけてきた。

『もう十分待ったでしょう。これ以上先延ばしにすることは私の信条が許しません』

そういうが早いか、インフィニティさんは俺の口と体を強制的に乗っ取って話をし始めた。

「シェーラ、首飾りを外してください。それは危険な品です」

「え、ハル。いきなり何を言い出すのですか？」

「いいから聞きなさい。それは呪いの品です。いくら痩せようとしても、それを阻害する【肥満の呪い】がかかっているのです」

「違います、これはお母さまが残した守護の首飾りです。いくらハルでもお母さまを侮辱することは許しませんよ」

「聞き分けのないことを言わないでください、いい子だから」

剛を煮やしたインフィニティさんがシェーラの首飾りを奪い取ろうとする。いや、あまりに強引過ぎるだろう。女性の機微に疎《うと》い俺でさえ、この対応は間違いだということが分かる。俺は必死にインフィニティを止めようとした。しかし頭は靄《もや》がかかったようにはっきりせず、体の主導権をインフィニティに奪われたままだった。

体の主導権が戻った。そう思った時には時すでに遅く、俺はシェーラに思い切り頬を引っ叩かれていた。あまりのことに俺は茫然となったが、シェーラの顔を見て言葉を失った。彼女が大粒の涙を浮かべながら俺を睨みつけていたからだ。

「ハルは……最低ですっ！」

引き留める間もなく、シェーラは部屋から出て行ってしまった。すぐに追わなければ。そう思う俺にインフィニティさんは茫然とした様子で尋ねてきた。

『理解不能です。彼女のためを思って行動したはずなのに、なぜ彼女はああも怒っているのですか』

「お前は人に対する思いやりをもう少し学ぶべきだ」

今のインフィニティさんには、残念ながら人間的な感情が欠落している。それは彼女が人間として育った経験がないからだろう。あきれ返りはしたものの、今はこいつに構っている暇はないと思いなおした。首を横に振ってからシェーラを追いかけようと玄関へ向かう俺に対して、インフィニティさんは尚も納得できないのか『……理解不能、……理解不能』と哀しそうに呟いていた。俺は敢えてそれに答えることなく外へと飛び出した。

◆◇◆◇◆◇◆◇

俺はシェーラを追って周囲を走り回った。だが、彼女は簡単には見つからなかった。アパートでしか暮らしていなかったため彼女がどこに行くものか見当もつかなかったからだ。そう遠くへは行っていないだろうが、見当もつかなかった。しばらく近隣を探し回った俺は、アパートから少し離れた公園でシェーラを発見した。彼女はうずくまるように両腕を組みながらブランコに乗っていた。途方に暮れているようである。俺は彼女を緊張させないよう、ゆっくりと近づくことにした。

近くに行くとシェーラはこちらに気づいたようだった。厳しい表情で黙ってこちらを見ている様子に俺の胃の隅がキリキリと痛む。何を言われるか分からない。元々、コミュ障気味の俺にはハードルの高すぎる状況である。話しかけるのもおっかないというのが正直なところだ。だが、やるしかない。俺はシェーラのすぐ近くまで近づくと、黙って腰辺りまで頭を深々と下げた。突き出たお腹がつっかえそうになるのだが、それでもなんとか頭を下げた後に俺は謝った。

「ごめんなさい！」

いきなり謝られるとは思ってなかったようで、シェーラは面食らったようである。頭を下げているので顔色を見ることはできなかったが、息を呑む様子がはっきりと聞こえてきた。だが、まだ落ち着いていない様子で鼻をすすりながら嗚咽している声が聞こえてくる。俺は彼女が落ち着くまで近くに居ようと思いながら目を瞑《つむ》った。そんな俺に、少し慌てた様子でインフィニティさんが話しかけてくる。

『マスターっ！　悪いのは私です。私が謝ります。すぐに代わってください』

そう言って不可視の力で俺の意志を乗っ取ろうとしたが俺は断固拒否した。当たり前だ。先ほどの対応を見てしまっては、インフィニティさんが人の機微に疎いのは丸わかりだ。怖くってまかせることはできない。確かに投げっぱなしにすれば、怒られて精神を削られるリスクからは逃げられるかもしれない。でもそれでは駄目だ。なぜならば、こうやっている俺も頭の中に【鑑定スキル∞】を棲まわせている俺のどちらも「俺」という人間だからだ。やらかした時の部下の責任は上司が取るものらしいぞ。そんなことをインフィニティさんに思念で伝えると黙り込んでしまった。

俺にはインフィニティさんの気持ちは分かっていたし、悪気がないのもよく分かっていた。よくも悪くも直球すぎるだけなのだ。これまで多くの出来事でインフィニティさんには助けられているし、今回の失敗に学んでくれるのならば御の字だ。構うことはない。こちらは元々嫌われものの豚男だ。怒られたりすることや罵声をぶつけられるのは慣れている。だから許してもらうまで俺が頭を下げれば丸く収まる。

実際、引きこもる原因になった辺りの圧迫面接では、同じような質問に同じような回答をした覚えがある。あの時はそのせいで面接官の不興を買った。あれから十年近く経っているのだが、同じことを繰り返す辺りは成長していないのかもしれない。だが、それも含めて俺という人間なのだ。

どのくらい時間が流れただろう。いつしかシェーラのすすり泣く声がやんでいた。何も聞こえなくなった俺は不安になった。もしかしたら俺に呆れて立ち去ってしまっているかもしれない。だとしたらまずい。だけど、もし今頭をあげて彼女がこちらを見ていたら、謝っていること自体が無駄になる。尚も長い時間が過ぎると共に不安が増してきた俺に、シェーラが話しかけてきた。

「……ハル。顔を上げてください。私も言いすぎました」

シェーラのお許しが出たので俺はゆっくりと顔をあげた。そこには目を真っ赤にしながらも困ったように微笑む少女の姿があった。太り気味なのは変わりないのだが、俺は少し彼女の瞳と仕草が可愛らしく見えてドキリとした。

「…本当にごめんな」

「もういいです。それよりも隣に座ってもらっていいですか。なぜ私がこの首飾りを大切にしているのかお話ししますから」

シェーラに促《うなが》されるままに俺は隣のブランコに座ろうとした。一瞬、俺の自重でチェーンが外れたらどうしようかと思ったが、座ってみるとそれは杞憂《きゆう》だったことを理解した。最近の遊具というのは実に頑丈にできている。俺が無事、隣に座ったことを確認すると、シェーラは自分の母の話を語り始めた。

◆◇◆◇◆◇◆◇

元々、シェーラの母親は優れた魔法使いだった。王族の出自でありながら大陸でも屈指の力を持つ強い魔導士だった彼女の母は、幼いシェーラにとって憧れの存在だった。彼女の母は、当時勇者であった彼女の父と共に魔王軍の攻撃から人々を守っていたそうだ。幼いシェーラは冒険の旅についていくことができなかったために、シュタリオンの王家で乳母に育てられた。だが、シェーラの父も母も冒険から帰ってくると彼女に優しく接してくれた。シェーラはそんな父と母が大好きだった。

　だが、シェーラが十歳の頃に事件が起こる。突如として大挙した魔獣の群れがシュタリオン王国を襲ったのである。奇《く》しくもそれはシェーラの両親に恨みを持つ上級魔族の仕業であったらしい。他国への救助要請を行っても一週間以上はかかる状況で、シェーラの両親は自国の兵士たちと共に勇敢に戦った。

　激しい戦いだった。倒しても倒しても減ることのない魔獣に対して、シュタリオン側は徐々に疲弊していった。優れた剣技の使い手であったシュタリオン国王も、戦士としては再起不能となる深い傷を負い、王国の近衛騎士団も一人を残して全滅した。激しい攻防の中でシェーラの母の魔力回復も追いつかないようになり、ついには籠城するしかなくなった。

　籠城というのは、味方の援護が期待されてはじめて成立する戦術である。だが、魔獣の群れはそんな暇など与えてくれなかった。強固であるはずの王国の城門がついに破られようとする中、彼女の母親は決意した。

自らの生命の力を魔力に変えて、周辺一帯を巻き添えにして自爆する自己犠牲呪文を使うことを。

彼女は勿論、彼女の父親も猛反発した。だが、これしか方法がないことを彼女の母は知っていた。だからこそ、彼女の母は泣きじゃくるシェーラの頭を撫でて、その首に自分が大事にしていた守護の首飾りをかけてくれたのである。シェーラの記憶はそこで途絶えている。恐らくは尚も引き留めようとしたシェーラに対して、彼女の母が睡眠魔法をかけたのだろう。

彼女が目を覚ました頃には全てが終わっていた。王国にいた魔獣の群れを、それらを率いる上級魔族ごと全て消し炭にした彼女の母親は、最早この世のどこにも存在しなかった。わずかに残された形見の首飾りを握りしめながらシェーラは号泣したという。

話し終わってからシェーラは首飾りを俺に渡そうとした。その真意を測りかねて俺が戸惑っていると彼女は淡く微笑んだ。そんな彼女の笑顔が気になって俺は尋ねた。

「どうして、これを俺に？」

「私も感情的になりすぎました。よく冷静になって考えれば、ハルが理由もなくあんなことを言うとは思えません。理由があるんですよね。本当に呪いがかかっているのであれば、【鑑定スキル：∞】で調べていただけませんか」

なんという人間の大きさか。いや、太さのことを言っているわけではない。彼女の人間性の大きさに俺は感心させられていた。母の形見を俺のようなぽっと出の人間に渡すというのは、余程信用してくれないとできないことである。俺は心の中でインフィニティさんに話しかけた。

【こうやって言ってる。汚名返上のチャンスじゃないのか】

インフィニティさんは、しばし戸惑った後こう答えた。

『まったくそうですね。マスターやシェーラ姫の心は、スキルの私には学ぶことばっかりです。……彼女の手を取ってください』

インフィニティさんに言われるまま、俺は首飾りを差し出した彼女の手を優しく握った。その俺の所作に戸惑いを見せたのか、シェーラの頬が赤く染まる。そんな俺たちの様子を眺めながら、インフィニティさんは囁《ささや》いた。

『では行きます。鑑定スキル：インフィニティ発動。目標対象：不確定形。カテゴリー：首飾り。これよりサイコメトリングを開始します』

サイコメトリングとはなんだ？　そう思った俺の脳裏に情報が入り込んでくる。サイコメトリング。物品に宿る思念や過去の経歴の風景を読み取ることで、その持ち物に何が起きたのかを判別する上位鑑定スキルのひとつ。【鑑定スキル：∞】を持つ者だけがたどり着くことができる一種の境地。驚く俺の前で景色が目まぐるしく変わる。

瞬間、暗闇が反転して周囲の景色が真っ白に染まった。

◆◇◆◇◆◇◆◇

気づくと俺はセピア色の景色の中にいた。何時の間に目を開けていたのであろう。周囲を見渡すと見知らぬ城にいた。西洋風の石畳の簡素な城だな。そう思って辺りを見渡そうとすると、手に何かを握っている感触がした。すぐ隣を見てみると、横には手を繋いだシェーラの姿があった。一体ここはどこなんだ？　俺が疑問を口にしようとする前にシェーラの思念が流れ込んできた。

『ここはシュタリオン城です』

ここがシュタリオン城なのか。召喚された時は地下にいたので分からなかったのだが、ここがシェーラの生まれ育った城なのか。そう思っていると、俺たちの横を目鼻立ちがくっきりした美しい少女が通り過ぎていく。まだ幼さが残るものの、その大きな瞳は見る者の目を奪い、さらさらに流れる髪は現実離れした妖精を思わせる美しさがあった。面影がどことなくシェーラに似ている。ひょっとして妹か誰かかな。俺がそう思っていると、シェーラが申し訳ない顔をして答えた。

『……ハル、あれは幼いころの私です』

『ええっ⁉　全然違うじゃん！』

目の前を通り過ぎていった美少女と今のシェーラがどうしてもイコールにならなくて俺は驚いて二、三回振り返った。そんな俺の様子を見て、シェーラは羞恥の入り混じった表情で答える。

『自分で言うのもなんですが、十一歳ごろの私は国民の皆さんからシュタリオンの妖精姫と呼ばれていたのですよ』

その意外すぎる事実に俺は言葉を失った。嘘だろう、詐欺《さぎ》じゃないか。あそこにいる美少女が目の前のシェーラみたいになるなんて、年月というものの残酷さを思い知った。

『それ以上言うと泣きますよ』

『あ…ごめん』

今のは失言だった。シェーラだって女の子なんだから、太っていることを気にしてないわけないよな。そう思って謝罪すると、シェーラは「いいんです。どうせ本当のことですから。でもハルも痩せてる女の子のほうが好きですよね」と、フォローできない返しをしてきた。

うわあ、気まずいなあ。

そう思って過去の景色を見ていると、先ほどの少女が再びこっちに走ってきた。瞬間、彼女の首筋にかけられていたペンダントのチェーンが外れて床に落ちる。どうやらペンダントを首にかける鎖が切れてしまったようである。泣きそうな顔をしてペンダントを拾う少女を前にして景色が切り替わっていく。

次に映し出されているのは、豪奢なテーブルや様々な書物棚の置かれた部屋だった。シェーラが言うには、この国の大臣の執務室だそうだ。そこには先ほどの少女シェーラと見知らぬちょび髭《ひげ》の太った男が座っていた。そして机の上には、先ほどのチェーンが壊れたペンダントが置かれていた。

それを見た現代のシェーラが教えてくれる。

『あれは大臣のフッテントルクです』

『見るからに怪しい顔をしてるよなあ』

『そんな、彼はとてもいい人ですよ。この時も私の壊れたペンダントを直してあげるからといって、しばらく預かって修理してくれたんです』

『シェーラには悪いんだけどさ、普通に怪しいわ、あいつ』

俺はげんなりしながら奴を見た。まだ幼さを残す幼シェーラを見る奴の視線は、配下が支配階級を見る視線というよりは、ロリコンが獲物を見る粘着質なものにしか感じられなかったからだ。なぜそのようなことを思ったのかといえば理由があった。

あまり大きな声では言いたくないが、俺も奴と同様、幼い女の子が可愛いと思う感性を持っているからである。というより、同年代の女子が怖いから近寄りたくない気持ちが自然と幼女の方に行ってしまっただけなのだが、それが普通でないことは自分なりにちゃんと自覚している。だから犯罪に走らないよう、これまで自制をした安全かつ健全な自宅警備員でいることができたのだ。そんな俺の独特の嗅覚《きゅうかく》は、はっきりと奴が危険であることを訴えかけていた。

幼シェーラが礼を言って部屋を出ると、予想通りに奴はとんでもない行動を取りはじめた。シェーラが付けていた首飾りに愛おしそうに頬ずりしだしたのである。もうその時点で俺はドン引きである。傍らで見ていたシェーラの方を見ると、気の毒なくらい茫然とした表情をしていた。それはそうだろう。信頼して預けた首飾りに、まさかこんな真似をしていたとは思っていなかったに違いない。

だが、奴の変態的な行動はそれだけでは収まらなかった。しばし頬ずりしてその後に臭いをクンクン嗅いだ後、あろうことか奴は首飾りをベロベロと舐《な》め始めたのである。まるで犬のようだった。もうはっきり言ってドン引きのレベルを超えている。いくら俺にもロリコンの気があるとはいえ、人さまから預かった装飾品を舐めまわすような高尚な趣味は持っていない。シュタリオン大臣フッテントルク。あまりに奴のレベルはぶっ飛びすぎていた。

その時点で、俺はもうシェーラの方が気の毒で見られなくなった。考えたくないのだが、現在シェーラがしている首飾りも、奴が楽しみ切った末に戻したものである可能性が大だ。

視線を合わせないのだが、耳をすませてシェーラの呟きを聞いてみると、『……そんな、どうして……』から始まった呟きは次第に小さくなり、最後には消え入るような声で『もういやぁ……やめてください』と涙声になっていた。

だが、見られているなど露にも思わないフッテントルクは、エスカレートして興奮冷めやらぬ様子でズボンのチャックに手をかけた。いかん。流石にこの後の光景はアウトだわ。慌てて俺はインフィニティにこのシーンを省くように伝えた。俺の焦りが伝わったのか、周囲の景色は一瞬にしてホワイトアウトしていく。

次に映し出されるのは、フッテントルクが薄暗い部屋で何やら細工をしている光景だった。彼の前では頭をすっぽりと覆う黒い外套《がいとう》に身を包んだ人間達が、ひたすら魔法陣に向かって詠唱を行っていた。魔法陣の中央にはシェーラから預かったあの首飾りが置かれていた。その魔法陣を見た瞬間、なぜか嫌な予感がした俺は、インフィニティさんにあれが何の魔法陣なのかを聞いてみた。するとインフィニティさんはとんでもないことを言い出した。

『あれは魔術をかけられた装飾品の付加魔法を上書きする一種の呪いです。詠唱の内容から察するに、あの守護の首飾りの付与魔法効果を打ち消して【肥満の呪い】を込めているようですね』

『ひでぇことしやがる』

自らが仕えるべき主である、幼い少女から受け取った首飾りを呪いのアイテムに変貌させるフッテントルクに対して、俺は激しい怒りを感じた。そんな俺の怒りに反応するかのように、周囲の景色は元の世界のものに切り替わっていった。

◆◇◆◇◆◇◆◇

周囲の景色が元に戻ったことを確認して、俺はシェーラの手を握っている自分の手を放して彼女を見た。彼女は物凄く微妙な表情をしていた。泣きそうな、それでいて物凄く怒っているような表情だった。気のせいか蒼い顔をしているのが見て取れた。無理もない。信頼していた人間によって母の形見を汚されていたのだ。なんとなく心配になった俺は彼女の気持ちに配慮した。

「シェーラ、大丈夫かい？」

「……大丈夫、とは言い難いですね」

そりゃそうだよな。しかし、どうしてフッテントルクは首飾りに肥満の呪いをかけたのだろうか。それが分からないな、そう思っていた俺にインフィニティさんが語り掛けてくる。

『あの男はシェーラ嬢に邪な思いを抱いているように見えました。妖精と呼ばれたシェーラ嬢を独占するために呪いをかけた可能性があります』

なるほど、そういうことか。インフィニティさんの言葉に俺はある仮説を立てた。さきほどの幼シェーラは、ここにいる現在のシェーラと同一人物とは思えないくらいに可愛かった。対してフッテントルクは、お世辞にも見目麗しいとは言い難い男だ。加えて、自らが邪《よこしま》な思いを抱いても届かないくらいに王族であるシェーラは雲の上の存在だ。しかし、呪いによってシェーラを太らせすぎればどうなるか。国中どころか他国からも嫁の貰い手がなければ、いかにシェーラといえども自分の想いに答えるはずだ。大方、そんなことを考えたに違いない。俺自身がモテない立場のフッテントルクと同じ側の人間であるため、気持ちはわからないでもなかったが、あまりにも、やり方が共感できなかった。

何とも言えなくなった俺は黙ってシェーラを見た。彼女はしばし躊躇った後、手に握っていた首飾りを渡してきた。いいのか、そう目で訴えかけると、彼女は怒りも悲しみも越えたような透き通った表情でこくりと頷いた。俺は頷きながら首飾りを受け取った。そしてアイテムボックスを呼び出すと、心の中で首飾りにカーソルを合わせてアイテムボックスの中に入れる。アイテムボックスのリストに呪いの首飾りと表示されると同時に、手に持っていた首飾りが光の粒子となって消えていく。

【マスターのアイテムボックス内に収納することでシェーラ姫の呪いも解けたようです】

インフィニティさんの言葉に頷きながら、「異世界ディーファスに戻った時に殴ってやるブラックリスト」の中にフッテントルクの名前を付け加えた。

◆◇◆◇◆◇◆◇

次の日、目覚めた俺は、寝ぼけまなこで顔を洗いに洗面台へ行った後で言葉を失った。目の前に見覚えのない美少女がいたからだ。スレンダーな体をしているものの出るところは出ている。ウエストが細い分、胸が大きく見える。着替えの途中だったのか、彼女が悲鳴をあげたので慌てて俺は洗面台を後にした。見覚えのある特徴はあるものの、おそらくは彼女だという確信が持てなかった

俺は、混乱しながらも居間で待った。しばらくしてから身支度を整えた彼女がやってきた。サイズに合わないぶかぶかの服を着ている。やっぱり彼女なのだ。着替えを見られたせいか、顔を紅潮させている姿が非常に可愛い。

「すいません、ハル。取り乱してしまって」

「その声、やっぱりシェーラなのか」

「自分でも驚いているんですが、そうみたいです」

俺の言葉に美少女へと変化したシェーラは躊躇いがちに頷いた。一体何が起きたのか分からない俺に、インフィニティさんが説明してくれた。

『呪いの首飾りの影響から抜け出して元の美しい姿に戻ったようですね』

馬鹿な。一晩でここまで劇的な変化が訪れるなんて。彼女はやはりファンタジー世界の住人であるという事か。俺は頑張って地道に減量しているというのに。羨《うらや》ましさはあったものの、彼女が痩せたのは嬉しい誤算だったので素直に喜ぶことにした。シェーラは、いきなりの自分の変化に戸惑っているようだった。

「どうですか。変じゃないですか」

「そんなことないよ。とっても可愛い。前の姿に比べたら今の方が絶対可愛いよ」

「それはそれで傷つくんですが」

「ご、ごめん！」

慌てて俺が訂正すると、彼女はクスクスと笑いだした。よかった。怒ってはいないようである。

正直なところ、痩せたらここまで変化するとは想像できなかった。しかし、一晩だけでこんなに変化するなら、もっと早く首飾りを取れば痩せられたのではないだろうか。

『単純に首飾りを外しても肥満の呪いがついた状態では痩せなかったでしょう。マスターが首飾りをアイテムボックスに入れて所有権が移ったことで呪いが解呪されたものと考えられます』

なるほど。そういうものなのか。納得している俺にシェーラが笑いかける。そしていきなり俺にギュッと抱きついてきた。突然のことで戸惑っている俺にシェーラが囁く。

「ハル、本当にありがとうございます。こうして元の姿に戻れたのも、貴方が真剣に私のことを考えてくれたからです」

「シェーラ、胸が当たってる。胸が！」

「もう少しだけ、このままでいさせてください」

脂肪まみれの身体に密着する女の子の柔らかい体の暖かさを感じる。その上、いい匂いがする。

俺は彼女が離れるまで、されるがまま顔を真っ赤にしながら突っ立っていた。

◆◇◆◇◆◇◆◇

シェーラが急激に痩せたことは喜ばしいことだったが、反面、困った問題が起きた。俺の部屋にある洋服では、スレンダーになった彼女のサイズに合わないのである。実のところ、彼女と暮らすことになった時に最低限の下着などは通販などで買ったのだが、普段着は俺のトレーナーやジャージを流用していた訳だ。流石に今の彼女が俺のお古で過ごせというのは余りに可哀そうだった。不《ふ》憫《びん》に思ったのは、シェーラがぶかぶかになった俺の服でも嫌がらずに、むしろ笑顔で使い続けようとしたことだった。

仮にもお姫様なんだからもっと我儘《わがまま》を言いたいはずなのに、俺に気を遣ってくれたのだと思う。

だが、紐で縛ったはずのジャージのズボンがストンと床に落ちて彼女の下着が露わになった時、俺は彼女の洋服を一緒に買いに行くことを決意した。

シェーラを伴って出かけたのは、最近になって駅前に建造された大型のショッピングモール。元々はしなびていた駅前に数年前に建てられたこのモールは、駅前という利便性も手伝って多くの人を集めるようになった場所だ。

ただでさえ出かけることがなかったシェーラは、初めて訪れる煌《きら》びやかなショッピングモールに興味深々であった。顔を紅潮させながら、「あれは何ですか」「これは何ですか」と尋ねる様子は非常に可愛らしかった。今のシェーラは人目を惹く魅力を持っていた。そんな彼女がはしゃぎ回るものだから、注目の的になって仕方がない。

「おい、見ろよ。あの子、アイドルか何かか？」

「それに比べて一緒にいるあのデブは何だよ。ファッションセンスの欠片もないな」

ひそひそ声にならない囁きがはっきり聞こえている。胃が痛くなった俺は冷や汗をだらだらと流していた。平日の昼間という事もあり、そこまで人で賑わってはいないものの、やはり人前に姿を現すのは恐怖と苦痛を伴った。俺の表情に気づいたシェーラが、心配そうに俺の顔を見つめてきた。

「ハル、大丈夫ですか？」

「うん、大丈夫、大丈夫」

あまり大丈夫ではないのだが、心配をかけたくなかったので精いっぱいの笑顔で答えた。かなり笑顔が強張っていたのではないかと思う。シェーラはそんな俺を心配したのか、手をぎゅっと繋いでくれた。

「こうすれば大丈夫ですよ」

苦痛が和らいでいくのを感じた。だが、今度は顔が赤くなるのを抑えられなくなった。意識しまいとするほど、顔が熱くなっていく。恥ずかしくなってきた俺は、俯きながらシェーラの手を取ってカジュアルな衣類を揃えた洋服店のテナントに飛び込んだ。

「いらっしゃいませ、何かお探しですか」

「あの、この子の、服をいくつか、買いに来ました！」

「あらあら、可愛らしいお嬢さんですね」

穏やかそうな女性店員のお姉さんに何とか要件を伝える事が出来て良かった。自分でも、かなりどもっていたとは思う。だが、お姉さんは接客業という事もあって俺の口調を気にはしていない様子だった。お姉さんが何を話しているか戸惑っているシェーラに通訳しながら、俺達はいくつかの可愛らしい服を選ぶことにした。

「こちらのミニスカートなどはいかがでしょうか」

「こ、こんな短いスカートは無理です。しゃがんだら見えてしまうじゃないですか」

「では、こちらはいかがでしょうか」

「□△○×⁉　ハル〜、ジャージじゃダメですか」

「ジャージは買うけど可愛い服も買おうよ、シェーラ」

「うう……分かりました」

店員のお姉さんのおかげで、シェーラに似合う可愛らしい服を買うことができた。無理をして外に出て良かった。ちなみに服自体は可愛らしかったのだが、お会計の値段は全く可愛らしくはなく、逆に恐ろしくなって青ざめたのだが、カードで何とか支払うことができたのだった。

◆◇◆◇◆◇◆◇

シェーラが痩せて本当によかった。だが、反対に俺のほうは現状の減量生活に伸び悩みを感じ始めていた。食事制限で確かに体重は落ちているものの、最初の方の劇的な痩せ方ではなく、ゆっくりとしたペースでしか体重が落ちなくなったのだ。

【肥満体質：116／58→113／58】

このままでは、いつまで経ってもシェーラを元の世界に帰すことができない。困り切った俺はダイエットコーチであるインフィニティ先生に相談した。質問から帰ってきた答えは明確なものだった。

『簡単な足し算引き算です。基礎代謝を上げて減る量を増やしましょう』

「基礎代謝をあげるって何すればいいんだ？」

『本来ならば厳しい筋肉トレーニングで自らの身体を虐《いじ》めるのが一番ですが、それをやっては三日と持たずに弱音を吐いて諦めるのは目に見えています』

「あはは……、流石はインフィニティ先生。よくわかっていらっしゃる」

インフィニティさんの冷静な分析に俺は苦笑いするしかなかった。確かに言う通りだった。これまで自分に厳しく言い聞かせてダイエットしても、厳しくなると弱音を吐いて諦めてきたのだ。そんな俺にインフィニティさんが提案したのは毎日のウォーキングだった。一日一時間歩く。たったそれだけ。ただし、最初から無理をするのではなく、はじめのうちは苦にならない距離から歩くのだということ。たったそれだけなのか、驚いて尋ね返すとインフィニティ先生はそうだと答えた。

半信半疑ではあったものの、俺はその日から言われるままに歩き始めたのである。

果たして効果があったのかということは後から触れようと思うのだが、俺の影の努力が実を結び始めたもう一つの結果があった。魔法の存在の欠如を克服するための経験値が上限にたどり着こうとしていたのである。

第三章

その日の深夜も俺はいつもの公園にいた。ただし今回はひとりではなく、シェーラを連れてきていた。これまで警察の余計な追及などが入らないように、シェーラを一人で外に出さないように心掛けていた俺が彼女を連れてきたのは理由がある。

隠れて行っていた魔法の訓練の成果を見せるためだ。

異世界育ちの彼女には日本語が通じない。警察に職務質問をされた時のリスクを考えると、夜の公園に連れてくるのも本来は避けるべきだろう。それでも弱点の克服によって魔法が使えるようになるところを最初に見てほしい。そう思ったからこそ、彼女を連れてきたのだ。俺はこれまで影で行っていた努力の結晶を可視化するためにキーワードを唱えた。

「ステータスオープン。閲覧限定解除対象：シェーラ」

藤堂晴彦
年齢：32
ＬＶ：1
種族：人間

職業：異界の姫の保護者
称号：公園の怪人『豚男』強制送還者
体力：16／16
魔力：4／4
筋力：15
耐久：18
器用：8
敏捷：10
智慧：12
精神：11

ユニークスキル
【ステータス確認】【瞬眠】

レアスキル
【鑑定LV：∞】【アイテムボックスLV：0】

スキル

【名状しがたき罵声】【金切声】【肥満体質：113／58】【鈍足：1265／420000】【魔法の才能の欠如：64994／65000】【運動神経の欠落：58／65000】【人から嫌われる才能：6320／120000】【アダルトサイト探知LV：10】

俺のステータスが夜の闇に可視化されていく。本来、ステータス表示を見ることができるのはスキルを所有している人間だけである。インフィニティが言うには、スキル所有者以外がステータスを見て悪用できないようにロックがかけられているらしい。そのロックの限定解除を行うことで、彼女にもステータス確認を行えるようにしたのである。

先日の首飾りの揉めごとの発端も、俺には見える呪いの表示がシェーラには見えなかったことが原因だ。再び類似のトラブルが発展することのないように、ステータスオープンを起動する際に条件の微調整を行えるよう手直ししてもらったのである。これによって他の人間に自分や他人のステータスを見せられるようになった。

もちろん、ステータスを見せたくない相手には表示が見えないように臨機応変に設定を変えればいい。

人によって閲覧条件を変えることができるようになったのは結構な進歩と言えた。もし不審なスキルやアイテムに呪いがかかっている場合でも、事実関係を見せながら説明することができる。俺は数あるステータスの中から一つのスキルを大きく表示するよう頭の中でイメージした。俺のイメージを優秀なインフィニティさんが反映させていく。

【魔法の才能の欠如：６４９９４／６５０００】

残り二回で弱点を克服できるマイナススキルの克服経験値に、シェーラが驚きの声をあげる。

「ええっ⁉　凄いじゃないですか、ハル！」

「フフフ、凄いだろう。でも大変だったよ。ほぼ三桁しかない状態からのスタートだったんだからさ」

「本当に凄い……どうやって、これほどまでの経験値を貯めたんですか？」

「話せば長く……ならないか」

そこまで来て、俺はシェーラにこれまでの事の顛末を説明した。彼女が寝静まってから夜な夜なこの公園で必殺技の練習をしていた、そう告げると彼女は驚いていた。

「秘密の特訓をしていたのですね！　凄いです、ハル！　尊敬します！」

彼女の疑いのない澄んだ瞳に罪悪感を覚えた。なにせ訓練の途中に後ろめたい思いもしていたからだ。まず近隣に怪しい男が出るという噂が流れて警察の職質を何度か受けている。最初の職質には適当に答えていたものの、数回続けば誤魔化しが効かなくなる。

仕方がないので理由を正直に説明したところ、気の毒な目で見られたことを思い出した。

気まずくなって一週間ほど公園に行けなかったのだが、ほとぼりが冷めた後でも繰り返しているうちにおかしな噂が流れ出した。

それが公園の怪人『豚男』である。

人として大切な何かを代償にして俺は経験値を手に入れた。まあ、端から見れば不審者が毎日決まった時間に不審な運動をしていれば、誰だって通報するのは当たり前だろう。

正直に話して尊敬の眼差しを失うのが怖かった俺は、途中経過を省いて結果だけを見せることにした。

俺は気を取り直してシェーラから少し離れたところに位置を取ると、数週間続けた左腰に掌サイズの玉を抱えるような例の構えを取った後に精神集中を行った。気のせいだろうか、空気が振動しているような気がする。頭の中で光の玉が凝縮して広がっていくイメージを思い浮かべ、それが掌からあふれ出そうとした瞬間、俺はそれを正面に放った。勿論、実際にエネルギーの弾が構成されているわけではないので何も起きない。だが、俺には不思議と、あと一回同じことを行えばエネルギー波が起こるイメージが沸いていた。大丈夫だ、あと一回やってみれば上手くいく。

「おい、なんだよ、変なことをやっているデブがいるぜ‼」

そんな俺たちに急に後ろから声がかかった。びっくりして振り返ると、数人の柄の悪い男たちがこちらに向かって歩いてきていた。まずい。急いでここから立ち去るべきだと思いながらも動くことができなかった。駄目だ、完全に足がすくんでしまっている。

俺とシェーラが逃げることができないうちに、男たちはシェーラを羽交《はが》い絞《じ》めにした。

「変な髪の色をしたねーちゃんだな。あんな豚野郎と絡んでないで、向こうで俺たちと遊ぼうぜ」

「ぶ、無礼な！　離しなさい！」

「英語かよ、何言ってんのか分かんねえよ、日本来たなら日本語を話しな！」

「オウマイゴー、キスマイアース！　なんつってな、ぎゃははははっ！」

そう言いながら、男たちはシェーラの身体のあちこちを触りながらニヤニヤといやらしい笑みを浮かべた。堪らなくなって俺は奴らを止めようと駆け寄っていった。

「やめろおおおおっ！！！」

だが、俺が拳を振りかざして殴りかかろうとする前に、リーダー格と思われる金髪男の膝が深々と俺の腹にめり込んでいた。何だ？　これ、めちゃくちゃ痛いぞ！　痛みで悶絶してその場で崩れ落ちる俺の頭を、金髪男は容赦なく掴みあげる。

「良い子はもうねんねの時間でちゅよ、子豚ちゃ～ん」

「馬鹿じゃねえの、てめえみたいなデブが俺たちに勝てるわけがねえだろう！」

「気持ちの悪い顔しやがって、てめえみたいな豚野郎は、一生家に引きこもってママのおっぱいでもしゃぶってやがれ！」

男たちの罵声が、圧迫面接や引きこもって社会に出れなくなった俺に対する友人達の罵声と重なっていく。その言葉のナイフに俺の心は容赦なく折れそうになる。そうだよ、所詮、俺は社会に出てはいけない豚野郎なんだ。みんな俺のことを気持ちが悪いという。、だから俺なんて一生引きこもっているべきなんだ。そう思いながら、俺の意識は薄れていった。

「ハルッ！　助けてください！」

バカヤロウッ！　寝てたら駄目だ！

シェーラの声で俺の意識は一瞬にして覚醒した。俺のことはいくらでも馬鹿にするがいい、だが、俺は大事なことを忘れていた。俺にはシェーラがいる。彼女を守らないといけないのだ！

だが、殴り合いではまず勝てない。だから俺は今できる最善策で奴らに挑むことにした。俺はまず殴った金髪の足をがっちりと掴むと、インフィニティに命令した。

「インフィニティ、鑑定スキル：インフィニティを発動しろ。目標対象は足元の大地。年代を遡る鑑定状況をカラー画像による高速イメージで逆再生させていけ」

『了解、これよりサイコメトリングを開始します』

瞬間、金髪と俺の周囲の景色が高速で切り替わっていく。夜から昼、昼から夜、無数の人々が訪れて去っていく。さらに周囲の景色は完成された公園が、徐々に解体されて空き地に変わっていく。そしてそれは次に焼け野原になった。そして徐々に消えていた炎が蘇っていく。焼けただれる周囲の景色の中では多くの人々が焼かれていた。上空には轟音を上げて空襲を行う飛行機が飛んでいる。その様はまさしく地獄絵図だった。そのイメージの強烈さに思わず金髪が恐怖の声をあげる。俺はそこで景色の高速逆再生を再生に切り替えた。金髪の男の目の前で焼けただれた男がもがき苦しむ。

「来るなッ！　くるんじゃねえ、化け物どもが!!」

これは何十年も前に起こったことだ。だが、金髪の目の前の記録画像は現実にしか思えないほどリアルなものであった。金髪は俺の手を振り払うと一目散に逃げていった。同時に俺の周囲の景色が元に戻る。

「かっちゃん！　どこいくんだよ！」

「かっちゃんは怖くなったから帰るってさ」

俺はゆっくりと立ち上がりながら、シェーラを拘束するチンピラどもを睨みつけた。まずは一人。次はどいつだ。そう思っているとシェーラを羽交い絞めにしていた男が急に悲鳴をあげた。見ると男の服の袖が燃えている。おそらくはシェーラが火炎魔法を最低出力で放ったのだろう。流石だ。男が慌てて地面に転がりながら腕の火を消している間に、俺は残った男に狙いを定めて構えを取った。

放つイメージは敵を吹っ飛ばす威力のエネルギーの塊。これまではごっこ遊びだったが、今の俺には、そのごっこ遊びが現実になる不思議な確信があった。

両の掌にエネルギーが集まっていく。

それが掌からあふれ出そうとした瞬間、俺はそれを放った。

可視化された光の塊は、男目がけて高速で真っすぐに飛んでいくとその懐に大きく食い込み、男を空へ舞いあげた。３ｍほど宙に舞った後に男はゆっくりと地面に落ちて意識を失った。俺は茫然と自分が今やったことが現実と思えず掌を見た。そんな俺の脳内で、どこか嬉しそうなインフィニティさんがアナウンスしてくれた。

『経験値の蓄積により【魔法の才能の欠如】スキルは限界突破しました。マイナススキルの克服により【魔法の才能の欠如】は消失。【全魔法】スキルの封印を解除。新たに【無詠唱】【精霊王の加護】【努力家】【魔力集中】【魔力限界突破】【限界突破】【インフィニティ魔法作成】を習得しました』

インフィニティさんのアナウンスを聞いて新しくもたらされたスキルの数々に俺は驚かされた。全魔法スキルの封印解除とか無詠唱とかは何とか想像ができる。だが、限界突破とか魔力の限界突破ってなんだよ？　それにインフィニティ魔法作成とか全然想像できないぞ。

『魔力の限界突破は自分の使用する魔法の元々定まっている魔力量の限界を越えて魔力をつぎ込むことができます。人間族では珍しいスキルで主にディーファスの魔族が使用します』

「シェーラ達の敵のスキルじゃねーか！」

『さらにご説明いたしますと限界突破はステータスの限界を越えて成長できるスキルです。こちらもディーファスの上位魔族が所有できるスキルです』

なんてこった。思いきり悪役のスキル構成じゃねーか。インフィニティ魔法作成とか聞くのが怖くなってきたぞ。そんな俺の考えをまるで無視して、インフィニティさんは自身の名前がつく魔法の説明をどこか自慢げに行い始めた。

『インフィニティ魔法作成というのは今回の新スキル習得の際の目玉スキルです』

「随分と大袈裟なんだな」

『大袈裟ではありませんよ。私というデバイスを有効活用することでマスターの冒険に役立つ魔法を新たに作成することができます。具体的にはこういうことをしたいという願望を明確なイメージという形で想像していただければ私が必要コストを使用して新魔法を創造します』

なにそれ!?　超凄いスキルだぞ、これは。簡単に説明してしまえば、このスキルはアラジンのランプの魔法版のようなものである。あそこに瞬間移動したいので魔法を作成してくださいと言ったり、ここにブラックホールを作成してくださいといえば、インフィニティさんがその要望を【鑑定スキル：∞】を使用して忠実に作成してくれるということだろう。それを聞いた瞬間、俺の夢と野望は広がった。頭の中では魔法を自由に使って颯爽《さっそう》とモンスターを倒す凄腕魔法使いの姿が映し出される。

ついに俺TUEEEの時代がやってきた。思わず緩む頬を必死で引き締めるように努力をしたが無理だった。俺はにやけながら、野望の第一歩を万能たる相棒インフィニティに告げた。

「よし、インフィニティ。手始めにディーファスへの橋渡しとなるゲートを作成できる魔法を創造してくれ」

『条件設定。必要コスト試算。MP150000ほど消費します。使用魔力EROORが表示されました。マスターの身体MPを大きく上回ります。禁忌事項《サクリファイス》として日本人20％を犠牲にすれば可能ですが本当によろしいですか』

「な、何言ってんの、インフィニティさん？」

恐ろしいことをさらりと言う相棒に俺はドン引きした。何だ？　日本人20％の犠牲って。悪魔か？　怖くてそんなことができるわけがない。そんな俺の思考を読み取ったのか、インフィニティさんは冷静に告げた。

『マスターがドン引きしてくれて助かりました。私としても終末の天使達とは事を構えたくありませんでしたから』

「なんだよ、終末の天使って」

『かつて驕《おご》った旧人類文明を滅ぼした恐るべき熾天使達です。彼らが通った後はぺんぺん草も生えないと言われており、事実滅ぼされた星は七日七晩、滅びの黒い炎が消えなかったと言われています。禁則事項に触れれば彼らはたとえ世界の壁を越えてでもマスターを消去しに来ることでしょう』

聞いているだけで肝が冷えてくるわ。勘弁してください。そんな怖い存在とは本当に戦いたくありません。そんなことを話していると、遠くの方からパトカーの音が聞こえてきた。やばいと思った俺は、シェーラを伴ってその場から離れることにした。そんな俺にインフィニティさんが告げる。

『ああ、そういえば言い忘れておりました。てれれれ、てってってーん。晴彦はレベルが上がりました。ちからが3上がった。素早さが2上がった。守備力が……』

逃げてるんだから、頭に直接響く声でレベルアップ告げるなよ！　俺は心でそう突っ込みつつ、シェーラの手を引きながら夜の闇に消えていった。

◆◇◆◇◆◇◆◇

サイレンを鳴らしたパトカーは公園の近くで止まってサイレン音を消した。無音でサイレンの赤い光だけが辺りを照らす中で二人の警官が現れる。一人はトレンチコートを着た壮年の男。そしてもう一人はスーツ姿の若い女だった。二人は公園の中に入ると状況を確認した。若干の火傷を負っているものが一名。倒れているものがいるが意識を失っているだけのようだ。壮年の刑事は使い込んだガラケーによる通話でパトカーを手配した後、周囲を見渡した。そして鋭く目を細めた。その視線は、どこかネコ科の肉食獣を思わせるものであった。

「強い魔力が検出されている。間違いない、奴だな」

「噂の豚男ですね、司馬さん」

「ああ、いい加減こんなことを仕出かした奴を特定したい。残留魔力を持ち帰って鑑識に回してくれ。ワンコ」

「あの、私の名前は壱美だとあれほど申し上げているのですが。いい加減に相棒の名前くらい覚えてくれませんか、司馬さん」

「わかったわかった」

そう言いながら、男はぞんざいに手を振って詰め寄る女を追い払った。そんな二人の腕章には警察のマークと共に「ＷＭＤ」と書かれたマークが書かれていた。

◆◇◆◇◆◇◆◇

次の日の早朝、俺はシェーラと共にダイエットのためのウォーキングを行おうとアパートの前で準備運動をしていた。とはいっても、始めてからまだ数日である。まだ慣れていないせいなのか、それとも睡眠不足と前日の騒ぎの疲れなのか、俺は大欠伸をしてしまっていた。それを見たシェーラが手を抑えて楽しそうに含み笑いをする。そんな彼女の様子に照れ笑いを返すと、タイミングよく木の枝から地面に降りてきた小鳥のさえずる声が聞こえてきた。うむ。今日も爽《さわ》やかな良い朝だ。

インフィニティさんが言うには、ウォーキングは朝食を食べる前の空腹な時と夕飯前の二回に分けて行うのが一番脂肪燃焼にいいらしい。朝の散歩というと、年寄りの中にはよくやっている人もいるようだが、なんでも脂肪燃焼の効果が出てくるのは、始めてから二十分程度すぎてかららしい。その準備段階を通り過ぎないと脂肪は燃焼しないらしく、逆に言えばそこからが脂肪を燃焼させるボーナスタイムになるのだ。ゆえの一時間である。ウォーキングは他の激しい有酸素運動に比べて糖分よりも脂肪を燃焼しやすい。本来の消費のメカニズムとしては最初に体で溜め込んだ糖分が消費されてその後に脂肪が燃焼していくのだが、俺たちが行っている低糖質ダイエットは、そもそも糖質制限を行うことによって体の中に糖分を溜め込まないように促す。だから緩い運動のウォーキングと低糖質ダイエットの組み合わせは非常に相性がいいと言える。多分そこまで計算しているんだろうなと考えると、俺のサポートを行うインフィニティさんという鑑定スキルは頼りになると共に恐ろしいと感じた。

『私としてはこれだけ疑いもなくメニューをこなすマスターの素直さの方が恐ろしいですがね』

え？　なんか言ったか？　俺がそう尋ねると、インフィニティさんは何でもありませんと答えた。

ふむ、変な奴だ。そんなことを思いながら俺はゆっくりと歩みを進めた。早朝のウォーキングを行っている年寄りたちは思ったより多く、すれ違った瞬間に挨拶をしてくる人も少なくなかった。俺一人なら視線を逸らしてしまうのだが、シェーラがいたことでついこちらも会釈をしてしまう。もっとも見知らぬ人に元気よく挨拶をする勇気はなくて、モゴモゴと挨拶の言葉を口の中で呟くだけだったが。言葉が分からないはずのシェーラの方が片言の日本語で「コニチワ」と挨拶をしている様子を見ていると、コミュ障な自分がなんだか恥ずかしくなった。だからウォーキングが終わるころには、俺もやけくそのように大きな声であいさつをするようになっていた。

◆◇◆◇◆◇◆◇

荒い息をしながらアパートの自分の部屋に戻ると、俺は疲れ切ってその場にへたりこんだ。一時間歩くって結構つらいのな。体重もあるせいか結構膝に負担がかかっているぞ。そんな俺の近くで荒い息をしながらシェーラは微笑んだ。

「ハル、お疲れ様です」

「ああ、シェーラは大丈夫なの？」

「ええ、こう見えて歩くのは得意なんですよ」

「凄いな、俺は駄目だ。膝がガクガク震えているよ」

「ふふふ…」

俺の様子が面白かったのだろうか。シェーラは楽しそうに微笑んだ。その様子が不思議だったので俺は尋ねてみた。

「どうかした？」

「いいえ、ハルはだいぶ変わったなと思いまして」

「そ、そうかな。自分ではよく分からないけど」

「前より明るくなりましたよ」

「そうかな」

「そうですよ。いつも見ている私が言うんです。間違いありません。」

そう言いきってこちらを見るシェーラは、なんだかとても嬉しそうだった。何が嬉しいのかよく分からないな。俺がそう思っていると、インフィニティさんがツッコミをいれてきた。

『マスターは私が人間の機微に疎いと言いましたが、シェーラ姫の様子を見て何も気づかないとしたらマスターの鈍さも相当なものです』

「どういうことだよ」

『何でもありません』

どこか呆れて溜息をつく様子を見せたインフィニティさんの様子に首を傾げながら、俺は吹き出る汗をタオルで拭《ぬぐ》った。

ウォーキングを終えた後に俺は体重を測ってみた。恐る恐る乗ってみた体重計の数字を確認した後に俺はガッツポーズをする。狙い通りの数字がそこには表示されていたからだ。

【肥満体質：113／58→112．5／58】

つまり一時間のウォーキングを行うことで、0．5kgの減量に成功したということになる。だが、そんな俺にインフィニティさんが釘を刺してくる。

『念のために言っておきますが、直後のウォーキング直後の体重は汗によって減った水分などが影響していますので正確な数字ではありません。見た目の数字にだけ左右されて食事をせずにこれを続けても悪いことしかありませんので注意してくださいね』

「分かってるよ。基礎代謝を上げるのが重要なんだろう」

俺の言葉にインフィニティさんが同意する。減量目的ではあるが、インフィニティさんに言わせれば、減量に気を取られすぎて本来の筋肉量を減らすのは愚の骨頂なのだという。確かにそう言われなければ、食事をせずに無理な減量を続けていたかもしれない。

そういうこともあって、インフィニティさんが俺に指示を出したのはウォーキングの後の簡単なストレッチと腕立てと腹筋、そして食事をしっかり取ることだった。食事はともかく腕立てと腹筋は大変だった。腕立てをしようとしても自重を支えることが困難だし、腹筋に至っては、お腹がつっかえて起き上がることができなかった。思わず「ぶふうっぶふうっ」という豚のような荒い息をしてしまった。

食事自体は本当に楽しみだった。最近の俺とシェーラのお気に入りは豆腐だ。とはいっても普通の食べ方ではすぐに飽きる。そこで豆腐をご飯代わりにして様々なおかずを上に載せたりしてみることにした。これが正解だった。特にハマったのは親子丼風豆腐である。元々、俺は親子丼が好きだったのだが、減量生活を行うために半分以上は食べるのを諦めていた。だが、これならば食べても問題ないことに気づいたのだ。豆腐は意外とボリュームがあるので腹持ちもいい。めんつゆに若干砂糖が入っているものの、インフィニティさんも許容範囲だという。俺は勿論だが、シェーラもこれは気に入っておかわりまでしてくれた。

食事が終わった後、俺はかねてからやろうと密かに決意していたことを実行した。それは、昨日レベルアップした自身のステータスとスキルをもう一度確認することである。

「ステータスオープン！　ただし昨日のレベルアップ前からの比較ができるようにデータを出してくれ」

俺の言葉に合わせてインフィニティさんが演算を行う。そこには俺の要求が忠実に反映されたデータが作られていた。

藤堂晴彦
年齢：32
LV：2
種族：人間
職業：異界の姫の豚騎士
称号：公園の怪人『豚男』　強制送還者
体力：16／16→21／21
魔力：4／4→12／12
筋力：15→18
耐久：18→2
器用：8→10
敏捷：10→12

智慧：12↓14
精神：11↓14

ユニークスキル
【ステータス確認】【瞬眠】【鑑定ＬＶ：∞】【アイテムボックスＬＶ：０】

スキル
【名状しがたき罵声】【金切声】【肥満体質：１１３／58↓１１２．５／58】【鈍足：１２６５／４２０００↓１７２６５／４２０００】【魔法の才能の欠如：６５０００／６５０００】↓
［ＮＥＷ！］【全魔法の才能】【運動神経の欠落：８／６５０００↓９／６５０００】【人から嫌われる才能：６３２０／１２００００↓１６３２０／１２００００】【アダルトサイト探知ＬＶ：10】
［ＮＥＷ！］【無詠唱】
［ＮＥＷ！］【精霊王の加護】
［ＮＥＷ！］【努力家】
［ＮＥＷ！］【魔力集中】
［ＮＥＷ！］【魔力限界突破】
［ＮＥＷ！］【限界突破】
［ＮＥＷ！］【インフィニティ魔法作成】

昨日インフィニティさんが言った通りにレベルが上がっている。新たに習得したスキルの数々を見てにやけそうになったが、俺が今回に知りたかったのは、ウォーキングを行ったことでどれだけ鈍足スキルに影響が出たのか知りたかったためである。鈍足の経験値推移は以下の通りであった。

【鈍足：1265／420000↓17265／420000】

短期間での増加量が非常に気になった。何を基準とした数値なのだろうか、これは？　仮にこれが歩数だとしたら、単純に考えて一万六千歩歩いたことになる。そんなに歩いているはずはない。

首を傾げる俺にインフィニティ先生が補足してくれる。

『新たに得られた努力家が影響しています。このスキルは様々な訓練を行ったとき経験値を二倍にしてくれるスキルですから』

何それ！　超便利じゃん。インフィニティ魔法や限界突破の影に隠れて全然気づかなかったが、超優等生が俺の中に住み着いたものである。というか、確か努力家ってシェーラも取得していたよな。ということは二人して経験値稼ぎをしまくって俺TUEEできるものと考えてしまった。やばい妄想を再びはじめてしまいそうだ。

ああ、どこかに莫大な経験値をもたらす某金属スライムはいないものか。そんな俺の空想をインフィニティさんが否定する。

『残念ながら、彼らと戦うことは非常に危険です』

「え、なんでだよ」

『考えてもみてください。高レベルの冒険者が全く反応できない動きで攻撃してきたり、逃げ出したり、挙句の果てに1しかダメージを与えられないって。弾丸に近い速さの物体が襲ってくるようなものですよ。マスターは時速200キロを越える速さで飛んでくる物体と戦いたいですか』

ごめんなさい。戦いたくありません。それを聞くと、なんだかRPGの世界というやつはとても怖いものなんだなと考えてしまった。実際に、あの世界に生きている勇者たちというのは、相当厳しい生活を強いられているのではないだろうか。そんなことを考えていると、ふいにインターフォンが鳴った。え、誰だ、新聞の勧誘なら間に合ってるぞ。なんとか居留守を決め込もうとしたのだが、運の悪いことに丁度シェーラがトイレから出てきてしまった。水が流れる音がしているのに居留守を決め込むのは難しいだろう。

「藤堂さーん、いるんでしょ。出てきてくださいよ」

若い女の声だった。声だけ聞くと可愛らしい雰囲気を醸し出しているぞ。保険の勧誘かな？　首を傾げながら俺はゆっくりとドアを開けた。そこにいたのは気の強そうな眉《まゆ》が特徴的な女の人だった。たぶん俺よりかなり若い。彼女は人懐こい笑みを浮かべながら、俺に尋ねてきた。

「藤堂晴彦さん、ですね」

「あ、はい。そうですけど。どちらさまですか」

「あ、申し遅れました。わたくし、こういうものです」

彼女が出したのは警察手帳だった。

うわあああ！　警察だあああ！　不安と恐怖を感じた俺は、すぐに扉を閉めて彼女にお引き取りいただこうとした。

だが、女の動きは速かった。あっという間にドアの隙間に靴のつま先を押し込むと、半開きにしていた扉を強引に開く。こちらが閉めようとしたのにも関わらずだ。どういう力をしているんだ。

そんなことを思う間もなく、彼女は俺の背後に回り込むと、俺の腕を後ろにひねり上げたまま足払いをして床に倒した。

「いてて！」

思わず声をあげた俺の異変に気付いたシェーラが火炎魔法を掌に集中させ始めた。だが、その魔法が完成するよりも早く女は叫んだ。

「動かないで！　この男の腕が折れるわよ！」

そう言ってシェーラを制した女は、俺の手に何かをかちゃりとはめた。冷たい金属のような感触がする。一体何をはめられた？　というか、こういうシーン、どこかで見たことがあるぞ。何だか凄く嫌な予感がする。

「午前十時二十五分。異世界人略取及び魔法隠ぺいの疑いで被疑者『藤堂晴彦』を確保します」

そう言って女は高らかに宣言した。家出少女を拉致《らち》していた無職の豚男、逮捕。新聞の見出しを頭の中にイメージした俺は青ざめた。

死んだ魚のような目をしながら、俺はパトカーの後部座席に乗せられていた。傍らには心配そうな顔をしているシェーラが俺と同じく座らされていた。まるで市場に売られていく子牛の気分だ。歌いそうになる気持ちを必死に抑えながら、俺はため息をついた。俺を捕まえた女はパトカーを運転しながら俺に尋ねる。

「先日の空中爆破事件といい、無茶苦茶やってくれたじゃないの。おかげでこちらはもみ消しに必死だったのよ」

言われて俺は震え上がった。やべぇ、先日のシェーラの魔法の一件までバレているじゃないか。こうなったら黙秘するしかない。内心でガクブルする俺の沈黙を反抗的な態度と受け取ったのか、女はムッとした表情をしたまま話を続けた。

「まさか、この法治国家日本で魔法を使用すれば、どういう事態になるのか分かってなかったんじゃないでしょうね？」

俺の知ってる法治国家は魔法なんて使わないよ。そう反論したかったが、NOと言わさない威圧的な物言いだ。この人怖いよ、今すぐに帰りたいよう。そう思いながらも黙秘を続けたら続けたでブチ切れるんじゃないかという不安を感じた。こういう時はなるべく感情に訴えかけるのが一番だとネットか何かで見たのを思い出した俺は、感情に訴えましょう作戦を実行した。

「いや、僕はただ彼女を故郷に返したい一心で」

「故郷に帰したい一心で空中を爆破したってどういうことよ。そうじゃなくても一般人に異世界や魔法の存在を隠蔽するために必死で働いてるってのに。貴方も魔法使いなら、世界間魔導協定を知らないわけがないでしょう」

「あの、世界間魔導協定ってなんですか？」

「本当に知らないわけ？　君」

知らない単語ばかりだ。そもそも俺は魔法使いではない。童貞が一定の年齢に達したら賢者になれるというが、そういうことならば、すでに賢者と呼ばれてもおかしくないがな。指を指されて賢者などとは絶対に呼ばれたくはないが。

「もうやめておけ、ワンコ。本当に何も知らなそうだぞ、そいつは」

その時になって、はじめて助手席に座っていた壮年の男が口を開いた。無精ひげが特徴的な一見冴えない男だった。だが、視線だけが異様に鋭かった。真正面から見据えられたら何も言えなくなるんじゃないだろうか。男は猛禽類《もうきんるい》を思わせる鋭い視線で俺をチラリと見て、苦笑した後に言った。

「どう見たって魔術師って顔も体格もしてねえだろう。大方、数年間引きこもって久しぶりに外に出たらトラブルに巻き込まれた一般人ってとこだろ」

大正解です。この刑事さん、見た目は昼行燈なのに優秀だなあ。これなら酷いことにはならないか。若干安心しながら見ていると、女は納得いかなかったようで反論した。

「いや、でも司馬さん、私の勘は……」

「お前の勘なんて聞いてねえんだよ」

司馬と呼ばれた男の一喝に女も俺も震え上がった。男は一喝した後、元の昼行燈のような表情になって女に言い聞かせるように言った。

「いいか、ワンコ。前にも言ったはずだ。俺たちは勘や思い込みで捜査をしては駄目だ。起こった出来事の裏付けを取るために床を這いずり回って走りまわって聞き込みして、調べに調べてようやく証拠を見つけるってのが俺たちの仕事だ。それでも、どうしても見つからなかった時の最後の武器、それが刑事の勘ってもんなんだよ」

「…でも…」

「反論するな。今度誤認逮捕したら減給だってデカ長から言われてんだろ」

「はいぃ……」

司馬と呼ばれた男の説得に、女は消え入るような声でそう答えると、もう俺には話しかけなくなった。凄いな、この人。そんな女の様子に苦笑した後に男は俺の方を向いた。

「いろいろ悪かったな、にいちゃん。逮捕とかはねえから安心してくれ。まあ、しょっ引いちまった手前もあるから、署で少し話を聞かせてくれると助かる。かつ丼くらいは驕るぜ、俺のおごりだけどよ」

「はあ」

シェーラの不法滞在の件もある。下手に逆らわない方がいいだろう。

「あと、見たとこ姉ちゃんは異世界人みたいだな。どこの生まれだ。アルカランか、デネブか。まさかとは思うが白虎神界って訳じゃねえよな」

何気なく言った男の言葉に俺は驚いた。アルカランとかデネブとかどこのことだよ？　そう思った俺は思わず尋ねてしまっていた。

「シェーラが異世界人って分かるんですか⁉」

俺の驚きの声に、男は静かに頷いた。そして懐から名刺を差し出してきた。

「自己紹介が遅れたな。俺は司馬、こっちはワンコ。あんた等みたいな異世界間の紛争やトラブルを解決する『ＷＯＲＬＤ　ＭＩＮＯＲＩＴＹ　ＤＥＦＥＮＤＥＲ』、略して「ＷＭＤ」って組織に所属している」

司馬と呼ばれた男の顔と名刺を見た後、俺とシェーラは顔を見合わせた。

◆◇◆◇◆◇◆◇

「ＷＯＲＬＤ　ＭＩＮＯＲＩＴＹ　ＤＥＦＥＮＤＥＲ」。「世界の少数派の擁護者《ようごしゃ》」と名付けられたこの組織の発祥は、西暦２０００年を越えた頃からだと言われている。たった一人の異世界帰還者によって作られた前組織は驚くべきことに民間企業であったという。彼らは少数派であった異世界からの迷い子や地球を侵略に来る侵略者、または地球の重要な資源である人間を連れ去ろうとする謎の力から地球を守ってきた。だが、２０１０年ごろから異世界に召喚される人間がなぜか激増。他の異世界でも同様のトラブルが起きるようになっていた。

地球だけでは異世界間規模で起こる紛争から地球を守ることは困難と判断した各国の首脳たちは、特殊な方法によって異世界に召喚された後に成り上がって世界支配者となった元地球人『NAROU』たちと連絡を取った。そして秘密裏に行われた異世界間サミットによって、異世界間不可侵条約を盛り込んだ『世界間魔導協定』を結んだのである。

そして協定に従って、WMDは民間組織から政府直轄組織に吸収されて生まれ変わった。組織の構成員の大部分は地球人を越えた能力を持つ人間達によって編成されている。異世界間のトラブルを解決するために彼らは日夜、地球を狙う陰謀と戦うのである。

そして現在、警察署の一室に設置された「WMD日本分室」と書かれた一室にて晴彦は取り調べを受けていた。

◆◇◆◇◆◇◆◇

刑事ドラマの取り調べでしか見たことがないような部屋の中で、俺はパイプ椅子に座らされていた。テーブルを挟んだ対面上には、パトカーで護送していた刑事さんが眠そうな顔をして座っている。そして、俺の目の前には出前で頼んだと思われるカツ丼が置かれていた。出来立てなのか、美味しそうな湯気と食欲を誘う香りが恨めしい。

「なあ、本当に食べなくてよかったのか？」

いいえ、本当ならば喉《のど》から手が出るくらいに食べたいです。だが断る。ここで食べれば炭水化物抜きを行っていた食欲をせき止める堤防が決壊する。心の中で涙を流しながら俺は刑事さんに頷いた。

　ああ、本当にいい匂いがしてやがる。ダイエットをしてなければ貪《むさぼ》るように食べていただろう。

　なにしろ、こちらはすでに朝ご飯を消化しきっている。だが、ここで悪魔の囁きに乗ってしまえば後で泣きを見るのは目に見えていた。加えてインフィニティさんの理論的な説得が効果的だった。

『一般にカツ丼のカロリーは約８００ｋｃａｌと言われています。成人男性の一日の基礎代謝による消費カロリーの平均は１８００ｋｃａｌ。朝のウォーキングによる消費カロリーが２００ｋｃａｌと考えると、このカツ丼を食べることは朝の苦労が全て水泡に帰すものと予想されます。よく考えてから決断してください』

　決断しろと言っているが、食うなと言っているようなもんじゃないか。俺の顔とカツ丼ををしばし交互に見た後、刑事さんはため息をついた。

「ふむ、冷めるのもなんだからな。こいつは俺が貰っておくか」

「え？　マジですか」

「なんだ、やっぱり食いたいのか」

「いえ、大丈夫です。どうぞ召し上がってください」

　刑事さんは俺の前からカツ丼の載ったお盆を手元に引っ張ると、手を合わせた後に食べだした。

　実にうまそうな食いっぷりだった。最初はサクッというカツを噛み切る音、そしてハフハフとカツ丼をほお張る音と咀嚼音《そしゃくおん》が取り調べ室に響き渡る。

　うわーん、やっぱり食っておけばよかった。

俺の決断を非難するかのように腹の虫が取調室に空しく響き渡る。一通り食べ終えた後に刑事さんは手を合わせると煙草《たばこ》に火をつけた。俺の視線に気づくと無言で煙草を勧めてきた。丁重に断ると、刑事さんは煙草に火をつけて深く吸い込んだ後にゆっくりと煙を吐き出した。取調室に煙草の煙が浮かんで消えていく。

「食後の一服ってのは最高だな」

煙草を吸ったことがない俺にはよく分からないのだが、そんな俺から見ても本当にうまそうに見えた。食後の一服はうまいというからな。刑事さんの表情から察するに、その一服は至福のものに違いない。刑事さんはしばし煙草を堪能した後、俺に語り掛けてきた。

「どうだ。全部吐く気になったか」

「いや、あの、そもそも犯罪に手を染めた覚えはないんですが」

「ぶあっはっは。冗談だよ。ワンコと同じでからかいやすい奴だな」

「司馬さん、何度も言いますが、私はワンコではなく壱美です」

憮然《ぶぜん》とした表情で刑事さんの傍らに立つ女刑事が告げる。だが司馬さんと呼ばれた刑事さんは気にも留めない。それどころか焚きつけることを言う。

「おまえが直情のままに動くうちは半人前のワンコだよ」

うわあ、やめてくれ。なぜかワンコさんは貴方ではなくこちらを睨んでいるから、あまり焚き付けるのは本当にやめてほしい。食いつかれるような視線に耐え切れなくなって下を向いていると司馬さんが声をかけてきた。

「さっきお前さんが聞いていた異世界ディーファファスへの戻り方なんだがな。悪い、俺たちでは力になれんわ」

「それは何となく察してました。可能性としてあるかなと思って一応聞いてみただけです」

「すまんな。場合によっては召喚された場所とは別の場所にゲートが出現することもあるんだが、お前さんの場合は特殊なケースだからな。珍しいんだぞ、世界から弾き出される勇者なんて奴は。召喚条件を満たさない限りはこちらからの界境渡りは無理だ」

司馬さんの話によると、この辺りの地域でも年に数十件は異世界召喚のトラブルが発生していて、猫の手も借りたい状況なのだという。

しかし本当に知らなかった。世の中の裏で司馬さんたちのような組織が編成されて秘密裏に動いていたなんて。興味が出てきた俺は、司馬さんになぜこの仕事についたのか聞いてみた。すると司馬さんは深いため息をついた。

「俺も被害者だったんだよ。異世界召還のな」

「司馬さんも勇者だったということですか」

「いや、俺の場合は勇者の召喚に巻き込まれたケースだった。勇者として選ばれたのは俺の親友の男だった。いい奴だったよ、あんなことがなければ、今頃は幸せな家庭を築いていたんじゃないかな」

司馬さんの視線はどこか遠くを見つめているようだった。もしかしたら思い出したくない過去なのではないかと思い、それ以上を聞くのをやめた。ということは、ワンコさんも異世界召喚の関係

者なのだろうか。俺がそう尋ねると司馬さんは笑って否定した。

「あいつは違うよ。元々この世界の人間じゃなくて異世界間交流の一環としてうちの世界に派遣されてきた人間だ」

「え、君までワンコさんは異世界人なんですか」

「君までワンコというな！……私は君たちの世界によく似た白虎神界という世界から来たんだ」

ワンコさんが言うには、白虎神界は百年近く前に人間と昆虫に似た巨大生物による戦争があったらしい。とある英雄の行動によって戦いは終結し、現在は落ち着いているのだという。最近は技術進歩が進み、世界間の壁を乗り越えられる技術が開発されて他の世界の存在を知り、異世界間同盟に加盟するようになった。その交流の一環として、彼女は交換留学生のような形でこの世界に派遣されてきたのだという。

「普通の人間に見えるが、ワンコは孤狼族という獣人の血を引いている。俗にいうクォーターってやつだな。普通の人間よりかなり高い戦闘能力を持っているから怒らせるなよ」

孤狼族という名は可愛らしい響きなのに、ワンコさんの凶暴さはどういうことなのだろうか。俺はそう疑問に思ったが、敢えて聞かないことにした。だって怖いんだもん。

「まあ、そんなわけだ。お前さんが異世界にお姫さんを送り届ける直接の力にはなれないが、相談くらいは聞いてやれる。何か困ったことがあったら遠慮なく連絡しな」

そう言って司馬さんは名刺を差し出して俺に手渡した後、人懐っこい笑みを浮かべて手を差し出してきた。何だろうと思って戸惑っている俺に司馬さんは苦笑した。

「握手の仕方くらいは分かるだろう」

「あ、そうか。すいません、察しが悪くて」

俺は顔を赤らめた後に司馬さんの手を握った。その瞬間、手を握りつぶされそうな強さで握手されて俺は必死に握り返した。司馬さんの手は本当に力強かった。

◆◇◆◇◆◇◆◇

藤堂晴彦の取り調べは一時間程度で問題なく終了した。別室で待たせていたシェーラ姫と共に晴彦を自宅まで送り届けた司馬は、アパートの階段を下りた後に相棒の表情に気づいて苦笑した。

「なんだ、何か言いたそうだな、ワンコ」

「本当にあいつを野放しにしてよかったんですか。危険度Sクラスの∞スキルの持ち主ですよ」

「だったらなんだ。四七式の多重封印術でもかけて封印獣のように地下深くに閉じ込めるのか。まだ何も悪いことをしてないんだぞ」

「人々を守るためには、仕方ないことではないでしょうか」

「力を持っているといってもアイツも守るべき一般人の一人だろう」

司馬の反論に壱美は言葉を詰まらせる。まだまだ青いなと心の中で思いながら司馬は続けた。

「あいつはあのままで大丈夫だ。奴の目を見たか。凶悪な犯罪なんかする度胸のある奴じゃない。電車で女の尻を触るのも躊躇するような小市民だぞ、多分な」

「痴漢だって犯罪ですよ」

「そういうことじゃないんだが。なら、お前がアイツに痴漢してもらったらどうだ？　そうすればアイツを捕まえられるぞ」

「茶化さないでください！　私は…」

真剣に聞いてくれないことに怒って壱美が反論しようとした瞬間だった。突然、司馬は真剣な表情になって彼女の胸倉を掴んだ。とっさのことで壱美が絶句する。そんな彼女に凄みながら司馬は囁くように言い放った。

「あいつを敵に回した方が危険なのが分からないのか」

「……っ!!」

そう司馬に言われて、壱美はようやく司馬が言わんとするところを理解した。今の状況では藤堂晴彦が警察の敵に回ることはないだろう。だが、悪戯に彼を刺激した場合に起こりうる被害は予想することもできない。戦術教本ではスキルSの持ち主は一国の戦術核の危険度に匹敵すると言われている。自分の浅はかさに気づいて壱美は顔面蒼白になった。そんな彼女の胸倉から手を離すと、司馬はため息をついた。

「ナーバスになり過ぎなんだよ。あいつのステータスを見ただろう。∞スキルと言っても鑑定だぞ。鑑定。どれだけ能力を発揮しても、人間を殺傷できるような力なんて覚えるスキルじゃないだろう」

「確かに…そうですね」

「まあ、今の俺たちにできるのは、アイツが何か仕出かさないように定期的に見張ることだけだ。

あいつのことはしばらく俺に任せてくれ」

しょげる壱美の背中を司馬は乱暴に叩いた後に人懐っこい笑みを浮かべた後、パトカーの助手席に乗り込んだ。そんな司馬に釣られるように、壱美も困ったような笑みを浮かべたのだった。

◆◇◆◇◆◇◆◇

一方、アパートに戻った俺とシェーラは部屋に戻るなり疲れと空腹でへたり込んだ。当たり前だ。食事も満足に食べれないような状況で取り調べを受けていたのだ。司馬さんの食べていたカツ丼は本当にうまそうだった。思い出すと余計にお腹が減ってくる。

「ハル、すぐに食べれるものはありますか」

「ああ、うん。何かあったかな」

俺はしばらく冷蔵庫を物色した後にため息をついた。すぐに出せるのはキャベツくらいしかない。流石にこれをそのまま出したらシェーラは怒るかな。怒るだろうな。自分の浅はかな考えを払拭しながら俺はメニューを考えた。

結局作ったのは余ったベーコンと固形コンソメでダシを取った野菜スープだった。具は冷蔵庫に入っていたキャベツと半分になった玉ねぎをスライスして適当に放り込んだだけ。煮込み時間が少なくてもすぐに火が通ってくれる。味見をしてみるとパンチが効いていなかったので、粗挽きのブラックペッパーと胡椒も入れておいた。出来上がったものをシェーラと共に食べると、彼女はこの味が気に入ったようで何度もお代わりをしてくれた。料理した側としては作った甲斐があるというものだ。結局その日は、日中の疲れもあってゆっくりと過ごしたのだった。

警察との接触から一日が経った。危うく捕まりそうになったが、刑事さんの理解を得られてよかった。とはいっても他者からの協力が得られない以上、俺自身が痩せて異世界に戻るしかない。

そういう訳で今日も俺は日課のウォーキングを行った。終わった後にステータスを確認していたところ、体重は劇的に減ってはいないが、とあるスキルの経験値がかなり上がっていることに気づいた。

【鈍足：17265／420000→33265／420000】

このままウォーキングを行えば近いうちに鈍足スキルを克服できる。一体どのくらいかかるのか。俺は電卓を使用してルーズリーフに残りの必要経験値を書き出してみた。鈍足スキルが克服経験値まで達するのにかかるのが残り386735。単純に一回のウォーキングで16000の経験値を稼げると考えると残り二十四回ほど。昼夜の二回に分けてウォーキングを行うことを考えると十二日くらいかかることになる。だいたい二週間か。案外早く行けそうだな。そんなことを考えていると、インフィニティさんが少し心配そうに話しかけてくる。

『マスター、やる気なのはいいのですが、そろそろ膝が痛くなっていませんか』

「今のところは大丈夫だけど。なんでそんなこと聞くんだ」

『このまま無理をし続けると高い確率で膝を壊す危険性があるからです』

言われてみてもピンとこなかった。だが、確かにこれだけの自重を支えていることを考えると、膝を悪くしてもおかしくないことに気づいた。ストレッチとか必要なのだろうな。そう考えた俺はネットで調べて膝の痛みを軽減するストレッチを行うことにした。まずは寝転がって膝を持ち上げた状態で膝を手で持って回す。お腹が邪魔してうまく膝が持てない。持てないのだが、それでもヒイヒイ言いながらやってみた。

次に片方の膝を床に置き、もう片方の足を膝立ちにした状態で膝を床に置いた方の足の甲をつかんで体の方に寄せていく。うむ。ふとももの筋肉が伸びている気がするぞ。

他にもいくつかストレッチを試してみようと思ったが、傍から見るとデブがもがき苦しんでいるようにしか見えない。こういうことは何回もやって慣れるのが一番だが、人目は気にする必要があるかもしれない。

さて、ウォーキングの目途は立ったのだが、俺には気になるステータスの変化があった。それは魔力の数値である。魔力：12／12と表示されたこのステータスは、俺が使用できる魔力の量を示している。なんとか訓練でこれを増やすことはできないかなと思っているのだ。何しろこの魔力量では、チートスキルであるインフィニティ魔法作成を使おうとしても、必要魔力が足りずに有効に使用することすらできない。

では、魔力は増やすことができないのか。その答えはＮＯだ。

実は前回の公園での、魔法の才能の欠如の訓練時に気づいていたのだが、訓練を始める前には全くなかった魔力が訓練の途中で2まで増えていた。訓練を行うことで魔力を増やすことはできるのだ。インフィニティさんが言うには、限界まで魔力を使用することで魔力量を増やすことは可能だという。

そこで俺は実際に魔法を使って魔力を増やすトレーニングを行うことにした。とはいっても、火の魔法とかを屋内でやるのは危険すぎる。司馬さん達にも騒ぎを起こさないようにと釘を刺されているからな。室内でできて、しかも危険がない魔法を使うしかない。そこで俺が選んだのは水系の魔法だった。初級魔法のクリエイトウォーターならば、魔力で作成した水をそのまま下水道に流すことができる。訓練にはぴったりだ。

というわけで、俺は台所の流し場に立っていた。掌に意識を集中させながら頭の中では水が流れるイメージを行う。水、流れる水。自身の掌が水道の蛇口になったイメージで俺は集中を行った。しばらくの集中の後に俺の掌からちょろちょろと水が出始めた。最初はゆっくりと。そこから徐々に強く。段々と強くなっていく水の勢いに喜びかけた俺だったが、次第に強くなりすぎた水の勢いに不安になってきた。

これ、どうやって止めるんだ? 掌から出続ける水は、ますますその勢いを増していく。俺の中で魔力がガリガリ削れていく感覚を覚えて焦った。駄目だ、止められない。ますます水の形を成して凄まじい勢いで流れていく自身の魔力に青ざめながら、俺の視界は暗くなっていった。

◆◇◆◇◆◇◆◇

再び意識を取り戻すと、心配そうに俺の顔を見つめるシェーラの顔があった。どうやら魔力切れで意識を失って倒れていたらしい。彼女は床で倒れていた俺を心配してくれたようだ。それはそうだろう。朝目覚めて同居人が床で倒れていたら、誰だって焦るわな。

「よかった！　目を覚ましたのですね、ハル」

「あれ、俺。どうしていたんだっけ」

ぼやけた思考でしばし考えた後、徐々に意識がはっきりしてくるにつれて、俺は自分がとんでもなく怖いことをしていたことに気づいて青ざめた。俺の様子から何かを察したシェーラは、普段なら見せない怖い表情をして尋ねてきた。

「一体ここで何をしていたんですか」

「いや、俺は別に何も」

「誤魔化そうとしても駄目ですよ。この辺りから感じられる残留魔力に気づかないと思うのですか」

残留魔力とかそういうのが分かってしまうのでは誤魔化せない。観念した俺は正直に自分が仕出かした失敗を告白した。シェーラは一見穏やかそうな顔をしていたが、話が進むにつれてその笑顔が青ざめた表情に変わっていった。彼女の表情に怯えの色が出ているのは気のせいだろうか。全てを話し終えた後でシェーラは深いため息をついた。その後、俺はこれでもかというくらいこってりと絞られた。

俺がやろうとしていた訓練は無謀極まりなく、一歩間違えば死につながるものであったらしい。というのも、魔力というものは人間のＨＰと同じで、ゼロになると意識不明の状態になる危険なもってのだという。一般の魔法使いはどれだけ魔力を消費しても自身の意識を保つための魔力量は取っておくのが常識なのに、それを使い切るなど、愚かを越えて自殺願望があるのではないかという言葉に俺は返す言葉がなかった。

こういった訓練を行いたいのならば必ず自分に声をかけるように、と言われて解放された頃にはすっかりと日が落ちて外は暗くなっていた。

その日の夕食後、俺は昼間の反省を生かしてシェーラによる実践魔法の講義を受けていた。講義が始まるなり、シェーラは俺に、どのように水魔法を使ったのか説明するよう要求した。恐らくは原因を究明するためなのだろう。言われるままに俺が説明するにつれてシェーラは次第に蒼い顔をしていき、最後にはこちらをあり得ないものを見るような視線で見るようになっていた。なんだかその視線に気まずくなった俺は、どこが悪かったかを尋ねた。するとシェーラは申し訳なさそうにこう切り出した。

「何が悪かったかというと……全部ですね」

「いきなり全否定かよっ!!」

いきなりのダメ出しに俺は卒倒しそうになった。シェーラはそんな俺を見て苦笑いしながら、こう質問してきた。

「だって、使用する魔力量をあらかじめ定めないで魔法を使う時点で、どうかしているとしか思えません」

「へ？　どういうこと？」

使用する魔力量？　シェーラの言わんとする言葉の意味を理解できずに俺は首を傾げた。そんな俺にシェーラは説明してくれた。

なんでも魔法というものは、その術式ごとにあらかじめ使用する魔力の量が定められる詠唱式が組み込まれているらしい。それを短縮すると俺が無意識に使った無詠唱になるのだが、無詠唱を行うものは詠唱をしないだけで、詠唱式を頭の中で使いやすい形に組み直して使用しているので、基本を無視しているわけではないのだという。だが、俺は魔法の詠唱式など知らない。そもそも必要魔力の詠唱式など頭に組み込んでいなかったのである。その結果、穴の開いた風船に空気を入れ続けるように俺の魔力は駄々漏れになり、結果として卒倒したというわけである。実際、魔法を習い始めたものにこのような凡ミスは多いらしく、俺も見事に引っかかったわけだ。

「あっはっは、この晴彦さんともあろうものがやらかしてしまったな」

「笑い事ではありませんよ。このミスで過去に何人も犠牲者が出ているのですから」

「……死人、出てるの？」

俺が恐る恐る聞いてみるとシェーラは黙って頷いた。シェーラがいうには、魔力切れになった後に数時間が過ぎると魂が肉体から離れてしまい、しまいには戻ってこれなくなるのだという。過去にも一軒家で一人きりで魔法の練習をしていた見習いがこの症状になったまま、朝になって発見されて帰らぬ人になったという話を聞いて俺はゾッとした。シェーラがいなかったらどうなっていたか分からない。

「魔力の回復は人によってまちまちですが、おおよそ一日から二日はかかると言われています。ハルも魔力も恐らくはギリギリでしょう。魔力切れによる寒気など感じているのではないですか」

「いや、いたって健康そのものなんだけど」

「そんなはずはないのですが」

訝《いぶか》しがるシェーラを安心させるために、俺はステータスを可視化できるようにしてオープンさせた。そこに書かれた俺の魔力は魔力：15／15となっている。どう見ても満タンだよな。これ。というか、若干増えているのは訓練の成果が確実に出ているということか。俺はそれで納得したわけだが、シェーラはそのステータスを凝視したまま固まっていた。どうしたのかと聞いてみると、シェーラは取り乱した様子でまくし立てた。

「どうしたじゃないですよ。わずか数時間のうちに魔力が全回復するなんて！　通常であれば、ゆっくりと回復するはずなのに、どういう手品ですか！」

「いや、そう言われてもなあ」

『恐らくはマスターのスキル【瞬眠】によるものと思われます』

それまで沈黙を続けていたインフィニティさんの言葉に俺は驚いた。というか瞬眠ってなんだよ。そんなスキルあったっけ？

『瞬眠はマスターの寝つきがいいという長所がスキルとして再構築されたものです。扱い的にはマスター固有のものでその効果はどれだけ浅い睡眠時間であってもＨＰとＭＰが回復して疲労も回復するという優れたものです。』

おいおいおい、何なんだよ、その努力家を超えたトンデモスキルは？　ということは何か。俺はどれだけ疲労していても、睡眠さえとれば体力満タンの状態で目覚めることができるということか。

その言葉にインフィニティさんは同意する。

『仮に十分程度の睡眠であっても瞬眠は効果を発揮します。流石に四肢の欠損などは再生することはできませんし、重傷を回復することもできないため、ここだという場面での使い勝手は微妙ですが』

いやいやいや、充分すぎるだろう。相変わらず身の程知らずの狂ったようなスキル構成に、俺はドン引きした。シェーラに話したらまた引かれるんだろうなあ。そう思いながら俺はため息をついた。

その日の深夜、シェーラが寝静まった頃を見計らって俺は起き上がった。向かう先はバスルームである。俺の身を心配してくれるシェーラには悪いが、MPを増やす手段が分かった以上、試さずにはいられない。数値が具体化されるとステータス上昇を目指してしまうのはゲーマーとしてのサガなのだろう。俺はバスルームの扉を閉め切ると手に意識を集中し始めた。体内の魔力が掌に集中し始める。水に変化した魔力は徐々に掌から溢れ出していく。使用魔力の制限なしに水が流れていくため、排水溝があふれ出さないよう水の勢いにだけ注意しながら掌から水を流し続けた。

倒れるような真似をしておいて反省していないのかと思う人もいるだろう。だが、こんな無謀なことをするのには理由があるのだ。

十分程度は水を流し続けただろうか。魔力切れによる寒気と気持ち悪さを感じ始めた後、唐突に意識が薄れた。魔力切れが起きたのだ。

『マスターの意識が消失。瞬眠スキルによる残留魔力量の回復を確認。これよりスリープモードからの復帰を開始します』

インフィニティさんが宣言した瞬間、俺の体内に微電流が流される。俺の意識を呼び戻すための気つけだ。だがその威力は想定していたものを大きく上回るものだった。

「しびびびびっ！！！！」

予想以上の電圧にびっくりして俺は跳ね起きた。殺す気か。起きるどころか永眠するところだったぞ。あまりの威力にステータスを見てみたらＨＰが半分以上減っていた。ちょっとした攻撃魔法くらいの威力があったということか。げんなりしながらインフィニティさんを注意した。

「インフィニティ。頼むからもう少し電圧を下げてくれ」

『失礼しました。次回からはもっと上手くやります』

どこまで反省しているやら怪しいものだ。事務的なインフィニティさんの口調に苦笑しながら、俺は作業を再開した。俺とインフィニティさんが行っているのは魔力量の底上げ作業だ。限界まで魔力を消費すれば微量ながら魔力は上がる。常人であれば数日かかる魔力の回復も【瞬眠】があれば一瞬で回復する。後は電気ショックで気つけを行い、再び限界まで魔力を使用する作業を繰り返すだけである。電気ショックによるダメージが思ったよりも強かったのが計算外だったが、想定の範囲内だ。

俺は作業を再開することにした。だが、前回の反省を踏まえて改善する点があった。ただ単に水魔法で魔力を使用するだけでは時間が掛かる。十分で３しか魔力が上がらないとなると時間効率を考えるとあまりに実入りが少ない。

インフィニティさんと共に思案した後、アプローチを変えてみることにした。単に水魔法を使うのではなく、魔力を凝縮させて生成する水の質を上げるのである。鑑定スキルが言うには単に水を発生させるのでなく回復作用のある水を発生させれば、使用される魔力量も跳ね上がるということだった。

頭の中で回復作用のある水をイメージして魔力を練り上げる。しかし今度は全く水が出てこない。代わりに魔力が際限なく吸い上げられていく。やばい、これあかん奴だ。俺の全魔力を吸い取って出てきたのは、青白く透き通る水が一滴のみだった。それが床に落ちると同時に俺は意識を失った。

『マスターの意識が消失。以下略』

そう言ってインフィニティさんの微電流が俺の身体を貫通する。刺すような短い痛みの中で体をのけぞらせながら俺は跳ね起きた。さっきよりも鮮明な痛みを覚えた気がする。

「今さ、凄い雑な起こし方しなかったか？」

『いいえ、気のせいでしょう』

何か納得しないなあ。あまりの威力に髪の毛がアフロになってないか心配になるくらいだ。ただでさえ太っているのに、これ以上おかしな特徴がついてたまるか。そう思いながら俺は朝方まで作業を行った。

◆◇◆◇◆◇◆◇

遠くの方から朝を告げる雀の鳴き声が聞こえてくる。俺は目にクマを作りながら引きつり笑いを浮かべた。ヤバイ、調子に乗ってやり過ぎた。夜通し訓練をやってみて分かったことは【瞬眠】スキルは体力と回復は回復するものの、眠気や精神的な疲労まで回復しないという事だった。

とにかく眠い。その場に倒れそうになる俺にインフィニティさんが語り掛ける。

『本日のトレーニング結果を報告します。魔力15／15→195／195にアップ。電気耐性（中）を習得。副産物としてハイポーション×5を生成。なお、生成されたハイポーションは自動的にアイテムボックスの中に入れておきます』

「ああ、よろしく頼むよ」

そのまま床に伏して寝ようとする俺に対して、インフィニティさんが警告する。

『風呂場でこのまま寝るのはお勧めしません。シェーラに見つかった時にまたお説教になりますよ』

そうだね。ちゃんと寝床に戻ることにするよ。俺はふらつく頭で寝室に戻った。布団の中に入った瞬間、疲労のせいもあってか、俺は直ぐに眠りについた。

次の日も、そのまた次の日も懲りることなく秘密の魔法トレーニングを続けた俺のステータスは、慣れてくるにつれて安定して上昇するようになっていった。一日当たりに上昇できる魔力は平均で200近くだろうか。数日間、そんな生活を繰り返した結果、俺の魔力のステータスは異常な数値になっていた。

藤堂晴彦
年齢：32
LV：2
体力：21／21↓28／28
魔力：195／195↓1258／1258
筋力：18
耐久：20↓28
器用：10
敏捷：12
智慧：14
精神：14
魔法耐性：0↓25

どう考えても魔力：1258／1258というのはやり過ぎ感がある。インフィニティさんによれば、普通の魔法使いの魔力が200程度という事なので、その十倍のステータスという事だ。あり得ないだろう。

やり過ぎたかな、そう思っているとインフィニティさんにも同意された。自重するべきだと言われたので、理由を尋ねた俺は説明を受けていくうちに青ざめていった。

世の中には強大な魔力を求める悪魔や魔法使いがいるらしく、今の俺は彼らに狙われる可能性があるらしい。巨大な魔力を栄養分にし、次元をまたいで暴れまわる魔獣もいるということで、際限なく魔力を上げていけば、そいつが地球にやってくる可能性があるから自重したほうがいいと忠告された。

魔獣の名はワールドイーター、大規模な魔力をその世界ごと喰らいつくす危険な存在らしい。だいたい魔力が20000以上あると目が付けられるという事なのだが、さすがにそこまで魔力をあげる気にはならない。魔力を150000貯めればサクリファイスの魔法で異世界に転移できるという話だが、それだけの労力を払うくらいならば減量した方が早い。第一、電気ショックを何度も食らいたくはないからな。電気ショックの食らい過ぎで、電気に対する耐性や防御系のステータスが軒並み上昇しているのも気になる。ひょっとしてそのつもりで電圧を上げたんじゃないだろうな。インフィニティよ。

『…………』

意味ありげに沈黙するなよ！　認めてるようなもんじゃねえか！。だいたい、限界まで魔力を使い切って増える魔力が3だけというのが異常すぎる。3上げるために死ぬ思いをして電気ショックを受けるくらいなら痩せたほうがましだ。

第一、こんな異常なスキルをしかるべき機関が見たら幽閉される可能性もある。それは何としても避けたい。そう考えていると、それまで黙っていたインフィニティさんが提案してきた。

『擬装用のステータス表示を行いますので安心してください』

おいおい、どこまで優秀なスキルなんだ、君は。鑑定って拡大解釈スキル、強すぎないか。そんなことを思いながら一人でにやけ面をしていると、洗濯物を取り込んできたシェーラが笑いかけてきた。

「またインフィニティさんと悪だくみの相談ですか」

「人聞き悪いなあ。そういうわけじゃないんだけど」

まるきり否定できないのが悲しいところだ。そんな俺にシェーラは苦笑しながら、その場に座ると洗濯物を畳み始めた。その所作は新妻のものを思わせる。何だか意識してしまって、まじまじと見てしまった。そういえば首飾りを外してウォーキングをするようになってから、だいぶ顎のあたりがすっきりしてきたなあ。順調に痩せてきているということか。そんな俺の視線に気づいたシェーラが優しく微笑む。なんだか照れくさくなった俺は思わず視線を逸らした。そんな俺にシェーラは語り掛けてきてくれた。

「そういえばベランダで洗濯物を取り込んでいる時に見たのですが、いつも見かける樹にピンク色の奇麗な花が咲いていていました。あれは何ですか？」

「ああ、あれは桜だよ。見たことなかったたっけ」

「ええ、ディーファスでは見かけない花ですね。とても美しいと見とれてしまいました」

そう話すシェーラは少し寂しそうだった。ひょっとしてホームシックかな。その表情が何を意味しているかは分からなかった俺は尋ねようかと思案した。そんな矢先にインターフォンが鳴る。

「おい、兄ちゃん、いるんだろ。出て来いよ」

外から聞こえてきたのは司馬さんの声だった。先日の一件以来、司馬さんは暇を見つけてはこちらに寄ってくれるようになっていた。俺たちを監視する意味もあるのかもしれないが、たいていは手土産を持ってきて世間話をした後帰っていく。見た目はごついのに思った以上に親しみ深い司馬さんに人見知りが激しい俺も、いつしかほだされて仲良くなっていた。

「ハーイ、今行きます」

そう言って俺は司馬さんを迎え入れるべく玄関に向かった。

扉を開けるなり、人懐っこい笑みを浮かべた司馬さんは俺にビニールの手提げ袋を手渡した。何だろうと思って中身を覗いてみると、発泡スチロールに入った食べ物らしきものが入っていた。ほのかに香るソースの香りが食欲を誘う。

「近所で買ったたこ焼きだ。みんなで食おうぜ」

凄まじく魅力的な提案だったが、受け取るかどうか悩ましい提案であった。たこ焼きは小麦粉の塊だからだ。これを食べれば確実に炭水化物を摂取することになる。炭水化物イコール糖質である。炭水化物は体の中で糖質に変化するのだ。そんな俺の迷いを司馬さんは笑い飛ばした。

「ダイエットも結構だが、もう少し心に余裕を持ちな。お前さんの駄目なところは真面目すぎるところだ。修験者のような生活も結構だが、姫さんにも肉とか野菜以外のうまいもんでも食わせてやった方がいい」

そう言って半ば強引に靴を脱いで部屋の中にずかずかと入っていった。敵わないな。俺は苦笑しながら司馬さんに続いて部屋に入っていった。

◆◇◆◇◆◇◆◇

司馬さんを伴って居間に戻ると、シェーラがお茶を入れるために席を立った。突然の来訪者に喜んでいるようにもみえるが、やっぱり少しだけ元気がない。彼女の様子がおかしかったことの相談をすると、話を聞くにつれて司馬さんは苦笑した。

「原因はホームシックじゃねえよ。ちょっと考えれば分かるじゃねえか」

たこ焼きをつつきながら司馬さんはそう答えた。そう言われてもよく分からないな。土産として持ってきたはずのたこ焼きを遠慮なく頬張った後、司馬さんはため息をついた。

「そんなことも分からないなんてな。お前、絶対に女にモテないだろ」

「いや、確かにモテませんけど。絶対とか酷いじゃないですか。どういうことなのか教えてくださいよ」

困り果てた俺が尋ねると司馬さんは頭をぼりぼりと掻いた後に教えてくれた。

「ガス抜きが必要なんだよ。どうせお前のことだから、姫さんがこっちの世界に来てから観光に連れて行ったりしてないだろ。言葉もろくに通じない異世界の狭い部屋に籠りっきりだったら、どうにかなっちまうぞ」

言われて俺は青ざめた。そう言われてみれば全くやってないよ!!

司馬さんの言わんとすることの意味を理解して俺は衝撃を受けた。言われてみれば確かにその通りだ。ウォーキングで外に出ることはあっても、言葉の壁の問題から異世界人であることがバレてしまってはまずいと、俺はシェーラに極力外を出歩かないように言い聞かせている。唯一、まともに外に出たのは、こないだ行ったショッピングモールが最後である。従順で聡明な彼女の事だ。恐らくは俺に迷惑をかけまいとして、外に出たくても言いだせなかったに違いない。鈍感過ぎた自分自身を俺は心から恥じた。そんな俺を見て司馬さんは苦笑した。

「ほんとにお前は大和の奴にそっくりだな」

「誰のことですか」

「俺の親友だった男だよ。真面目でなんでも抱え込んで一人で押しつぶされてしまった大馬鹿野郎だ」

前に言っていた親友という人なのだろうか。司馬さんは少し遠い目をした。もしかしたら、この人が俺を気遣ってくれるのは、その大和とかいう人と俺をダブらせているからなのかもしれない。

そんなことを話していると、シェーラがお茶を入れた湯呑の載ったお盆を持ってこちらにやってきた。無言で会釈をしながらお茶を出すシェーラに司馬さんは礼を言った。言葉が通じないせいか、困ったように首を傾げるシェーラを見て苦笑いした後、俺の耳を掴んで囁いてきた。

「やっぱり日本語が通じないと不便だと思うぜ。おい、兄ちゃん。お得意の魔法でこの姫さんの言葉を翻訳する魔道具を作ってやったらどうだ。プレゼントとして渡してやれば泣いて喜ぶぜ」

「えーと、得意の魔法ですか。なんのことかわからないなあ」

「ネタは上がってんだよ。【鑑定スキル：∞】には負けるが、俺も鑑定スキルを持っているからステータスの確認はできる。魔力のステータスも異常だが、アイテムボックスの中にとんでもないもの隠し持ってるのがバレバレだぜ。とっとと出しな」

「うう、分かりました」

誤魔化すことはできないらしい。げんなりしながら俺はアイテムボックスからペットボトルに入れたポーションやエリクサーを取り出した。色とりどりの回復アイテムが次々と現れていく様子に、最初の頃は太々しい顔をしていた司馬さんも、その量が徐々に机の上を占めていくにつれて表情を引きつらせていき、最終的に机の上から置けなくなったことを確認して天を仰いだ。

「まだあるんですが」

「もういい！　もう十分に分かった！」

司馬さんはもう充分だとばかりに両手で俺の作業を制止しながら言った。げんなりしているのは気のせいだろうか。

「よくもまあ、ここまで作ったもんだぜ」

絶句しているのはシェーラも同様だった。実のところ、これらのアイテムは、この一週間の汗と努力の結晶だった。魔力を限界まで抽出した水魔法で生みだされていたのは、最初の頃はハイポーションであった。だが、魔力の上限が人外のものになっていくにつれて、ハイポーションの抽出では消費する魔力がなかなか減らないことに気づいて、込める魔力も恐ろしい量に変貌を遂げていったのだ。最終的には消費魔力が一本１０００もかかる万能薬エリクサーばかり抽出していたものだから始末に悪い。

「お前、酒と同じで無許可の回復薬の精製も違法だって知っていたか」

「え、そうなんですか？」

やばい。これはまたお縄頂戴の危機というやつか。流石に前回のは未遂だったとはいえ、今回は言い逃れできない。司馬さんは俺の焦る姿に苦笑いしながらエリクサーを一本取り上げた。

「しょうがねえ野郎だ。許可証は俺が申請しといてやるよ。その代わり、この一本は手数料でもらっていくぜ」

「あ、どうぞどうぞ！　一本と言わずに何本でも持って行っていいですよ」

「勘弁してくれ。こんな規格外の薬を何本も持ち歩いていたら俺が捕まるぜ」

司馬さんは首を横に振りながらも懐にエリクサーを1本入れて苦笑いした。

◆◇◆◇◆◇◆◇

晴彦の部屋を出てアパートの階段を下りた後に振り返った司馬は、苦笑いをした後、懐に入れていたエリクサーを取り出して眺めた。彼自身の【鑑定】スキルを使用してみても『神話級』という風に表示された。晴彦の言う通り、万能薬であるエリクサーであるのは間違いないだろう。

異世界、地球に関わらずエリクサーというものは希少品である。使用するだけで重傷を直すことができるのだが、生成方法に膨大な魔力が必要となるために量産化は諦められていた。まさかスキルと組み合わせることであれほどの量産化に成功する人間がいるとは、司馬でさえ予想できなかった。

資産価値にして数千万円以上の価値を持つ薬だ。金に目がくらんで晴彦が売ったりすれば、出所を知ろうと晴彦を拉致して拷問《ごうもん》にかけて聞き出そうとする悪党も現れるだろう。

「アイツにこの薬の価値を教える訳にはいかないな」

司馬はそう言って自分のアイテムボックスの中にエリクサーを入れた。帰りがけに販売したら違法になると釘を刺しておいたので大丈夫だとは思うが、監視の目は光らせた方がいいだろう。全く目が離せない奴だ。司馬はそう思いながらも、晴彦のこれからの動向が楽しみになっていることを自覚していた。

◆◇◆◇◆◇◆◇

司馬さんが帰った日の夜のことだ。俺はシェーラに渡す翻訳アイテムをどうするか考えていた。装飾品ならば身につけるものがいいのだろうが、今まで女性にプレゼントなど一度もしたことのない俺には、何を渡せばいいのか皆目見当もつかなかった。

首飾りは持っているからアウトだし、指輪はなんとなく意味深になるからやめておいた方がいい気がする。ではどうするべきか。考え抜いた挙句、イヤリングにした。

問題は制作途中の状況を彼女に知られないようにすることだ。インフィニティさんとも話をしたが、効果の強い魔法を籠めた魔導具を作成する場合、長時間にわたって精神集中が必要になるという。魔力も充満するらしいし、部屋の中で行えば一発でバレる可能性が高い。プレゼントをするならばサプライズの方がいいに決まってる。どこがいいだろうか悩んでいると、インフィニティさんが、いい場所があると教えてくれた。

そんな訳で、例によってシェーラが寝静まった後、俺はゆっくりと起き上がった。いい加減、このパターンにも飽きてきた気がする。ひょっとしたら、シェーラも俺が夜な夜な抜け出すことに気づいているのかもしれないが、いつもの訓練だと思ってもらえれば御の字だ。バスルームの扉を閉めた後に俺はインフィニティさんに尋ねた。

「いい場所があるって言ってたけど、一体どこにあるんだ？」

『ふふふ、慌てないでください。まずはアイテムボックスを呼び出してください』

なぜここでアイテムボックスを使用する必要があるんだ？　俺は首を傾げながらも言われるままに宣言した。

「……アイテムボックス」

深夜なので若干声を抑えているのはご愛嬌だ。俺の宣言に反応して、宙にＲＰＧのメニュー画面のような表示が現れる。アイテム欄がかなり乱雑になってきている。ポーションやエリクサーはともかく、他のガラクタなど結構アイテム欄も増えてきたなあ。感慨深いものを感じていると、インフィニティさんが次の指示を出してきた。

『それでは次の手順です。まずはカーソルをご自分に合わせてください』

えーと、こういうことか。俺はイメージでアイテムを選ぶカーソルを自分に合わせてみた。矢印のようなアイコンが俺の手前でぷかぷかと浮かんでいる。成功だ。

『次に自身をダブルクリックで選択した後、アイテムボックスの中に入れてください』

なるほど、なるほど。言われるままに俺は自分というアイテムをアイテムボックスの中に…。え、おい、ちょっと待てよ。それをやったらアイテムボックスの中に俺も入るんじゃないのか？　やばいと思った瞬間には俺はアイテムボックスの中に吸い込まれていた。

◆◇◆◇◆◇◆◇

次に意識を取り戻した時、俺がいたのは不気味なくらいに広大な白い空間だった。天井もなければ壁もない空間。息苦しさもなければ暑くもない。風もなければ音も全くない。音が全くしないという時点で俺はかなりの恐怖を感じていた。人間、普段の生活をしていれば全くの無音状態で生活することなどない。機械の微弱な振動音など、何かしらの生活音がしているはずなのだ。だが、この空間にはその音が全くしない。頭がおかしくなりそうだった。これでインフィニティさんが全く反応しなかったら相当パニックになるぞ。

「おい、インフィニティ」

『…………』

「おい！　冗談はよせ」

呼びかけに鑑定スキルは応じなかった。ぞっとした。この空間に閉じ込められたのかと思ったからだ。

「頼むから早く返事してくれよ」

『ふふふ、意外と怖がりなのですね。マスター』

「冗談が過ぎるぞ、全く」

焦らせてくれるぜ。誰に似たのか知らないが、最近のインフィニティさんは悪ふざけという事を覚えてしまっている気がするが、こういう場面では本当にやめてほしい。怖いから。不安を覚えた俺は、インフィニティにこの正体不明の空間が何なのか尋ねてみた。

『ここはアイテムボックスを保管する虚無の空間。通称ゼロスペースと呼ばれています』

「ゼロスペース？」

インフィニティの言葉に俺は周囲を今一度見た。保管する空間だということは他のアイテムもあるのではないかと思ったからだ。だが、広大な空間の中には、それらしいものは何一つ見つからなかった。

どれくらいの規模の広さなのか全く分からない虚数空間ゼロスペース。

俺を誘ったインフィニティさんが言うには、この空間は二次元と三次元の隙間にある空間らしい。本来はメニュー画面のアイテム欄に収まるアイテムたちは、実際にはこの空間に収納された状態で取り出されるのを待ち続けているのだという。

「空気があって助かったぜ」

思わず呟いた言葉の恐ろしさに気が付いて俺は青ざめた。もしこの空間に空気がなかったら洒落にならなかった。インフィニティさんは、この空間に空気があるかということを考慮していたのだろうか。

「インフィニティ、ちょっと尋ねたいんだけどさ」

『なんでしょう』

「この空間に空気があるかどうかは、あらかじめ調べていたんだよな」

『何故空気があるかを調べる必要があるんですか』

駄目だ、この人。何とかしないと。話してみて全く危険性を理解していなかったことが分かった俺は、改めて恐怖した。システムの穴を見つけたバグのような空間だが、常識的に考えれば滅茶苦茶もいいところだ。ドン引きしている俺に、空気を読まないインフィニティさんが不思議そうに声をかけてきた。

『マスター。どうされたのですか。早く魔導具作成に取り掛かってください』

ここは思い切り叱らないといけないだろう。いつかこのスキルはとんでもないことを仕出かしそうな予感がするのは俺の気のせいか。いい機会だからはっきり言っておくか。ため息をついた後に俺は宣言した。

「ちょっとインフィニティさん、そこに正座」

『え？　正座しようにも実体がないんですが』

「いいから口答えしない。そこに正座した気分で俺の話を聞きなさい」

そこから俺の怒濤の説教が始まった。最初は何故怒られているのか分からなかったインフィニティさんだったが、繰り返す俺の説教に段々と自分の仕出かしたことの恐ろしさに気づいたようであった。うーん、天然って怖いなあ。

『空気に関しては全く考慮していませんでした。そうですよね、人間は空気がないと死んでしまいますよね、ああ、私はなんてひどい仕打ちをしてしまったんでしょう』

おお、説教が効いたようだ。よかった。心を鬼にして説教をした甲斐があるというものだ。よく言って聞かせればできる子なんだからね、君は。だが、その後言いだしたことに俺は青ざめることになる。

『知らぬこととはいえ、マスターを命の危機にさらしたことを深く反省します。責任を取るためにこの腹をかっさばいて消滅しようと思うのですが』

うーん、それはちょっとやめとこうか。お前さんがいなくなったら、俺は一生アイテムボックスに閉じ込められることになるんだぞ。変な所で人間らしさを出すのは本当にやめてもらいたい。滾《たぎ》るインフィニティさんを説得したのち、俺はその場に胡坐をかいて座った。時間も限られているし、さっさと始めるか。

俺は両手に球体を持つような構えを取った後、静かに目を閉じて精神集中し始めた。魔力の渦を掌に集めつつ、イメージするのはシェーラに渡すイヤリングのデザインとその効能である。

翻訳機能を付けて彼女が俺のいない時でも日本語が話せるようにするのは勿論であるが、それだけでは装飾品としての面白みに欠ける。そこで俺が考えたのは、魔力を蓄積できる機能や起きている間でも魔力を自動回復できる機能、そして、もし攫われるようなことがあった場合の自動追尾機能、そして物理障壁などを付け加えることにした。複数の術を籠めて、まずは金属を錬成していく。

掌の中に現れた銀のインゴットは、不可視の魔力を受けてぐにゃぐにゃと変形しながらその形を作り上げていく。同時に俺の体内の恐ろしい量の魔力が削られていく。これは不味い感覚だ。付与する魔術が多すぎたか。あまりの過負荷に頭にズンとした衝撃が起こる。何なんだ？　頭痛とは違うが気持ち悪い。これは精神に来る奴だ。吐きそうになるのを必死でこらえながら、銀のイヤリングが完成する頃には俺はふらふらになっていた。

◆◇◆◇◆◇◆◇

次の日、朝食後の洗い物をしていたシェーラを俺は居間に呼び出した。何の用なのだろうかと訝《いぶか》しがるシェーラに、俺はプレゼント用の包装を施した箱を差し出した。俺の意図がつかめずにシェーラが戸惑う。面と向かって言うのも結構恥ずかしいな。そう思いながら俺はシェーラに告げた。

「いつもありがとうな。これは俺からの感謝の気持ちです。受け取ってくれると嬉しいな」

俺がそう言うとシェーラは顔を真っ赤にさせた。口元がわなわなと震えているのがわかった。やばい、効果があり過ぎたか。渡そうとしているこっちまで恥ずかしくなってくるじゃないか。結局シェーラが箱を受け取ってくれるまで、二人して真っ赤な顔をしながらその場に固まってしまったのは言うまでもない。

第五章

桜が綺麗に咲いているから見に行こう。戸惑うシェーラを強引に連れ出して俺達は外に出た。外はすっかり春の陽気で、歩くだけでも心地いい日差しである。あまりにも気持ちがいいので、思わず大きく伸びをした。春眠暁を覚えずというが、昼寝をするにはちょうどいい気候だ。

ちょっと前の俺なら考えられなかったことだ。シェーラと接して色んなことを経験して、少しは俺も人間らしい姿に戻れたという事だろうか。そんな俺の様子を見たシェーラは状況に慣れてきたのか、俺の姿を見ながら微笑んでくれた。そんな彼女の耳には俺がプレゼントしたイヤリングがついていた。彼女に似合うようにイメージして作られた装飾は、彼女の魅力を十分に引き立てていた。ふいに美女と野獣という言葉を思い出して、まさしく俺たちのことだよなと苦笑いした。

桜並木の下に辿り着くと満開の桜が出迎えてくれた。近くで見た桜は日本人の俺にすら感動を与えるものだった。初めて見るシェーラにとってはなおさらだろう。彼女は桜の木が並ぶ道を見惚れていた。

ふいに大きな風が通り抜けていった。俺たちの周囲の桜の木々から桜吹雪が舞った。それはとても幻想的な光景であった。感動したのかシェーラは瞳を潤ませて桜が舞い散る様子を眺めていた。今にも泣きそう、いや、本当に泣いている。号泣という訳ではないが、頬から涙が伝っている。

泣かせるために来た訳ではないのだが、何かまずいことをしてしまっただろうか。恐る恐る呼びかけたものの、彼女は俺の呼びかけにしばらくの間は気づかなかった。三度目の呼びかけでようやく我に返った彼女は、気まずそうに涙の理由を説明してくれた。

「ごめんなさい。桜に感動したせいでしょうか。あの親子を見ていたら、幼いころに両親と一緒に出かけたことを思い出して感極まってしまいました」

彼女が見ていたのは一組の親子連れだった。幼い息子のために肩車をしている父親と幸せそうにその姿を見ている母親らしき女性の姿は、見ているものに笑顔を与える光景だった。シェーラは頬を伝う涙を拭いながら微笑んでくれた。

「ハルのおかげで、私は日本の春と桜が好きになりました」

「喜んでくれてよかった。ちなみに桜というものはディーファスにもある花なのかな？」

「いいえ、これほど美しい花は私の世界でも見たことがありません。父がこの光景を見たら、きっと喜ぶと思います」

俺と違って父親思いの娘だ。自分と違って親としっかりと向かい合っている。それに比べて俺はどうだろうか。

俺は勘当されてからは一度も実家に連絡していない。俺の実家は資産家であり、地元では名のある一族なのだが、俺が就職に失敗して引き籠ったとたん、あっさりと俺を見限った。月の仕送りを絶やさない代わりに実家に二度と連絡しないこと。どこの家名か人前で口にしないこと。その電話を最後に、二度と親は連絡をしてこなくなった。

実家は兄弟が継ぐだろうから事業相続の心配などはないだろうが、シェーラと親父さんの親子関係に比べれば冷え切ったものである。だからか、シェーラをとても羨ましく思うと共に少し寂しく感じた。

桜の花を彼女の父親に見せたくなった俺は、どのような手段が相応しいかを考えた。単純に録画では感動が伝えられないと思う。状況を再現できるような方法はないだろうか。そう考えた時に天啓のような閃きが浮かんだ。俺は地面に落ちている花びらを一片だけ拾い上げると、彼女に気づかれないようにアイテムボックスの中に入れた。後は家に帰ってから作業をするだけだ。傍から見れば不穏な笑いを浮かべながら、俺はシェーラと岐路についた。

◆◇◆◇◆◇◆◇

夕食を終えた後、俺はシェーラにいいと言うまで目を瞑るように伝えると準備に取り掛かった。取り出したのは水晶の中に入れた先ほどの花びらである。結晶化させたことで朽ちることのない花びらを握りしめながら、俺は小声で宣言した。

「インフィニティ、【鑑定スキル：∞】を発動してくれ。目標対象は手元の桜の花びら。こいつが記録している桜並木の情景をカラー画像で再生させてくれ」

『了解、これよりサイコメトリングを開始します』

俺の宣言と共に部屋の情景が見る間に変わっていく。あっという間に俺の部屋の中は昼間一緒に歩いた桜並木の景色に変わった。よし、成功だ。自身の企みが成功したことを知った俺は、シェーラに目を開けるように伝えた。目を開けた瞬間、シェーラは口を両手で覆いながら感嘆の溜息を洩らした。若干涙ぐんでいるのは気のせいだろうか。

「この桜の花びらがあれば、親父さんにもこの光景を見せてあげられる。だから早く元の世界に戻ろう…」

俺が言い終わる前にシェーラは俺に抱き着いていた。胸が、胸が当たっている。しかも、凄くいい匂いがする。服越しに彼女の体温を感じながら、おたおたしながら対応に困っているとシェーラは俺の耳元で囁いた。

「ハル、いつも私の事を気遣ってくれて本当にありがとう。大好きです」

そう言われて俺は赤面しながら、シェーラが解放してくれるまで棒立ちとなった。彼女が解放してくれた後もはっきりと残っていた胸の感触に欲情しそうになるのを必死に押さえつけようとした。無理だった。このままではどうにかなってしまう。そう思った俺は慌ててウォーキングを装って外に出た。高ぶった気持ちを抑えられるようになるまで、俺は町内を徘徊し続けた。

虚数空間であるゼロスペースを使えるようになった俺は、攻撃魔法の練習を行うことに決めた。魔力が1200もあるというのに、まともに使ったことのある魔法といえば、不良相手に使った魔力弾とクリエイトウォーターくらいしかないからな。折角の強大な魔力を使わないのは宝の持ち腐れだ。もっと魔法を覚えたいぞ。かといって、夜の公園で攻撃魔法の練習なんかやっていたら、司馬さんに捕まえられるどころか殺されてしまう。そんな訳で、俺は全力の魔力を使用して何ができるのかを試すべくゼロスペース内に入ることにした。

◆◇◆◇◆◇◆◇

深夜に入ったにも関わらず、ゼロスペース内は暗くも寒くもなかった。真っ白な空間はどこまで続いているか分からないため、攻撃魔法の練習を行うにはぴったりだ。俺は屈伸や震脚などの準備運動を終えた後、魔法を使うことにした。まずは普通に魔法を使ってみる。イメージするのはシェーラが攻撃魔法の才能の欠如を克服したときに放った爆裂火球だ。ただし、使う魔力量を決めておく必要がある。掌サイズの火球をイメージした俺の掌に魔力が集中していく。掌でうねりをあげる魔力の奔流が次第に火球へと変化していく。よしよし、上手くいったぞ。そう思ったのもつかの間、掌に生み出された火球は、そのまま俺の掌にぼとりと落ちた。

「あち、あちち！！！　なんで浮いてないんだよ⁉」

『浮かせるためには火球を制御する別の魔法が必要です』

危うく火傷しかけた俺は、生み出した火球を地面に落とした。なんて厄介なんだ。火球を生み出すのにも精神集中が必要なのに、一度に二つのことを考えられないぞ。

『マスター、マスター、服の袖が燃えています』

「え、何言ってるんだよ？　うお！　本当に燃えてやがる」

炎が燃え移っていたようだ。焦った俺は、クリエイトウオーターを使用して服の袖の炎を消した。掌からちょろちょろと出る水が服の袖の炎を消したのだが、おかげで袖がずぶ濡れだ。

「炎の魔法がこんなに難しいとは思わなかった」

『普通ならば頭の中で構築式をイメージしてから使用するようですが、マスターはそんなことは完全に無視してますね』

「だって構築式なんて習ってないもんな」

アニメやゲームでよく使われる魔法使いの詠唱には意味があるということか。まあ、そうであれば宙に浮く炎をイメージするだけだ。俺は再び精神集中を行って宙に浮く火球を生み出した。

よしよし、上手い具合に浮いている。俺は掌でフヨフヨ浮く火球を眺めて頷いた後で、次のステップに移ることにした。

「よし、よし、行け！　ファイヤーボール！」

実際にはファイヤーボールなどと言う必要はないのだが、格好をつけたかったのかもしれない。

俺は渾身の力で投げつけるフォームで火球を放った。

へろろろ～……。

半円を描くようにして宙を舞った火球は、力なく地面にぼとりと落ちた。自分自身の投球力の無さにショックを受けている俺に、インフィニティさんが追い打ちをかける。

『火球をぶつけるのにも、球を飛ばすようなイメージが必要ですよ』

「そのようだね」

魔法を使うのは本当に難しい。結局、俺がまともに火球を使えるようになるまでは、かなりの時間がかかってしまった。だが、数えきれないくらいの火球を生み出しても、俺の魔力は切れなかった。魔力1000越えは伊達ではない。

「よし、次はスキルを使ってみよう」

俺が使おうとしたのは【魔力限界突破】である。このスキルを使えば、火球をさらに大きくできるのではないかと思ったのだ。まずはベースとなる火球を生み出した俺は【魔力限界突破】を使用した。

掌サイズだった火球は、俺の魔力を吸って見る見るうちに巨大に膨れ上がっていった。その大きさは全長10mほどだろうか。明らかに洒落にならない大きさだ。熱量も半端ない。これは流石にやばいだろう。怖くなった俺は投げ捨てるように火球を放った。轟音をあげて宙を舞った火球は地面に着弾した後、大爆発を起こした。きのこ雲のような煙を上げる爆発痕を眺めながら、俺はこのスキルはよほどのことがない限り使ってはならないと心に誓った。

◆◇◆◇◆◇◆◇

ゼロスペースでの魔法訓練から数日が過ぎた。あの時以来、怖いので【魔力限界突破】は使用していない。何もない虚数空間であの大爆破だ。建物が込み入った街中で使えばテロと認定されかけない。そんな訳で攻撃魔法の訓練は当分控えて減量に励むことにした。単に減量を行うだけでなく、ウォーキングを行えば鈍足スキルを克服するための経験値も稼げるのだが、実際のところ、あとどのくらい歩けば克服できるかは分からなかった。そのため、俺はメニュー画面を開いて残りの経験値がどのくらいなのか確認することにした。

「インフィニティ、あとどのくらいで鈍足スキルを克服できるかを知りたい。体重と鈍足だけの表示でいいから、ステータスを表示してくれ」

『了解しました』

　俺の指示に従って、インフィニティさんがメニュー画面を開いてくれる。そこにはこう書かれていた。

藤堂晴彦
【肥満体質：109／58】
【鈍足：417265／420000】

　うおおおおおっ!!　ついに克服できそうではないか!!　部屋の中で無言でガッツポーズをする俺の異様な雰囲気に、傍で雑誌を見ていたシェーラが気づいてビクリと肩を震わせた。俺は気まずくなりながら愛想笑いを浮かべた。

「ごめん、驚かせてしまったかな」

「いえ、私は大丈夫なんですが」

　貴方は大丈夫ですか。何となくそう言われそうな気がして、俺は逃げるようにしてウォーキングに出かけた。外に出てから恥ずかしさが込み上げてきた。興奮のあまり、自分の部屋の中にいたのを忘れてしまった。これからは周囲の目を気にするようにしよう。

　しかし、興奮してしまうのも許してほしい。前回克服した【魔法の才能の欠如】の時のように

【鈍足】を克服すれば強力な運動系のスキルを獲得できる可能性が高いのだ。地球はファンタジー世界と違って人間を襲うモンスターは現れない。だが、いずれはシェーラを伴って異世界に戻ることを考えると、少しでも強い能力を獲得しておいたほうがいい。そんな訳で俺は気合を入れて第一歩を踏み出した後に歩き始めた。

◆◇◆◇◆◇◆◇

目標が明確だと気合も入るというものだ。いつもより足取りが軽い気がする。努力家による経験値の2倍補正があることを考えると、鈍足スキルを克服するのに必要なのは約千三百歩である。インフィニティさんの計算によると、おおよそ五百メートルくらいだという。一キロメートルいかないのかよ。余裕じゃねえか。そう思いながらスキップしながら歩く俺を、道行く人々が気の毒そうにこちらを見る。おそらく陽気のせいで頭のネジが飛んだように思われてしまったようだ。冷静に考えれば体重100kg近くの巨漢がスキップして歩いていたら怖いわな。自分がどう見られているかを冷静に省みて赤面した俺は、自重して歩くことにした。

昼間という事もあり、帰宅途中である女子高生達や小学生とすれ違ったりもしたが、以前より人の目は気にならなくなっていた。デブが汗だくになって歩くのが面白いのか、指を指してクスクス笑うものもいるが、笑いたければ笑え。そんな風に思えるようになったのだから、俺もメンタルが強くなったものだ。

堂々と歩いていると、少し先にこちらへ歩いてくる一人の女子高生の姿を見かけた。俺の苦手なギャル系の化粧をしたケバイ女の子だった。ただでさえ苦手な人種だ。それだけでも拒否反応を起こすのに、さらに駄目なことに、歩きスマホをしながら近づいてくるではないか。まずい。このままではぶつかるぞ。案の定こちらが避けようとする前に彼女は俺にぶつかってきた。ぶつかっては来たものの、１００kgを超える俺の体は小柄な女の子程度ではびくともしなかった。動かぬ壁にぶつかったような形で女の子は突き飛ばされた。

「いたっ！　どこみて歩いてんのよ、このデブ！」

酷い言い草にムッとなってしまった。そっちからぶつかってきたんじゃないか。文句の一つも言いたかったが、こういう場合に何と言っていいか言葉が出てこなかった。こういう時にとっさに言葉が出てくる人間が羨ましい。

ふと足元を見てみると、彼女のものと思われるスマホが落ちていたので拾ってあげると彼女は俺を睨みつけながら引《ひ》っ手繰《たく》るようにスマホを奪い取った。こいつ、礼も言わないのかよ。親からどういう教育受けてんだ。怒りを通り越して唖然となってしまった。

女子高生は俺をしばらく睨みつけた後に「マジであり得ない」と捨て台詞を吐いて去っていった。何だよ、あいつ⁉　マジであり得ないはこちらのセリフだ。それまでのいい気分が最悪の気分に変わった俺は、肩を怒らせながら立ち去ろうとした。

その時だった。俺の背後から異様な魔力の気配がして俺は振り返った。気配は背後のワンボックスカーから発せられたものだった。この魔力は一体なんなんだ？　俺が見ていると、ワンボックスカーから降りた数人の男たちが白昼堂々と先ほどの女子高生に絡んでいた。ナンパか？　それにしては女の子の方が嫌がっているが。そう思っている間に、男たちは車の中に女の子を引きずり込んでいった。

なんということだろうか。誘拐現場を目撃してしまった。

衝撃的すぎる光景を目にしたのだが、おかしなことに女の子が拉致されたことに通行人たちは気づいていないようだった。どういうことだよ、目の前で誘拐が起きてるんだぞ？　普通、悲鳴くらい上げるだろ。何を笑っているんだよ。焦る俺にインフィニティさんが話しかけてくる。

『マスター。あのワンボックスカーの周囲に人払いの結界と無音化の魔術がかけられているようです。恐らく通行人たちが気づかなかったのはその影響かと思われます』

白昼堂々と少女を拉致したワンボックスカーはそのまま走り出した。追いかけるべきか一瞬だけ俺は躊躇った。助けたところで憎まれ口を叩かれるだけのような気がしたが、このまま見捨てる方が後味が悪いと感じた俺は、ワンボックスカーを追いかけて走り始めた。

走り出した車に普通の人間が追いつけるはずがない。ましてや１００kgを超えた肥満男が追いかけられるようなスピードではない。だが、俺は汗だくになりながらも走り続けた。理由は簡単だ。人払いの結界の魔力の影響を受けなかった、唯一の目撃者である俺が、見て見ぬふりをすれば彼女を見捨てたことになるからだ。そんな俺にインフィニティさんが語り掛けてくる。

「何故あの車を追いかけるのですか」

「決まってるだろう！　あの子を助けるためだ。当たり前のことを聞くんじゃない！」

インフィニティさんの口調は俺の行動を咎《とが》めるようなものであった。悪いが、この非常時に構っている余裕はない。苛立ちを露わにする俺に鑑定スキルは明確な口調で問いかけてきた。

『理解できません。先ほどの少女はマスターに失礼な態度を取りました。客観的な視点で見ても到底許容できるものではありませんでした。そんな相手でも貴方は助けるのですか』

インフィニティさんの問いかけは熱くなった俺の感情に水を差すものだった。何故あの車を追いかけるのか。確かにあの女はいけ好かないと思ったし、今でもムカついていることは確かだ。だが、だからといって彼女を助けない理由には繋がらない。そう思った俺は走りながら叫んだ。

「それとこれとは話が別だ！」

車と俺の距離が離されていく。到底追いつけるものではなかった。仕方がない。俺は走りながら掌に魔力を集中させた。集中した魔力が火球へと変化すると同時に俺はそれを放った。だが、直撃した瞬間にかき消される。どういうことだ？

『ターゲットの車には何らかの魔法防御が施されているようです』

「インフィニティ、お前は万能だろ。何でもいいから、この状況で役立てるスキルを発動してくれ」

『承服しかねる命令です』

「なんでだよ」

『彼女を助けることを私自身が納得できていないからです。今一度答えてください。何故、彼女を助けるのですか』

限界まで走ったのか、インフィニティさんの言葉に気を取られたのがいけなかったのか。俺は足をもつれさせて派手に転んだ。転がるようにして道に投げ出された俺の目の前で車が遠のいていく。立ち上がろうとした。がくがく膝が震える。だが、俺は諦めなかった。

「……俺はさ。今までずっと自分の殻に籠って現実から目を背けて楽な方へ逃げてきた。結果がこんな無様な豚男だ」

そうだ。俺は引きこもっていた頃の情けない自分が大嫌いだった。だが、シェーラを元の世界に帰すと決めて行動することで俺は変わり始めることができた。傍から見れば見苦しくあがく豚に過ぎないかもしれない。だが、今の自分のことを俺は嫌いではなかった。

「目の前で起きる理不尽に目を瞑《つむ》り続けた。じっと耳を塞いで我慢すれば通り過ぎていくと思っていたんだ。だが、現実はどうだ。無駄に時を浪費して、無様な姿のままで腐っていくだけだ」

俺はそんな自分が嫌いだった。変わりたいと心の底では渇望しながらも手遅れだと諦めていた。シェーラやインフィニティとの出逢いは、そんな情けない自分と決別するきっかけとなったのだ。

以前の俺ならば、あの子に馬鹿にされたから見捨てるという選択肢を平気で選んだだろう。だが、今の俺はそんな情けない選択をする自分に戻りたくはなかった。

「あの子を見捨てることは簡単だ。だが、そんな自分をずっと悔やむのはごめんなんだ!!」

そう叫んだ瞬間、俺の体の中に何か熱いものが灯った気がした。俺の答えに感情がないはずのインフィニティさんが少し笑ったように感じた。何となく理解した。こいつは命令に従わないことで俺の本心を引き出して試したのだ。

『それでこそ私のマスターです。自己開示してくれたマスターにささやかな贈り物です。鈍足スキルはすでに克服できていますよ』
俺の頭の中に、インフィニティさんの声によるマイナススキル克服のアナウンスが流れる。
『経験値の蓄積により【鈍足】スキルは限界突破しました。マイナススキルの克服により【鈍足】スキルは消失。新たに【神速】スキルの封印を解除。次に【二回行動】【思考加速】【地形効果無視】【オーバードライブ】【クロックアップ】を習得しました』
インフィニティさんのアナウンスを開始の合図にして、俺は全力で走りながら新たな力を開放した。荒れ狂う力の奔流が全身を駆け巡る。周囲の光景がスローモーションのようにゆっくりと感じられる中、俺は全力で走り出した。

◆◇◆◇◆◇◆◇

少女を攫った車の中には運転手を含めて数人の柄の悪い男たちが乗っていた。後ろの座席では連れ去られた先ほどの少女が猿轡《さるぐつわ》をされて寝かされていた。意識はあるものの手足を縛られて自由がない状況のようである。

「兄貴、本当にこの女をさらって良かったんですかね」

「いいんだよ、貴重なレアスキルの持ち主だ。献上すれば組織内での俺たちの地位も上がるってもんよ」

そう言って運転席で嗤うスキンヘッドの男の座席の外側からおかしな音がした。まるでドアをノックするようなコンコンという音だった。石でもぶつかったのか？　そう思った男は窓ガラスを見

て凍りついた。

窓の外から太った男が困ったような顔でこちらを覗いていたからだ。

冗談言うな、今何キロ出していると思っている？　そう思ってタコメーターを見ると百キロ近いスピードで走っている。そんなスピードについてこれる人間などいる訳がない。男の焦りも気に留めることもなく太った男はしばし思案した後、何か口をパクパクと開いた。身振り手振りから察するに車を止めろと言っているようである。

「ふざけんなっ！」

激高したスキンヘッドは男とガードレールを挟むように車を寄せた。車の側面がガードレールに接触すると同時に男の姿は見えなくなった。ざまあみろ。そう思った瞬間、フロントガラスの上から太った男が逆さまになった状態で顔を出した。ちょっとしたホラーであった。太った男は口をパクパクさせていた。

『く・る・ま・を・と・め・ろ』

どうやら、そう言っているようだった。だからと言って「はい、分かりました」と止めるわけがなかった。

なおもスピードが緩むことがない車を眺めながら、太った男はしばし思案した後に顔を引っ込めた。

「おい、上にいるやつを撃て!!」

苛立ったスキンヘッドが仲間に命じる。だが、男たちが懐から銃を取り出す前に不思議なことが起きた。突如として目の前の風景が切り替わり、少し先が断崖絶壁になったのだ。このままでは崖に落ちる。慌てて急ブレーキをかけて車が急停止する。

一体なんだ、何が起きた？　敵対組織の魔法使いからの攻撃か？　そう思ったスキンヘッドは青ざめながら懐から銃を取り出すと外に出ようとした。

だが、ドアを開けて外に出ようとした次の瞬間、ドアが思い切り外側から蹴り倒された。思い切り足を挟んでしまった激痛でスキンヘッドは叫びを上げる。あのデブ、殺してやる！　怒り狂ったスキンヘッドは外に出ようとした。瞬間、見えない何かに思い切り突進されて意識を失った。勿論のことながら、攻撃を加えたのは晴彦であった。

◆◇◆◇◆◇◆◇

危ないなあ、拳銃なんて持ち出すなんて。

バイオレンス映画じゃないんだから勘弁してほしい。こちらは音速の勢いで走るようになっただけで無害な豚さんですよ。恐怖のあまり、思い切り体当たりしてしまったじゃないか。まだ【神速】を覚えたばかりで加減できないんだから勘弁してほしい。

そう思いながらスキンヘッドが意識を失っていることを再度確認した。何度やっても荒事というのは恐ろしいものだ。できることなら話し合いで解決したい。そんな俺の気持ちなどまるで無視して、少女を攫った男たちが思い思いの武器を手に車から降りてくる。明らかに銃刀法違反の奴だ。やめて、勘弁してくれ。そう思いながら俺は新たに習得したスキルを使って距離を取った。一瞬にして男たちと俺の距離が大きく離される。驚いたのは男たちだ。それはそうだろう。一瞬にして俺が姿を消したかと思えば、百メートルくらい離れた位置に現れたのだ。逃げたわけではない。その証拠に俺は助走をつけると同時に、思い切り男の一人目がけて走った。

男たちは迫りくる俺に向けて容赦なく銃を撃ってきた。だが、高速で動く俺の視界には止まっているようにしか見えない。自覚はないのだが、どうやら神速以外のスキルが発動しているようだ。戯《たわむ》れに指で弾くと力なく地面に落ちた。こんなもので人が殺せるのか疑問に思ってしまうほど他愛無いものだった。

銃弾の雨をゆっくりと掻い潜りながら、俺は確実に男たちをぶちのめせる間合いまで近づいた後に一直線に体当たりをかました。神速がかかった俺の全体重をかけた体当たりは、車の正面追突くらいの威力はあったのかもしれない。一人だけ倒そうとした俺の予想を裏切って、男たちはボーリングのピンのように大きくふっ飛ばされて動かなくなった。呻き声があちこちに聞こえる中で俺は思った。

しまった、またやりすぎたああ！

そんな俺の後悔をあざ笑うかのように、パトカーのサイレンの音が遠くから響いてきた。

◆◇◆◇◆◇◆◇

再度訪れる羽目になった取調室で俺は項垂《うなだ》れていた。取り調べを行ってくれたのは、いつもと同じように司馬さんであり、壁際では相棒のワンコさんが鋭い視線でこちらを睨んでいた。

「兄ちゃん、過剰防衛という言葉を知っているか」

「相手は拳銃を持っていたんですが、その場合も過剰防衛は当てはまるのでしょうか」

「拳銃持った奴らをどうすれば複雑骨折で全治三か月にしてしまうんだよ。明らかに拳銃以上の危険物を所有していたのは兄ちゃんだろうが」

返す言葉がない。司馬さんの言葉にぐうの音も出なくなった俺は項垂れた。もし過剰防衛になったら留置所に二、三日は拘留になるそうだ。豚がブタ箱に入れられるなんて悪い冗談もいいところだ。やらかしてしまった。頭を抱える俺の様子に呆れかえったのだろう。司馬さんは溜息をつきながらジッポライターの蓋《ふた》をキンと指で弾いて開けてから煙草の火をつけた。そして事情聴取をまとめた調書を眺め始めた。

「原因になった、この神速ってスキルだけどよ。ふざけた効果すぎるだろ。十倍のスピードで走るとかなんなんだよ？　そこらの勇者だって持ってないぜ、こんなトンデモスキルは」

神速。それは使用者の走行速度を際限なく引き出していくものだ。その平均速度はおおよそ十倍であり、さらにタチの悪いことにインフィニティさんのシュミュレーションだと、トップスピードに乗ってしまえば二十倍ほどになると試算される。単純に考えて、俺の全力ダッシュが時速五キロだとしたら時速五十〜百キロには達するということだ。そりゃ八十キロで走っている車にも追いつけるわ。

太った状態でこれである。痩せて鍛えて時速十キロくらいで走れるようになれば、時速二百キロで走ることも夢ではない。そうなれば悪夢の弾丸重量物の出来上がりである。まあ、走るのに慣れてないせいで終わった今も地獄の筋肉痛を味わっているので、しばらくは使えなさそうだ。

司馬さんは口にくわえたまま溜まっていた煙草の灰を灰皿に落とした後、話を続けた。

「車に触れて崖の幻を見せるまではクレバーだったんだがな」

「あのアイデアは良かったと思います、自分でも」

あの時の機転は自分でも流石だと思った。成り行きと勢いに任せて車に追いついた俺だったが、車のドアをノックしても止まるどころか車を寄せてきた時は焦った。思わず車の天井に上って【鑑定スキル：∞】を使用して車の過去の風景を映し出したのだ。都合よく崖の映像の記憶を車から引き出すことができて本当によかったと思う。

「無茶もいいところだ。拳銃の弾丸が当たったら、かすり傷程度じゃすまなかったんだぞ」

「まさか拳銃を持っているとは思いませんでした」

「非常事態だったとは思うが、今後は慎重に行動した方がいいぞ」

司馬さんにそう言われて今更ながらに身震いした。確かに言われてみればその通りだ。相手の動きがスローに見えるスキルが発動したからいいものの、弾丸が直撃した可能性もあったのだ。自分のやったことの無謀さを自覚して冷や汗が出てきた。そんな俺の姿に司馬さんが今更だろうと苦笑した。

「焦って対応が分からなかっただろうが、そういう時は車の車種とナンバーを覚えて警察に電話するのが普通の対応だ。自分一人でどうにかしようと考えるんじゃねえぞ」

「はい……肝に銘じておきます。ところで過剰防衛の罪はどうなるんでしょうか？」

「なんだ。そんなに留置所に入りたいのか」

「いや、そういう訳ではないんですが」

「ぶち込んだりしないから安心しろ。実を言うと、あの誘拐犯たちは指名手配中の凶悪犯たちでな。奴らを現行犯で捕まえたという事で今回の一件は不問にしておく。とっとと帰りな」

「あ、ありがとうございます！」

煙草の火を消した司馬さんに対して俺は深々と頭を下げた。こうして取り調べは無事に終了して取調室を後にすることができたのだ。

◆◇◆◇◆◇◆◇

例によってお馴染みになったパトカーによる護送によって俺はアパートにたどり着いた。すでに外の景色は夕暮れになっている。あーあ、アパートで待っているシェーラが心配しているだろうなあ。夕暮れを眺めながら黄昏ていると、ワンコさんが声をかけてきた。

「おい、君！」

声をかけられるとは思わなかった俺は驚いて振り返った。呼びかけたのにも関わらず、ワンコさんは迷ったような表情でこちらを見ていた。何か言いたいことがあるようだが、ムッとした表情で睨んでいる。怖いと思っていると、見かねた司馬さんが肘でワンコさんの腕をつついた。それがきっかけになってワンコさんは意を決して話しかけてきた。

「この前はきついことばかり言ってすまなかった」

「いや、いいんですよ。壱美さんだって職務を真面目に考えるんだから、あれほど厳しくなるんです。分かってますよ」

俺がどこか諦めた表情をしているのを察することができたのだろう。ワンコさんはムッとしながらも続けた。

「謝罪は素直に受け取りなさい」

「あ、はい。すんません……」

やっぱこの人は苦手だわ。そう思っているとワンコさんは微妙な顔をした後、頭をワシワシとかいた。そして続けた。

「違う、そうじゃない。お説教をするつもりで話しかけたわけじゃないんだ」

言葉を選ぼうとしているのか。しばし彼女は考え込んだ後に切り出した。

「君の対応が遅れていれば、罪のない市民が悪漢の手によって犠牲になっただろう。手段はどうあれ、君は誇れることをやったんだ。危険を顧《かえり》みずに戦った君に私は敬意を表する」

そう言ってワンコさんは笑顔で俺に敬礼をした。この時、俺は初めて彼女の笑顔を見た気がした。年相応の女性らしい可愛らしさを持っているじゃないか。というより、目鼻立ちははっきりしているのだから普通に可愛いぞ。スーツ姿でピシッと決めているカッコいいワンコさんもいいが、こういう表情をもっと出した方が男性受けはいいのではないだろうか。

そんな女性に褒められた俺は照れながら敬礼を返した。そんな俺の脳内でインフィニティさんによるレベルアップ音が響き渡る。おい、このタイミングでレベルアップ告知をしてくるな。狙ってやってないか？　そう思いながら、俺は二人と別れてアパートに戻ったのだった。
『晴彦は誘拐犯をやっつけたことによってレベルが上がった！』

藤堂晴彦
年齢：32
LV：2→4
種族：人間
職業：優しさを知る豚　異界の姫の豚騎士
称号：電撃豚王　公園の怪人『豚男』　強制送還者
体力：28／28→36／36
魔力：1258／1258→1262／1262
筋力：18→24
耐久：28→32
器用：10→12
敏捷：12→18
智慧：14→17
精神：14→19
魔法耐性：25→29

ユニークスキル
【ステータス確認】【瞬眠】【鑑定LV：∞】【アイテムボックスLV：0】

スキル
【名状しがたき罵声】【金切声】【肥満体質：109／58→108／58】【全魔法の才能】【運動神経の欠落：70／65000】【人に嫌われる才能：76320／120000】【アダルトサイト探知LV：10】【無詠唱】【精霊王の加護】【努力家】【魔力集中】【魔力限界突破】【限界突破】【インフィニティ魔法作成】【電撃耐性（中）】
［NEW！］【神速】
［NEW！］【二回行動】
［NEW！］【思考加速】
［NEW！］【地形効果無視】
［NEW！］【オーバードライブ】
［NEW！］【クロックアップ】

◆◇◆◇◆◇◆◇

次の日、俺はアイテムボックスの収納空間であるゼロスペースの中にいた。

今日の俺はいつものジャージ姿とは一味違う。紺色の剣道着を身に纏い、その上に剣道の防具一式を身を着けたフル装備をしているのだ。手には木刀を装備している。これらは全て司馬さんの好意によって貸し出されたものだ。

昨日の取り調べで、新しいスキルの制御をする話をした時、何かの役に立つだろうと司馬さんが用意してくれたものだ。残念ながらサイズが合わない。元々が細身の司馬さん用のため、俺が無理やり着るとサイズが広がるのだ。変わり果てた防具を見た時、司馬さんはどんな顔をするだろうか。下手すればしばしばかれる可能性もある。言いようのない不安を覚えたが、考えないように気持ちを切り替えた。

さて、護身用の準備は万端だ。後は新たに習得したスキルを試していくだけである。

昨日使った神速の効果ですら理解不能な性能をしていた。神速の使用に慣れるのは勿論であるが、拳銃を放たれた時、相手の動きがスローになったスキルの正体が何なのかも見極めておきたい。

スキルの練習用に俺の目の前には練習用の人形である木人28号が仁王立ちしていた。ウォーキングの合間にアイテムボックスに入れていた粗大ごみを組み上げげて作り出したものだ。

まずは普通に殴りかかろうとして木刀を振り上げた。思った以上に重い。ふらつきながら振り下ろした木刀は狙ったところには届かず、地面を思い切り叩くことになった。反動がまともに響いて手が痺《しび》れる。

『剣道の素振りというよりは畑を耕しているようですね』

「剣道なんてやったことないんだから仕方がないよ」

インフィニティさんの冷静なツッコミに俺は反論した。どうやってこんなもの振り回すんだよ？　そもそも司馬さん、剣道用の防具を貸してくれたのに、何故に竹刀ではなく木刀を渡したんだ？

『司馬は竹刀も渡していましたよ』

「え、どうして木刀を渡したんだ？　インフィニティ」

『少しでも実物の武器と同じ重さの武器で慣れた方がいいのかと思いまして』

「却下だ。まずは軽いものから慣れていくから竹刀を出してくれ」

了承を告げる代わりに、手の中の木刀が一瞬にして竹刀に切り替わった。さっきの木刀よりよほど軽い。これなら何とか振れるぞ。気を取り直して俺は竹刀を振りかぶって木人君の頭に打ち込んだ。

【藤堂晴彦の攻撃。一回ヒット。木人二十八号は1ポイントのダメージを受けた】

一昔前のRPGのような画面表示の後に木人君の頭上にダメージが表示される。おいおい、随分と少ないじゃないか。ムッとなって今度は二回行動のスキルを使ってみた。決して竹刀が軽くなったわけではないが、体は身軽になった。素早く二か所に攻撃を打ち込むと表示されたダメージは2だった。なるほど。先ほどの二倍というわけか。

「インフィニティ、こないだ相手の動きをスローにさせたスキルがあっただろう。あれが何なのか分かるか」

『相手をスローにさせたのではなく、マスターの思考回路と身体が高速で反応したのです。スキル名は【クロックアップ】ですね』

「なるほど、クロックアップね」

二回行動で二倍だとすれば、高速行動ならば更にダメージが見込めるはずだ。そう思った俺は早速新しいスキルを試すことにした。

「クロックアップ！」

叫んだ瞬間、周囲の空気が纏わりつくように変わった。本当に高速移動しているのか戸惑っていると、自分の頭上に見知らぬ数字が表示されているのが見えた。59：98と表示された数字はゆっくりと減り始めた。何が起きているというんだ？

『マスターの体感時間と加速速度が通常の十倍になっています。この表示は残り時間のカウントダウンですね。恐らく今のマスターにとって周囲の時間は止まっているようにしか思えないはずですよ』

これがクロックアップの効果というわけか。確かに体がいつもと違う。自分の体ではないようだ。速い。まるで俺の身体ではなく誰かの身体を使っているかのような全能感が体を支配する。いける、これならイケるぞっ！　調子に乗った俺は制限時間いっぱいに木人君に打ち込んでいった。時間が終わると共に急に体が重くなる。

木人君の頭上のダメージ表示は10。単純にみて先ほどの十倍だ。何このスキル、超凄い！

『確かに優れたスキルです。優れすぎていると言っていいでしょう。しかし強すぎるゆえの反動もあります』

は？　何言ってんの。そう思った瞬間だった。いきなりふくらはぎを鈍器で思い切り殴られたような衝撃が走った。その後に筋肉が吊ったような痛みが全身に走り回る。理解不能の痛みの前に俺は悲鳴をあげることさえできずに床をのたうち回った。人間、あまりに痛いと泣き叫ぶのを越えて笑えてくるということに初めて気づいた。気づきたくはなかったが。

『限界を越えた動きで酷使された筋繊維は超弾道の反動によって断裂します。ふくらはぎの痛みは肉離れと思われます。普通に直すのであれば全治三週間ですが、マスターの瞬眠スキルがあれば一瞬で回復しますから大丈夫です』

大丈夫じゃないわ、バカたれ！この痛みが分からないのか、お前だって俺と体を共有してるんだろうが！

『私はスキルなのでそういった感覚とは無縁なのです。瞬眠を早く使用してください』

激痛で寝れるわけないだろう。その後も一時間程度はどこかしらの筋肉が休むことなく吊り続けた。意識を失うことも叶わずのたうち回ったのは言うまでもない。

ゼロスペースから出てきた俺は憮然として居間の座布団に座った。【瞬眠】を使用して筋肉痛から解放されたが、まだ筋肉が引きつっているような感覚がする。

「機嫌が悪いように見えますが大丈夫ですか、ハル」

「ごめん、機嫌が悪いわけじゃないんだけど」

俺の様子を心配してくれたシェーラに苦笑いして応えながら、俺は自分のふくらはぎを揉み解した。

全く酷い目に遭った。全身の筋肉の吊りによって殺されるかと思った。

筋肉痛もさることながら、もっと恐ろしかったのは肉離れだ。生まれてはじめて肉離れを起こしたが、まともに歩くこともできなかった。金属バットで殴られたような感覚だったぞ。【瞬眠】スキルが使えなければ確実に終わっていた。

【瞬眠】スキルも激痛にのたうち回っている間は使用することができなかったので、クロックアップと瞬眠のコンボでステータス強化することはできないという事が分かった。【瞬眠】で回復しようにも激痛で眠る暇さえないのでは効率もくそもない。地道に鍛えるしかないという事か。そんな結論を出した俺にインフィニティさんが反論する。

『いや、やり方を考えれば充分いけると思いますよ』

「ほう、一応どうするのか聞いておこうか」

そう言いつつも俺は凄まじく嫌な予感がした。そりゃそうだろう。こいつの効率優先で人道を無視するやり方に散々泣かされてきたのだからな。インフィニティさんはそんな俺の気持ちを察してか察せずかは分からないが、例によって凄まじい対応策を論じてきた。

『まずは致死量にならない程度の電圧で電流を流し込みます。マスターは電気耐性がついてますから多少は強い電圧でも即死することは…』

「却下だ、却下！」

なんで電圧を強くするのが前提なんだよ？　そもそも、電気を体に流す発想自体がおかしいとは思わないのか。俺は科学の実験で電気を流されるカエルじゃないんだぞ。俺の反論にしばし思案したインフィニティさんのイメージが頭の中に伝わる。どうやら最適解を導き出したようである。一応聞いておこうか。

『まずは数人のならずものに鈍器で後頭部を殴られ気絶させてもらいます。耐久力の訓練にもなりますので、耐久力の上昇に合わせて徐々に鈍器のレベルをですね……』

「ストップ、スト――ップ。その世紀末的な発想からちょっと止まろうか」

鈍器のレベルをですね、じゃないわ、バカたれ、平然とした声色をしてとんでもないことを言いやがる。気分が悪くなった俺は話を逸らすためにテレビをつけた。

ちょうど夕方のニュースの時間だった。ニュースのテロップには最近話題になっている人攫いグループについての特集が組まれていた。画面ではコメンテーターが人攫いグループの異常性について熱弁をふるっていた。なんでもこの人攫いグループというのは、人を攫っては廃人にする恐ろしい連中らしい。攫われるのはどれも若者であり、どれも各分野で将来有望な者ばかりが狙われているらしい。拉致された後は路上に置き去りにされるのだが、そうなったときはすでに手遅れで自分の名前も満足に思い出せない状況になっているそうだ。

そういえば、こないだの女の子も拉致されそうになっていたな。ひょっとして、あれもそのグループの犯行だったのだろうか。まあ、あの子が何かの才能に秀でていたとはとても思えないがな。

少し気になったが、次のニュースが流れはじめたので俺はそちらに意識を集中した。画面には最近発見された新種のトカゲが映っていた。黒と赤の縞縞《しましま》模様が独特の不気味なトカゲだった。随分とカラフルなんだな。そう思って画面を見ていると、それまで黙っていたシェーラが急に立ち上がってテレビにしがみつくと食い入るように画面を睨みつけた。今までなかった鬼気迫る様子に驚いた俺が声をかける。

「シェーラ、どうしたの。見えないって」

「そんな、嘘！　やっぱりそうだ。ああ、なんてことでしょう！」

シェーラの取り乱した様子に驚いた俺は何事かと問いかけた。シェーラはこちらを向いた後に首を横に振った。その表情は信じられないくらいに青ざめていた。

「あれは魔神獣の出現に合わせて現れる魔界のトカゲの一種です」

魔神獣って何のことかは分からなかったが、シェーラの様子からただ事ではないことを察した俺は事情を聞くことにした。

◆◇◆◇◆◇◆◇

魔神獣。それは異世界ディーファスに古代から生息する勇者の天敵である。異世界に召喚された勇者に呼応するかのように現れる魔獣は、人間を滅ぼすことを本能として暴れ狂う。その性質は残虐にして極悪非道である。かつて現れた魔神獣は出現と共に厳かに鳴り始めた鐘が七度鳴り終えた瞬間、付近一帯を消し飛ばした。魔神獣が何故勇者を追って現れるかは定かではない。一説には勇者と敵対する魔王の放った刺客であると言われている。

魔神獣が出現する前兆としてドクシマトカゲという不気味なトカゲが現れる。魔界を生息地とするドクシマトカゲは、魔神獣の出現に合わせて不安定になる空間の裂け目から染み出すように現れ始めるという。

　このトカゲが現れたら魔神獣が出現するのは時間の問題である。ゆえにトカゲを見たらすぐに対象地域を離れるというのが、ディーファスに住む人間の共通認識である。

「どうして……どうして地球に魔神獣が現れるのですか！」

『推測ですが、勇者であるマスターを追って出現したものと考えられます』

「はは、こちとら異世界から弾かれた勇者だってのに、熱烈なファンがいたものだな」

　自分で言っていてうすら寒くなった。綺麗な美女の追っかけならともかく、付近一帯を吹き飛ばす爆弾のような生き物など現れるだけ迷惑だ。シェーラの取り乱す様子から、魔神獣の存在は非常に危険であることを理解した。

「まあ、待つんだ。似ているだけでただのトカゲかもしれないぞ」

『シェーラ姫の記憶と照合するとドクシマトカゲで間違いありません』

「やっぱり！　どうしましょう、ハル!!」

　ああ、インフィニティさんが火に油を注ぎやがった。落ち着かせようとしていたのに余計なことを言ってくれる。空気を読まないインフィニティさんにため息をつきながらシェーラに尋ねた。

「ドクシマトカゲの出現からどのくらいで魔神獣は出現するんだ」

「具体的な時間は分かりません。ですが、兆候が訪れたからにはそう遠くないものと思われます」

　なんてことだ。準備をするにも時間がなさすぎる。流石にレベル４の見習い勇者である俺だけで人類を滅ぼす化け物に立ち向かえるとは到底思えないし、かといって敵の狙いが勇者という以上、逃げ出すわけにもいかない。さて、どうするか？

『ＷＭＤの司馬に相談するのがおそらく一番の得策かと思われます』

「だよなあ」

インフィニティさんのいう事はもっともだった。異世界召喚のトラブル解決をしているという事は恐らく荒事にも慣れていると思いたい。そう思いながら俺はスマホを取り出すと司馬さんに連絡を取った。

「……ああ、司馬さん、俺です、晴彦です。明日ちょっと時間ありますか？　相談したいことがありまして。違いますよ、なんでそんな話になるんですか。そう、そうです。はい、よろしくお願いします」

俺は通話を終えるとシェーラに告げた。

「明日、司馬さんが来てくれた時に魔神獣対策について考えよう。あれ、どうしたんだ？　シェーラ」

「いえ、てっきりハルは逃げるのだと思ってました」

「正直言うと凄く逃げ出したいよ。でもこの街は俺とシェーラがこれまで暮らしてきた街だから。訳の分からない怪物に壊されたくないんだ。だから戦うよ」

正直な所、時限爆弾付きの勇者殲滅用生体兵器などとはかかわり合いたくもない。だが、この街にはシェーラや司馬さん達がいるのだ。長年引きこもった恨みつらみもある街だが、シェーラと暮らすようになって嫌いではなくなってきた。突然出てきた化け物に彼女との思い出のある街を壊されたくはない。俺の返答が意外だったのか、シェーラは少し呆けた顔をしたが、すぐに嬉しそうに微笑んだ。

「どうしたんだ？　シェーラ、嬉しそうな顔をして」

「いえ、いつもと違ってハルが凄く凛々しく見えたものですから。……その、勇者様みたいでカッコいいです、ハル」

いや、一応は勇者なんですが。心の中でツッコミを入れながらもシェーラに釣られて顔が赤くなった。そんな俺達のやり取りをまるで無視するかのように、インフィニティさんが質問してきた。

『勝算はあるのですか、マスター』

「わからん。だが、やりもせずに逃げ出すのは違うだろう」

相手のことも分からない状況で勝算などあるわけがないが、自分自身にどんな能力があるのかもよく分かっていない。孫氏いわく『彼を知り己を知れば百戦殆《あや》うからず』という言葉がある。今の俺の実力がどのくらいかを知る必要があるのだ。

◆◇◆◇◆◇◆◇

次の日、俺のアパートを訪れた司馬さんに魔神獣の話をした後で自分も戦うつもりという事を伝えると非常に難しい顔をし始めた。予想外のリアクションに戸惑っていると、司馬さんは大きなため息をついた。

「兄ちゃん、悪いことは言わない。この件は俺達に任せておけ。それがお互いのためだ」

「いや、待ってくださいよ。俺だって戦えます。こないだだって誘拐犯から女子高生を助けたじゃないですか」

「素人に毛が生えた見習いが生意気言うんじゃねえ。こう言っては悪いが、にいちゃんでは役に立たないよ」

ドスの利いた声と睨みに俺はたじろいだ。だが、ここで引くわけにもいかない。怖かったが、俺は必死に食い下がることにした。司馬さんの目を真っすぐに見つめ返した後、俺は返答した。

「……試してください」

「なんだと」

「本当に役に立たないかどうか試してください」

俺の言葉に司馬さんは呆気に取られた様子だった。しばらくぽかんとした後、大きな声で笑い出した。馬鹿にされているような気がして恥ずかしくなったが、ひとしきり笑った後に司馬さんは急に立ち上がった。

「分かった。だったらついてこい」

どこへ行くというのか。状況を読めずに戸惑っている俺を連れて司馬さんは部屋を後にした。

司馬さんに連れてこられたのは、町はずれにある廃工場の中だった。

この場所はＷＭＤが所有している訓練場所なのだという。敵を誘き出したり、新人に訓練をするのにはもってこいだという説明を受けながらも俺は首を傾げていた。何故こんな人気のない場所に呼ばれたのか分からなかったからだ。

「あの、何でこの場所に連れてきたんですか？」

「決まってるだろう。今のお前さんの実力を測る模擬戦をやるからだ」

「あ、そうなんですか。ちなみに対戦相手はいつ来るんですか？」

「目の前にいるだろうが。お前さんはこれから俺とやり合うんだよ」

笑顔のままで百八十度方向転換した後、俺はその場から逃げ出そうとした。その俺の襟首《えりくび》を司馬さんが黙って捕まえる。理解できない。どうしてあんたと俺がやり合うんだよ!? 抗議しようとした俺を司馬さんは迫力のある笑顔で黙らせた。

「お前が言ったんだろうが。自分が本当に役に立たないかどうか試してくれって」

呆れかえったように言う司馬さんに対して、俺は自分の軽はずみな発言を反省した。確かに足手まといだと止められた時に試してくれとは言った。だからと言って、戦って判断するというのは余りにも脳筋な考え方だと言わざるを得ない。司馬さんは俺が観念したのを見て笑いながら言った。

「いつでもいいぜ。俺を殺すつもりで仕掛けてこい」

「殺す気とは物騒なことを言いますね」

「物騒でも大袈裟でもないさ。そうしないとお前が死ぬことになるからな」

司馬さんはそう言って身構えた。その瞬間に何かを感じて俺は鳥肌が立った。それが司馬さんが放つ殺気のせいだと気付いた俺は、恐怖に弾かれるようにして【クロックアップ】を使用した。体感時間がゆっくりと流れる中で左足を思い切り踏み込んで地面を蹴ると同時に走り出す。司馬さんは神速で俺が高速移動をできることを知っていても、クロックアップで思考と反応速度も高速化していることは知らないはずだ。そこに付けこむ隙がある。

先制攻撃で度肝を抜いてやる。

まずは肩口からのタックルを食らわせて転ばせよう。そう考えた俺は次の瞬間に絶句した。俺の身体が今にも司馬さんの体にぶつかろうかという時に身をかわしたからだ。身を逸らす程度の最小限の動きだったが、攻撃をかわすのには十分だった。攻撃をかわされて歯止めが利かなくなった俺はそのままの勢いで司馬さんの背後の資材置き場に突っ込んだ。鉄パイプやほかの資材が転がる轟音が辺りに響き渡る。

「スキルは悪くないんだがなあ。攻撃が直線的すぎる。避けてくれと言っているようなものだぞ」

目から火花が飛び散る俺の背後から、のんびりした司馬さんの声が聞こえてくる。完全に見切られていた。脳震盪を起こしかけながらも起き上がった俺を、司馬さんは人指し指で招くような仕草をして挑発した。不敵な笑みを浮かべていた。

挑発だと分かっていても頭にきた俺は後先考えずに【神速】と【クロックアップ】を同時に使用した。一瞬にして司馬さんの間合いに入ると、アイテムボックスから取り出した木刀を握りしめて横薙ぎの斬撃を放った。だが、それはあっさりとかわされた。一太刀目がかわされたが、俺は諦めずに追撃を行った。だが、追撃の全てを司馬さんは華麗なバックステップで次々とかわしていく。

悪夢のような光景だった。常人が止まったように見える【クロックアップ】の体感時間の中で、この人は普通に行動している。最後に袈裟懸けから振り上げた斬撃をかわされた俺が絶句していると、司馬さんは笑った。

「ボディががら空きだぜ」

司馬さんの声が聞こえた後、俺の腹に凄まじい衝撃が走った。俺の腹に深々と司馬さんの拳がめり込んでいた。苦痛と共に胃液がこみ上げてくる。悶絶する暇もなく俺はその場に崩れ落ちた。

「なんでこんなに実力差があるんだ？」

「単純にレベル差だろうさ。気絶する前に俺のステータスを確認してみな」

「ステータス……オープン……」

気絶しかけながらも司馬さんのステータスを見た俺は納得した。凄まじいステータスだ。俺が勝てるわけがない。そう思いながら俺の意識はゆっくりとブラックアウトした。

司馬大吾
年齢：48
ＬＶ：56
種族：人間
職業：魔剣士
称号：帰還者
体力：５７１／５７１
魔力：３６６

筋力：621
耐久：563
器用：420
敏捷：721
智慧：256
精神：587

ユニークスキル
【一点突破】【弱点特攻】【貫通】【魔剣召喚】【魔剣能力全開放】【先読み】

シークレットスキル
【[redacted]】

スキル
【物理耐性】【魔法耐性】【精神耐性】【鑑定LV：3】【アイテムボックスLV：2】

◆◇◆◇◆◇◆◇

目を覚ますと、目の前に無表情な司馬さんの顔があった。笑うでもなくこちらを覗き込む瞳は俺ではなく虚空を見ているような視線だ。その真っ黒な瞳孔の奥には深い闇が漂っていた。

恐怖を感じた俺は飛び起きるように司馬さんから飛び退いた。冷たい汗を感じた。背中だけでなく全身だ。何かがカチカチと鳴っている。それが自分の奥歯が震えている音だと理解した。恐怖を感じているせいなのか、幾ら止めようとしても体の震えを止めることができなかった。司馬さんはそんな俺の様子に苦笑した。

「兄ちゃん、戦場で真っ先に死んじまうのはどんなやつだと思う」

「…………？」

「それはな、自分の能力を過信して前に出過ぎる奴だ」

自分のことを言われているのだと気づいた後に理解した。確かに司馬さんのいう通りだ。俺は神速という能力を過信するあまり、レベル差が52もある司馬さんに戦いを挑んであっさりと負けた。いくら模擬戦と言っても最初に【鑑定スキル：∞】で司馬さんのステータスを測れば、先ほどのような無様な戦いはせずに戦わない方法を模索しただろう。

俺は傲慢《ごうまん》になっていたのだ。そして司馬さんは、そんな世間知らずの天狗の鼻をへし折ってくれたのだ。

「……俺、調子に乗りすぎてました」

「いいさ、俺もお前のことは全然笑えないからな」

そう言って司馬さんは自身の服の袖をまくって腕を見せてくれた。凄まじい数の古傷だった。幾ら無茶な戦いをすれば、これほどの傷になるというのか。驚く俺に司馬さんは教えてくれた。

「体中がこんな傷ばかりだ。若い時は命を惜しまない真似ばかりしてきた。今でこそ生き延びているが、いつ死んでもおかしくない傷を負って生死の境を何十日も彷徨《さまよ》ったことも一度や二度じゃない」

司馬さんと俺の決定的な差を理解した。潜り抜けた修羅場の数が違うのだ。お遊び感覚でステータスを上げていた俺とは違う。この人は幾度の死線を潜り抜けてきた歴戦の勇士なのだ。何も言えなくなった俺に司馬さんは忠告する。

「お前さんが幸運だったのは、最初に戦った強敵が俺だったことだ。怖さを感じただろう」

「はい、正直な所、今も怖いです」

「正直な奴だな。だが、それでいい。恐怖を知っている奴は踏みとどまる理性を待っている。だが、強敵と戦ったことがない奴はそこで踏みとどまることができない。自分が死ぬかもしれないという恐怖を知らないからな」

司馬さんの言いたいことが分かった。司馬さんは俺に戦うことの危険と恐怖を教えてくれたのだ。無謀な戦いを挑むのではなく、彼我の実力差を考慮して生き残るための戦術を練りあげる。大事なことはそれなのだ。そんな俺に司馬さんは手を差し伸べてくれた。俺は一瞬、躊躇《ちゅうちょ》した後に司馬さんの手を握り返した。司馬さんはそんな俺の手を力強く握り返したまま、起き上がらせてくれた。どこまでも熱く力強い手だった。

「まずは恐怖を知ったな。ならばお前のやることはなんだ」

「……スキルに頼るのでなく、基礎体力を身に着けた戦い方を身につけることです」

「正解だ」

そう言って司馬さんは悪戯《いたずら》っぽい表情で笑みを浮かべた。どれだけ厳しい訓練であろうと、この人についていこう。俺は心の中でそう決意した。

◆◇◆◇◆◇◆◇

前言撤回。今すぐこの訓練をやめてくれ。俺は先ほどの誓いを心から後悔していた。それほどまでに司馬さんが組んだトレーニングメニューは恐ろしいものだったからだ。

言ってしまえば地獄すら生ぬるい。腕立てから始まって、腹筋、背筋、スクワットと休む暇もなく筋肉トレーニングをするように命令された。それだけならば普通だろうと思うかもしれないが、恐ろしいのは回数の上限設定がされていないという事だった。全く体が動かなくなるまで、いや、体が動かなくなっても一連の動作を繰り返される。幾ら無理だと訴えても、司馬さんは全く手心を加えなかった。

筋肉痛で本当に動けないから無理だというと、司馬さんはインフィニティさんに、俺をすぐに眠らせるように指示した。【瞬眠スキル】によって筋肉痛を回復させるためだ。司馬さんも鬼だったが、インフィニティさんも容赦がなかった。俺を眠らせるために強力な電流を俺の体に流し込んだのだ。眠るというよりは気絶に近い。強制的に意識を消失させられた後、再度覚醒のための電気が流される。

その時になって、はじめて俺は鑑定スキルの辞書に『容赦』という言葉が存在していないことを知った。

消耗した体力と疲労は【瞬眠】スキルの回復効果によって回復する。だが、その後に待っているのは更なる筋肉トレーニングの無限地獄だ。司馬さんは怒ることも怒鳴ることもなかった。ただ淡々と筋トレを続けるように命令するだけだ。

幾ら泣き言を言っても聞いてもらえないことを悟った俺は、次第に文句を言うことなく機械の如く淡々と訓練を続けるようになった。その方が体力の消費が少ないからだ。司馬さんの瞳の奥には、真っ暗な闇が広がっているようにしか見えなかった。

結局、その日の深夜まで行われたトレーニングの後遺症によって、俺はしばらく不眠症に悩まされることになった。

これまでの人生の中で眠れなくなるという事自体がなかった自分が、不眠症というものを経験することになるとは思わなかった。幾ら眠ろうとしても眠れなかった。何しろ訓練が終わってからも精神は臨戦状態のため全く休まらないのだ。瞼を閉じると聞こえてくるのは司馬さんの手拍子だ。

一回は寝ろ、二回は起きろ。パンという音で寝ようとしても、いつパンパンと手拍子が聞こえてくるのか分からない。

起きあがるのが遅れると、目覚まし代わりに腹部へ強烈な蹴りが放たれる。

手拍子がトラウマだ。ステータスは軒並みＵＰしたが全然嬉しくなかった。眠れなかった俺は暇つぶしに自分の能力値を見た。

「……ステータスオープン」

藤堂晴彦
年齢：32
LV：4
種族：人間
職業：恐怖を知る豚
体力：36／36↓106／106（状態異常：睡眠障害）
魔力：1258／1258↓1262／1262
筋力：24↓116
耐久：32↓104
器用：12↓70
敏捷：18↓121
知恵：17
精神：19↓115
魔法耐性：29↓107

強さの代償に色々と大事なものを失った気がする。睡眠障害以外にも筋力トレーニングの弊害があった。筋肉量が増えたことで体重が3kg増えたのだ。

あれほど努力して痩せたはずなのに何してくれるんだ、司馬さん。

ステータスも軒並み100を越えている中、知恵が17しかないというのはどういうことなのだろう。俺の脳裏に脳筋という言葉が浮かんだ。溜息をつきながらスキルの項目も確認していくと、電撃耐性が中から大にUPしていた。あまり電気が効かなくなっていたから電圧を強くしていたという事か。インフィニティさん、容赦なさすぎるだろう。ふと瞬眠スキルを見てみると※がついていた。どういうことかと思い、カーソルをスキルに合わせる。

『トラウマによって瞬眠スキルは一時使用不能です。状態異常：睡眠障害が解除されるまではスキルを使用することはできません』

「………………」

インフィニティさんの注釈に突っ込む力もなくなった俺は笑うしかなかった。

明日、司馬さんに自重してもらうように言うしかない。このままでは頭がおかしくなる。もう考えるのはやめよう。俺はそう思って掛け布団を頭から被った。しかし全く眠れなかった。規則的に鳴る時計の秒針の音を聞きながら、早く朝が来ることを心から願った。

結局、俺が意識を失うよりも先に朝が来たのだった。

◆◇◆◇◆◇◆◇

翌日の俺の疲れ切った表情を見て、流石の司馬さんもやり過ぎたことを反省したらしい。それはそうだろう。目にはクマ、体重は増えたはずなのに頬は痩せこけ、眼光だけが異様に鋭くなっているのだから。

「あ〜……、なんというか、すまん」

「いいんですよ。それで今日も手拍子に合わせて筋トレですか。残念ながら睡眠障害で瞬眠スキルは使えませんよ」

「安心しろ。今日は冒険者にとって基本的なアイテムの使い方を教えることにする」

司馬さんはそう言うと、自分のアイテムボックスの中からガラス瓶に入った緑色の液体を取り出して俺に手渡した。何だろう、ポーションっぽいけど。首を傾げていると司馬さんが教えてくれた。

「ポーションは使ったことがあるか」

「あ、はい。一応はあります」

魔力量を増やす訓練の途中、自分で作り出したポーションを使ったことがある。使用して本当に体力が回復して驚いた覚えがあるぞ。

「お前さんはエリクサーを持っているだろうが、練習に使うにはもったいないからな。そいつを使って、どうやって回復しているか見せてくれ」

首を傾げながらも、俺はまず鑑定スキルを使用してそれが本当にポーションであることを確認した。まさか司馬さんが毒物を渡すとは思えないが、一応念のためだ。そんな俺の様子に司馬さんが苦笑いしながらも頷く。

「いい心掛けだ。俺から渡されたからといって疑いもせずに使ったら、頭を叩いていたところだ」

「いろいろと勉強させてもらえましたから」

ポーションと言いつつ、毒物だった場合に苦しむのは俺だからな。我ながら荒んでいると思いながら俺はポーションを使うことにした。

渡された薬瓶の中身が毒物でなく回復薬であることを確認した俺は、躊躇うことなく一気飲みした。身体中に力がみなぎるような感覚がした後、蓄積していた疲れが消え失せていく。一連の挙動を眺めていた司馬さんは笑い出した。

「はい、失格。悪いお手本みたいな飲みっぷりだったぜ」

「ええっ!? 駄目なんですか、今のが」

「そりゃそうだろ。そんなもん飲み続けたら回復薬中毒になっちまうぞ」

司馬さんの説明は驚くべきものだった。回復薬というのは飲んだ瞬間、傷と共に疲労も癒《いや》してくれる強力な薬である。だが、その強力すぎる回復効果が曲者なのだ。

疲れたからと言って回復薬を飲み続けると徐々に手放せなくなる。実は麻薬と同じで常用性がある。飲み続ければ依存性になる危険性を含んでいるのだ。司馬さんが言うには、人間の身体で消化吸収できる魔力の量は個人差はあるものの決まっており、それを超えると酔ってしまう。それが魔力酔いというものらしい。

単純に吐き気や眩暈《めまい》で済めばいいが、あまり上質でないポーションを飲んだ場合、本人以外は不可視の幻覚や幻聴が聞こえ始める。万が一、ダンジョンの奥深くで魔力酔いになったら目も当てられない事態になってしまう。司馬さんのいた世界でも何人もの冒険者が魔力酔いの弊害で全滅しているというのだ。

「強い薬ほどその効果は高い。エリクサーなんて飲んだ日には、数日はとんでもない幻覚に悩まされるぞ」

危なかったーっ!! 実は昨日も何回か訓練の辛さからエリクサーを飲もうかと躊躇ったのだ。もし飲んでいたらと思うと身震いが止まらない。司馬さんはそんな俺に苦笑した。

「やっぱり分かってなかったか。というわけだから、ポーションの類をそのまま飲むのは極力避けて傷口にぶっかけるように心掛けろ。まあ、MPポーションは飲まないと効果がないが、それでも常用性があるから頻繁に飲まないことだ」

「いろいろと教えてくれてありがとうございます」

俺の礼に司馬さんはぞんざいに手を振って答えた。そして続ける。その後、何かを思い出したように尋ねてきた。

「ところでよ、前から気になってたんだが、お前さんのステータス画面の【アイテムボックス】スキルのLV：0って何なんだ?」

「へっ? アイテムボックスはアイテムボックスですが。普通でしょ?」

「馬鹿野郎、普通なものか。LV：0なんて表示は見たことも聞いたこともねえよ」

あれ? そういうものなのか。自分ではこれが普通で、単にレベルが足りないだけなのかと思っていたが、司馬さんの話だと、どうやら違うらしい。首を傾げていると司馬さんに尋ねられた。

「普通はレベルに応じてアイテムボックスの大きさとアイテムの所有数も決まってくるんだぜ。レベル1で八個のアイテム枠、レベル2なら五十枠ってな。お前さんの所有枠はどのくらいだ?」

「どうなんですかね。インフィニティ、俺のアイテムボックスの収納枠ってどのくらいだ」

『いくらでも収納できます。言ってみれば無限大ですね』

正直なところ、言っていいものかどうかかなり迷ったが、答えないときの方が怖いと判断して俺は答えた。

「えーと……インフィニティの話だと無限大だそうです」

「無限大だとっ⁉」

何気ない俺の言葉に司馬さんは絶句した。あーあ、やっぱりまともではなかったか。どうやらほかのチートスキル同様、この【アイテムボックスLV：0】も異常なチートスキルだったらしい。問題児が多すぎるだろう、俺のステータス画面は。怖くなった俺は、好奇心から確認してはいけない質問をしてしまった。

「あの、じゃあ収納空間のゼロスペースに入れるのも……普通じゃないんですかね」

「どういうことか説明してもらおうか」

誤魔化そうとしたが無駄だった。異様な雰囲気で俺に迫る司馬さんは、有無を言わせない笑顔で俺の肩を掴んだ。力が籠り過ぎて痛い。

晴彦は逃げ出した。だが、司馬に回り込まれた。

RPGならば、このように表記されたのは間違いないだろう。逃げることを諦めた俺は司馬さんをゼロスペースに案内することにした。

◆◇◆◇◆◇◆◇

俺が連れ出したゼロスペースの広大さに司馬さんは絶句していた。驚く司馬さんの横で俺は広大な空間を呆然と眺めていた。確かに広い空間だけど、そこまで異常かなあ。首を傾げていると司馬さんは額の汗を拭いながら言った。

「恐れ入ったぜ。まさかアイテムボックスにこんな秘密があるなんてな」

「そこまで異常な話なんですかね。何気なく使っていたんですが」

「異常すぎるわ、バカたれ。何なんだよ、この広大すぎる空間は。まるで底が知れないじゃねえか」

司馬さんはそう言ってゼロスペースの奥を眺めた。確かにこの空間がどこまで広がっているかなんて気にしたことがなかった。司馬さんは大きな口を開けながら辺りを見渡した後、腕時計を眺めて凍りついた。

「何の冗談だ、時計が止まってやがる」

「え？　あれ、本当だ。俺のやつも止まってますよ」

腕時計を見てみると秒針が全く動いていなかった。幾らなんでも同時に二つの時計が壊れることなんてあるのだろうか。頭の隅に怖い考えがよぎったが、それは怖くて言い出せなかった。躊躇う俺に変わって、司馬さんがとんでもない可能性を示唆してきた。

「まさかとは思うが、この空間、時間が止まってないか」

「あはは……まさか……」

やめてくれ。怖いから言い出さなかったのに、指摘されたら確認しないといけないじゃないか。

そんな俺に追い打ちをかけるように、インフィニティさんの注釈が入る。

『司馬の推測は正しいです。ゼロスペースは製品の鮮度保管のために時間の経過自体が止まっています』

マジかよおおおっ!! やばすぎるだろう! つまり、この空間に入っていれば時間が経過することはないってことか。司馬さんに推測が正しい旨を伝えると、流石の司馬さんも青い顔になり出した。

「……とりあえず出ようか。流石に気持ち悪くなってきた」

「なんというか、うちのスキルがすんません」

司馬さんに謝りながらも、俺たちはゼロスペースを後にした。

「俺の強さが化け物じみていると言ったが、俺からしてみれば兄ちゃんのスキルの方が余程化け物だぜ」

ゼロスペースから出るなり、司馬さんにそう言われた俺は頭を掻いた。確かに言う通りかもしれない。今まで気にしてこなかったが、俺のスキル構成はあまりにもおかしい。その事に関してはひとつだけ推測できることがあった。アイテムボックスはともかく、マイナススキルの克服報酬というのがおかしすぎるとしか思えないのだ。そのことを司馬さんに話すと、なにやら納得したようだった。

「……確かにな。だが、マイナススキルを克服できると考えること自体がおかしいんだよ。」

「どういうことです。」

「普通の鑑定スキルでマイナススキルの克服経験値が表示されるなんて聞いたことがねえ。やっぱり異常なんだよ。お前さんの【鑑定スキル：∞】というやつは」

『異常というのは心外です。優秀と訂正するように司馬に伝えてください』

インフィニティさんの言葉に俺は苦笑しかなかった。そんな俺の様子に司馬さんが首を傾げる。

「どうしたんだ？」

「いや、インフィニティが異常ではなく優秀だと言えと……」

司馬さんは俺の言葉にきょとんとした後、大声で笑い出した。怒りださないことにほっとしながらも、俺は対応に困って愛想笑いで答えた。

「ぶあっはっはっは！……いや、済まねえ、笑いすぎちまった。なんとも人間味に溢れたスキルだな。いい相棒じゃねえか」

「たまにとんでもないことをしますけどね」

「……多分、お前らはこれからもそうやってお互いに相談しながら成長していくんだろうな。そう考えるとこれからも目が離せないな、晴彦」

司馬さんの言い方に俺は違和感を覚えた。あれ、今この人は、俺の事を兄ちゃんでなく晴彦と呼んだよな。少しは認めてくれたという事か。なんだか嬉しくなった俺は、今日の訓練も頑張ろうと決意した。

その日の練習は剣の基本的な戦い方の訓練だった。

現代社会ならば銃を使えばいいじゃないかと考える人もいるだろう。実のところ、俺もそうであった。しかし、実際のところは高位のモンスターに対して銃撃というのは効きづらいそうだ。というのも、高位のモンスターは体の表面に闘気や魔法防御壁といった障壁を纏うことが多い。

そういった障壁を貫く力を一定の威力しか発揮しない銃は持たないのだ。勿論、障壁を貫通させるスキル持ちならば別であるが、そうでない場合は闘気を身に纏った近接武器で殴りかかった方がてっとり早い。体を伝う闘気は体から離れるほどに拡散するため、遠距離攻撃には向いていないのである。というわけで、近接攻撃が有効であるという座学を受けた後は基本的な剣の振り方、構え方、受け方や避け方といった一連の動きをレクチャーされることになった。

例によって剣道の防具を身に着けた俺は驚いた。今回教えるのが司馬さんではなくワンコさんだと言われたからだ。俺が戸惑っていると、白い剣道着に着替えてやってきたワンコさんはムッとした顔になった。

「何、私が教えるのは不満なのか」

「いや、そういうわけじゃないんですが。剣は扱えるんですか、ワンコさん」

「だからワンコって言うな。……もうワンコでいいや。証拠を見せてあげるから、その竹刀を構えなさい」

戸惑いながらワンコさんに向けて竹刀を構えると彼女も竹刀を構えた。次の瞬間に鋭すぎる一陣の風が通り抜けていったかと思うと、俺の竹刀と面はワンコさんの竹刀によって両断されていた。ぞっとした。何をしたのかが全く分からなかったからだ。動きもそうだが、さらに恐ろしいのは面を両断しておきながら俺の頭には傷の一つもない点だった。ワンコさんは驚く俺の表情に、見たかとばかりに自信満々な笑みを浮かべた。やばい、この人、超カッコいい。

「ワンコ〜、今割ったの俺の防具なんだけどな」

後ろから冷たく言い放つ司馬さんの言葉にワンコさんは慌てだした。やばい、どうしよう、殺される。そう言って割れた面を持ち上げて必死にくっつけようと試みるワンコさんに、俺は魔法で元に戻せますよ、と伝えた。ワンコさんは小手を身に着けた俺の両手を握ってブンブン振りながら、

「お前、いいやつだな」と繰り返した。やばい、この人、ポンコツ感半端ない。真剣な時とポンコツな時のギャップが半端ない。気のせいか可愛らしいぞ。そんなことを思いながら、その日は夕方までワンコさんの指導の下で訓練を行った。

◆◇◆◇◆◇◆◇

夕方になった段階で俺の手は血豆が潰れた跡だらけになっていた。回復薬に浸して傷は治るものの、豆だけはなくなることはない。我ながら短期間の間に、随分とごつい手になったものである。

司馬さんの訓練に比べてワンコさんの訓練は人間味があるものであった。俺が疲労しすぎれば、ちゃんと休みを取るし、構えのおかしいところがあればそれが治るまで根気よく教えてくれる。師

匠として非常に向いている人に思えた。

それでもきついものはきつい。休憩時間にしゃがみ込んでくたばって休んでいると、ワンコさんがペットボトルの飲料水を差し出してくれた。

「ダイエットしているとはいえ、少しくらいは糖分を取った方がいい。疲労回復になるからな。これを飲みたまえ」

「……ありがとうございます」

礼を言って、ペットボトルを受け取って蓋を開けると一気に飲み干した。

やべえええ、超うまい!! 疲れて乾いた喉に冷たい飲料水が染み渡る。五臓六腑《ごぞうろっぷ》に染み渡るとはこのことか。マジで天使だ、ワンコさん。そんなことを思いながら、横の壁にもたれかかりながら自分用のペットボトルを飲み干すワンコさんを見た。最初に会った頃に比べて随分と物腰が柔らかくなったよな。そんなことを考えていると、彼女も俺の視線に気づいたようである。

「どうかしたか」

「いえ、最初の印象に比べて随分と変わったなと思いまして」

ワンコさんは目を丸くした後にくすくすと笑い出した、何かおかしいことを言っただろうか。その疑問を口にするとワンコさんは教えてくれた。

「いきなり笑ってすまない。実のところ、最初は君のことを人の形をした化け物にしか思っていなかったんだ」

「化け物って酷いなあ。僕は無害なデブですよ」

「すまない。今まで司馬さんと接したことのある∞スキル持ちは、自身の能力を上げるためなら平気で一般人を犠牲にする屑のような人間ばかりだったんだ。君も同じ存在だから同様の化け物だと思い込んでいた。野放しにしないためにも、どこかに閉じ込めようと考えていたんだ」

だからあんなに冷たい対応だったのか。幾らなんでもいきなり捕まえるなんておかしいと思ったもんな。しかし今の話で気になったのは、今もそういう風に考えているのかという点である。ワンコさんに尋ねると笑いながら首を横に振った。

「安心してくれ。司馬さんはどうか知らないが、私はもうそんなことをするつもりはない。君が危険を顧みずに高校生の女の子を助けた時から、私の中での認識は変わった。君は勇者として相応しい男だという認識になったんだ。正直な所、君の人間性は尊敬に値する。」

そう言って俺を見るワンコさんの瞳は、どこか熱っぽいものが含まれていた。そんなことはじめて言われたよ。マジマジと見られたことで俺は照れくさくなった。怒っている時は分からなかったが、この人は真顔だと透き通るような肌をしていて奇麗なんだよな。気の強い眉に目鼻立ちがしっかりしているため、通りすがったら振り向いてしまうくらいの美貌をしている。さらに白の剣道着が良く似合う。汗ばんだ肌が健康的な魅力を醸《かも》し出している。内心の動揺を隠すために俺は話を変えることにした。

「ワンコさんの師匠ってどんな人だったんですか」

「私の師匠は仙人だ。真面目で丁寧な教え方をする人なのだが、少々女好きでな。暇さえあれば私の尻を触ろうとする困った人だった」

「うわあ……エロ仙人ですか」

頭の中に、にやけ顔をした仙人の姿が浮かび上がる。俺の想像が大体予想できたのか、ワンコさんは話を続けた。

「しかし、指導方法はまともだぞ。なんでも先代の仙人に無茶な修行をさせられたせいで、自分はそうならないようにしようと考えて、数々の教えを伝授してくださったんだ」

「参考程度に聞きたいんですが、無茶な修行って何したんですか？」

「真冬の寒い中を狼の群れに追い回されながら、薄氷の上を走らされたりしたらしいぞ。氷がすぐ割れて凍え死ぬかと思ったそうだ。」

「なんだそりゃ……俺、ワンコさんがそんなことする人じゃなくて本当に良かったですよ」

無茶な修行にも程がある。そんなことをしたら心臓麻痺《まひ》で死んでしまう。ワンコさんがそんなことをする人でなくて本当に助かった、俺はそう思ったのだった。

◆◇◆◇◆◇◆◇

それから一週間が経過したが、一向に魔神獣とやらは出現しなかった。いったいどういう事だろう。首を傾げた俺の頭の片隅によぎったのは誤情報ではないかという事だった。そのことをシェーラやインフィニティさんに話したが、そんなはずはないと首を振るばかりである。兆候がない以上、対応することも困難である。

まあ、備えをしておく必要があるな。そう思った俺は、戦いの際に役立つ魔法を想像しておくことにした。今の自分に足りないもの、それは攻撃を受けた際に対応できる防御能力だ。神速を使えば回避することもできるだろう。だが、万が一に直撃した時に装甲が紙では一瞬にして消し炭になるのは目に見えている。インフィニティさんとの打ち合わせの結果、作成したのは次の魔法であった。

【魔法障壁：絶】
消費ＭＰ１００～１０００
攻撃を受けた瞬間に発動する魔法陣型の防御障壁。自身を含めた半径５ｍ以内の攻撃を相殺する。受けた攻撃のレベルに合わせてＭＰを消費、最大で１０００のダメージを相殺する。

強力な魔法ではあるが、これだけでは燃費が悪いかもしれない。そう思った俺は錬金術によって魔法の装飾具を作成することにした。まず考えたのは、自動発動である程度の攻撃を防ぐことのできる腕輪である。というわけで、ああでもない、こうでもないと試行錯誤した結果、作り上げたのは次のアイテムであった。

【守りの腕輪】
防御＋１２０。腕につけるアクセサリー。装着者のサイズによって変化する。自動防御で発動する。装備できる上限数は一人一個まで。

期待していたよりも防御力が伸びなかった。インフィニティさんの話だと、攻撃や防御に使用できる魔法具を作成する際は常時発動型の場合、籠《こ》めた魔力の十分の一しか効力を発揮しないらしい。それ以上の魔力を籠《こ》めようと思ったら、意識を失わずに何日も不眠不休で魔力を籠め続ける必要があるそうだ。流石にそれは無理だよな。

そのことを話すと、正式な武器や防具に関しては司馬さんが支給してくれるということだったので、それを待つことにした。なお、武器やオリジナルの攻撃魔法を作ることに関しては固く禁じられた。俺の魔力で下手なものを作って、それを何者かが悪用したら大事件になるからということだった。確かにMP１０００を使った攻撃魔法などは大規模殺戮兵器にしかならないだろう。

そうこうしているうちに数日が過ぎて、俺のステータスもめきめきと伸びていった。同時に筋力アップによって増えた俺の体重も基礎代謝が上がったせいか、どんどん減っていった。そんな俺のステータスを表記すると以下のとおりである。

藤堂晴彦
年齢：32
LV：4
種族：人間
職業：恐怖を知る豚　優しさを知る豚　異界の姫の豚騎士

称号：電撃豚王　公園の怪人『豚男』　強制送還者
体力：１０６／１０６↓１８６／１８６
魔力：１２６２／１２６２↓１２７０／１２７０
筋力：１１６↓１７６
耐久：１０４↓３０４（守りの腕輪なし１８４）
器用：70↓１５５
敏捷：１２１↓２１１
智慧：17↓56
精神：１１５↓１６５
魔法耐性：１０７↓２２７

ユニークスキル
【ステータス確認】【瞬眠】【鑑定ＬＶ：∞】【アイテムボックスＬＶ：０】

スキル
【名状しがたき罵声】【金切声】【肥満体質：１１１／58↓１０３／58】【全魔法の才能】【運動神経の欠落：４８０７０／６５０００】【人に嫌われる才能：１０６３２０／１２００００】【アダルトサイト探知ＬＶ：10】【無詠唱】【精霊王の加護】【努力家】【魔力集中】【魔力限界突破】【限界突

破】【インフィニティ魔法作成】【電撃耐性（大）】【神速】【二回行動】【思考加速】【地形効果無視】【オーバードライブ】【クロックアップ】
〈NEW！〉【孤狼流剣術：初級】

インフィニティ魔法
【魔法障壁：絶】

◆◇◆◇◆◇◆◇

異変が起きたのは、それから数日後の昼下がりだった。

その日は訓練もなかったので自室でのんびりしていた俺の足元が急に揺れ出した。尋常な揺れ方ではなかった。地震にしては不審な揺れ方だった。空間そのものが揺らされたような巨大な振動。

異変を感じて外に出た俺とシェーラは絶句した。黒雲が渦巻く市街地の中心の上空から、巨大な何者かが降り立とうとしているのが分かったからだ。あれは一体なんだ？

絶句している俺の脳裏に厳《おごそ》かな鐘の音が一度響き渡った。それはまるで葬列の際に鳴らされる鐘のように不気味であり、生理的な嫌悪を覚えるものであった。頭が割れるかのような頭痛を感じた俺は思わず頭を抱えた。俺の異変に気付いたシェーラが駆け寄る。心配する彼女を制して巨大生物を見ながら俺は理解した。あれが魔神獣であることを。

街は大混乱になっていた。それはそうである。単純に考えてビル程の大きさの何かが堕ちてこようとしているのだ。それに対して役所の対応は早かった。

「こちらは[redacted]市役所です。広域避難勧告が出されました。付近の住民の皆さんは警察の指示に従って避難を開始してください。」

　実のところ、避難勧告を行っているのは役所に紛れ込んでいるＷＭＤの人間であったりするわけだが、それでも彼らの素早い対応によって周辺の住民の避難は速やかに行われつつあった。

　市街地中心から少し離れた市役所の地下にある作戦会議室では、中央に映し出される巨大モニターから映し出される街の様子を眺めている一人の男の姿があった。男は机に中央の座席に座って机に両肘をかけながら両方の指を交差させるように組んでいた。サングラス越しに見える鋭い眼光が捉えるものはただ一つ。異世界から現れた巨大生物だ。

　彼の名は一ノ瀬統吾。かつて勇者として異世界ガリウスを救い、この世界に帰還した帰還者の一人である。そんな彼の周囲の席では、たくさんの通信使たちがインカムとＰＣからもたらされる様々なデータを慌ただしく解析していた。

「一ノ瀬司令。周辺の地域の住民の避難、八割がたは完了しました」

　一ノ瀬はその報告に黙って頷くと、白い手袋を取って立ち上がった。手の甲には赤く浮かび上がる忌まわしき魔法陣が不気味に明滅している。一ノ瀬はその鳴動に歓喜して口元をにやけさせる。ようやく暴れさせてやれる。だが、次の瞬間に付近の通信士たちから一斉に拘束される。もみくちゃにされる一ノ瀬に対して一人の通信士が顔を引きつらせながら尋ねる。

「司令、どこへ行かれるおつもりですか」

「決まっているだろう！　俺が現地に赴いて一瞬にして奴を焼き払ってくれるわ！」

「街を焼け野原にするつもりですか」

「……こ、今度はうまくやる」

「少しは自重するという事を覚えてください。どうせ経験値が欲しいから出向くつもりなのでしょう。もういい歳なんですから、少しは落ち着くことを覚えてください」

「くっ……」

一ノ瀬は唇を噛んだ後、黙って椅子に座った。それを見た通信士たちが一斉に胸を撫でおろす。

実際のところ、一ノ瀬が出向くのは最終手段だった。というのも、ガリウスから帰還した一ノ瀬は人間核弾頭とも言われている強力な力を内蔵しているからだ。下手に力を解放したら市街地自体が消滅する可能性がある。司令部で彼が司令の立場に置かれているというのも、半分は現地に出向かせない縛りのようなものである。諦めて席に着いてあやとりをし始めた一ノ瀬を眺めながら、副司令であるアリーシアは深いため息をついた。その後にモニターの異変に気付いて声をあげる。

「B地区に逃げ遅れている避難民がいるわ！」

その声に周囲がざわめく。モニターには足取りのおぼつかない老婆を連れた一人の女子高生の姿があった。

◆◇◆◇◆◇◆◇

老婆を引っ張っているのは先日、晴彦が救った女子高生であった。彼女は焦りながらも杖をつく老婆の腕を引いて歩かせようとしていた。

「ばあさん、避難勧告が出ているんだから、早く逃げないと！」

「お嬢ちゃん、そんなに早く歩けないわ」

少女の焦りに必死についていこうにも足の悪い老婆は杖なしでは歩けない。そうこうしているうちに足元に凄まじい轟音と地響きが起きた。急に頭上が暗くなったことに気づいて少女が何事かと上を見上げると、凄まじい質量を持った不確定形の何かの一部が少女たちの上に鎮座していた。悲鳴をあげる前に不確定形はゆっくりと覆いかぶさり、彼女たちを押し潰そうとした。

その時だった。ぶふううううっという奇妙な音と共に、一瞬にして二人の姿がその場から消えた。その間、おおよそ0・01秒。獲物を失った不確定形は、ゆっくりと地面を押しつぶした後、再び持ち上がっていった。

一瞬にして少女と老婆を救ったのは晴彦だった。彼は少女たちを両脇に抱えたまま、安全なところまで連れ出すとゆっくりと下ろした。少女はその姿を見て不覚にもカッコいいと思ってしまった。この豚男には見覚えがある。確かあの時に私を助けてくれた人だ。あれから礼を言おうと探し回ったはずなのに、姿を見つけることができなかった人。ようやく会えた。

そんなこととはつゆ知らず、晴彦は不確定形の動きを気にするあまり、彼女の熱っぽい視線に気づかない。気のせいだろうか。見た目は肥満体の豚のはずなのに何故か凛々しい。晴彦は安全な所に隠れているように伝えると、ぶふううううっという奇妙な音を上げながら、煙のようにその場から掻き消えた。

残された少女は胸のドキドキが収まらなかった。

逃げ遅れていた少女と老婆を安全な場所に連れて行った後、俺はすぐ戦場に戻った。助けた少女には見覚えがあるものの、どこで会ったのかが思い出せなかった。【神速】スキルで高速移動しながら首を傾げる俺に、呆れたような声でインフィニティさんが語り掛ける。

『もうお忘れですか。先日拉致されかけていた高校生の少女ですよ』

言われて思い出した。あの子は先日助けたギャル子だ。俺とぶつかった時は性格が悪そうという第一印象だったが、逃げ遅れた婆さんを助けるとはいいところもあるじゃないか。まあ、赤い顔をして怒っていたようなので、次に会ったときに文句を言われないように逃げ出すことにしよう。まあ、今はそんなことを考えている暇はない。デモンスライムの巨体は遠目からでもよく目立つ。こちらが小さいので気づいてはいないようだ。奴の巨体を見上げながら、俺は相棒に命令を下した。

「インフィニティ、奴のステータスを鑑定してくれ。大至急だ」

『了解しました』

デモンズスライム（第一形態）

年齢：？？？

ＬＶ：？？？

種族：魔神獣

称号：すべてを喰らうもの
体力：8600／8600
魔力：729／729
筋力：521
耐久：556
器用：81
敏捷：56
智慧：0
精神：200
魔法耐性：180

ユニークスキル
【暴飲暴食】【自己再生】【破裂】【分身】【[redacted]】【擬装】

スキル
【捕食】【吸収】【粘液】

圧倒的なステータスを見た俺は、その場から逃げ出したくなった。何だよ、この化け物ステータスは⁉　体力８６００ってあり得ないだろう。筋力も耐久もやばい。肉弾戦でまともにやり合ったらひとたまりもないだろう。

　正直なところ、司馬さん達の応援を待つべきとは思う。だが、奴はまるで移動する巨大な沼のように現実世界を侵食している。すでに奴の所有権となった地域は溶けて無残な姿をさらしていた。化け物がゆっくりと進む方向にはシェーラと共に見に行った桜並木がある。あの思い出の場所を奴の手で壊されるのは我慢できなかった。

「インフィニティ。例の武器を使うぞ」

『了解しました』

　俺がそう命令した瞬間、両手で抱えるほどの大きさの円盤型爆弾が現れる。

　これこそが俺の切り札の一つ、Ｄボムである。勝手に攻撃魔法をや武器を作ってはいけないと言われた俺は、創造魔法で消耗品の武器を作ろうとした。消耗品ならば悪用されても被害は大きくならないと考えたのだ。司馬さんにそれを伝えたところ苦笑いしながら了承してくれた。ただし、あまりひどいものを作るなよと釘を刺されはした。どうせやるなら普通の武器では面白くないと考えた俺は、神速の速さを生かした攻撃スタイルを形成できる武器を考慮した。下手な中距離兵器では反撃を喰らう恐れがある。こちらが攻撃しなくても、追ってきた敵が勝手にダメージを食らう武器が必要だった。

　そこで考慮したのがこのＤボムである。これはいわゆる地雷型の罠である。対象が足を踏み入れた瞬間、その重さに比例したダメージを相手に与える。60kgの相手なら60のダメージ。１００や

200の重量ならば地味に痛いダメージを相手に与えるのだ。神速で敵の足元に罠を張れば反撃をもらうこともない。なにせビルに匹敵するあの質量だ。まともに踏めば楽しいことになるんじゃないか。

俺はDボムを脇に抱えると敵の進行方向へ向けて走った。神速の効果によって俺の姿は常人に見切れないほどの速さになっている。だが、このスキルにも欠点がある。自身が扱いきれない速度で走った場合には止まれなくなるのだ。そういう点は不便なこと極まりない。なんとかスピードを制御してDボムを敵の足元に設置すると、わざと追ってきやすくなるよう、神速を使わずに走った。

予想通り追ってきた。直後に大爆発が起こるのを確認して俺はほくそ笑んだ。

『ダメージを確認。800のダメージを与えました。……待ってください。何か様子が変です。

……!! 自己再生を確認。敵弾、来ます！』

インフィニティさんの言葉に俺は焦りながら走った。直後に俺のいた地面が何かによって大きく抉《えぐ》れる。あのままいたら、ぺしゃんこになっていたところだ。一体なんだ、奴は何を飛ばした？

『おそらくは自身の身体の一部を、大砲のように飛ばして攻撃してきた模様』

「はは、戦車かよ」

『次弾装填の予備動作を確認。弾数、数え切れません！』

おいおいおい！　一撃ですらシャレにならない威力の砲撃を複数だと!?　上空に舞った複数の巨大な物体の凄まじさに冷たい汗が体を伝う。俺は走った。その背後で爆弾のような攻撃の雨あられが降り注いだ。

絨毯爆撃とはこういうものをいうのだろうか。

実際の戦場を経験したことがないだけに、なんとも言い難い部分はあるのだが、スライムの攻撃は凄まじいものであった。いくら神速を使っていると言っても、少しでも歩みを止めれば犠牲になるだろう。結構シャレにならない。司馬さん、頼むよ、住民の避難を終わらせて早く来てくれよ。

そんなことを思っていると、急に目の前にビルの鉄筋と思われるものが突き刺さっているのを発見して慌てて避ける。危ない、今激突したら後ろの攻撃が直撃していたところだった。ここで死んだらシェーラは怒るだろうな。この戦場に来る前の彼女の泣きそうな顔を思い出して俺は苦笑いした。安全な場所に置いてきたことは悪かったと思うが、彼女を危険な戦場に連れてくるわけにはいかなかった。今頃は司馬さんが手配してくれた部下の人たちと安全な所に逃げているはずだ。

そんなことに一瞬でも意識を囚われていたのがまずかったのだろうか。それとも敵の狙い通りだったのか。絶え間なく続く広範囲の波状攻撃によって俺は袋小路に追い詰められていた。しまった、この先は行き止まりだ。そう思って引き返そうとした。だが、無情にも逃げ場のないくらいの勢いでスライムによる大量の絨毯爆撃が頭上から迫る。景色がゆっくりと感じられるのが分かった。血の気が引くのが分かった。

やばい！　直撃する。瞬間、俺は死を覚悟した。

◆◇◆◇◆◇◆◇

一方、時刻は少し遡る。

シェーラは司馬の手配したＷＭＤの職員たちと共に市街地から離れた山に避難していた。だが、職員たちは困惑していた。避難を終えて先ほどまで泣きじゃくっていたシェーラが何かの詠唱を行っていたからだ。イヤーカフス型の能力測定器による鑑定結果によって、自分たちに危害を加える類のものではないことは分かったが、その鑑定結果は不可思議なものだった。精霊召喚。職員たちは困惑した。ＷＭＤでもこのスキルを使用する人間は見たことがなかったからだ。そんな中でシェーラによる詠唱が終わった。

次の瞬間、シェーラの足元から円弧を描いた光の魔法陣が現れて、中から天を貫く勢いの火柱が上がった。火柱は天に舞い上がった後に一つの形を成した。それは火の鳥だった。それを見た瞬間に職員の一人のサングラスがずり落ちる。あれはフェニックス。危険指定Ｓランクのモンスターではないか。フェニックスの炎は鉄どころか鋼鉄をも容易に溶かすと言われている。そんなものがこの地球に現れ、いや、あの娘が呼び出したというのか。フェニックスは天空をゆっくりと飛翔した後でシェーラの元へ舞い降りた。

【強き願いを持つ娘よ。精霊王の加護を持ちし娘よ。汝の願いによって私は現世に顕現《けんげん》した。汝の名はなんだ。我にいったい何を望む】

「……フェニックス。伝説の召喚獣よ。私の名はシェーラ。シェーラ・シュタリオンです。私の願いはただ一つです。私の魂が戦場に向かうために貴方の身体を貸してください」

シェーラの提案にフェニックスは少し驚いたようだった。自分に戦ってくれというのではなく、自らが戦うというのか、この娘は。

【汝自身が戦場に向かうというのか】

フェニックスの問いにシェーラは静かに頷いた。そして続けた。

「私の大事な人は、私や街の人たちを守るために戦場に向かいました。本当はそんな強い人じゃないのに。私をここに避難させる時も無理して笑顔を作って、でも足や手は本当にぶるぶると震えていました。私たちはあの人に守られるかもしれません。でも、あの臆病な人を誰が守ってくれるというんですか」

フェニックスは黙ってシェーラを見ていた。シェーラ自身の身体が小刻みに震えているのが分かったからだ。彼女もその男と同様だ。自身の大事なものを守るために必死に恐怖と戦おうとしている。

「人任せにはしたくない。私自身がハルの助けになりたいんです。だからお願い、フェニックス。力を貸してください」

【心地よき風を魂に宿す人間よ。しかと承《うけたまわ》った。契約のためではない。私自身が汝の魂に共感したのだ。汝の魂と共に我も歩もう】

瞬間、不可視の炎がシェーラの身体を包み込んだ後、シェーラの魂はフェニックスに宿った。魂が抜けた体はその場に崩れ落ちる。だが、フェニックスとなったシェーラは、それを振り返りもせずに翼をはためかせて天空へ向かって羽ばたき始めた。愛しいハルの元へ向かうために。

『ハル、今行きますからね。』

次の瞬間、ジェットエンジンのような轟音とソニックブームをまき散らしながら、フェニックスは市街地に飛び去っていった。職員たちは茫然《ぼうぜん》とそれを見送るしかできなかった。

◆◇◆◇◆◇◆◇

とっさに目を瞑った俺だったが、何時まで経っても爆撃の衝撃も痛みもなかった。恐る恐る目を開けた瞬間に仰天した。凄まじい炎を纏った巨鳥が翼を覆うようにして俺を絨毯爆撃から守っていたからだ。なんだ、この鳥は？　茫然と見上げる俺と鳥の視線が交錯する。

『ハル、やっぱりこんな危険な真似をしていたんですね。心配して来た甲斐がありました』

鳥から発せられた思念は俺の良く知る少女のものだった。優しく、争いを好まず、それでもとても強い心を持った泣き虫な少女。

「……シェーラ、なのか」

茫然と口にした俺の問いに、シェーラとなった巨鳥は嬉しそうに頷いた。

俺の視線にフェニックスとなったシェーラは微笑みかけたように見えた。実際は表情が変わってないはずなのに目の錯覚だろうか。シェーラフェニックス、いや、シェニックスとでも呼んだ方がいいのか。彼女は波状攻撃を続けるスライムを睨みつけた。

『あれが魔神獣。私たちの世界の天敵』

「そうだ。あいつが街を滅茶苦茶にしたんだ」

俺の言葉にシェニックスが周囲の惨状を見渡した。絨毯爆撃と溶解液によって、いたるところの建物は倒壊し、炎上していた。その様はまるで戦場のようだった。

『……酷い。平和だった街をこんなにするなんて』

瞬間、シェニックスの身体を纏う炎が燃え上がった。シェーラの怒りに反応しているのか。普段怒るところを見ていないだけに、俺はこの子が怒ることに不安を感じた。普段怒らない人を怒らせた方が怖いっていうじゃないか。それともう一つ気になっていることがある。こんな危なそうな怪鳥と融合して元の身体に戻れるのだろうか。

『大丈夫です、マスター。鑑定結果で分かりましたが、シェーラ姫は融合しているのではなく、魂が憑依しているだけのようです。痛覚などは共有するため、精神的な疲労はあるものと思われますが命を削る類のものではないようです』

そうなのか、よかった。ホッと胸を撫でおろす俺の姿を確認した後、シェニックスは炎を燃え上がらせながらスライムへ向かって飛翔した。速い。速すぎる。単純にジェット機くらいの速度はあるのではないか。火傷こそないものの風圧と熱で目を開けていられない。

シェニックスはスライムへ一直線に飛んだ後、力任せに激突した。激突音と共にスライムの身体の一部に纏わりついた炎が燃え盛る。

『……魔神獣！　これ以上はやらせません！』

そう叫びながら思い切りタックルをした後、シェニックスは再度一定の距離を取ると再び炎を燃え上がらせた。恐らく、あの炎を燃え上がらせることで攻撃時の威力を増させているのだろう。あのタックル、相当な威力のようだが、どの程度か知っておきたいな。そう思った俺は、インフィニティさんにシェニックスのステータスを鑑定してもらうよう指示を出した。そこから導き出された結果は次のものだった。

シェーラ・シュタリオン↓シェニックス
年齢：16
LV：8
種族：人間↓？？？
職業：王女
体力：34／34↓2200／2200
魔力：62／120
筋力：21↓442
耐久：16↓900
器用：23↓600
敏捷：14↓1200
智慧：51↓600
精神：60↓600
（シェーラ所有のスキルは使用不能）
【固有能力】

鳳翼炎上：一回の攻撃につき防御力無視の２０００ダメージを相手に与える。
纏わりつく炎：敵の再生能力などを打ち消す炎。能力使用中は他の能力を使用することは不能。
リンカネーション：致死に至るダメージを受けても瞬時に蘇る。なお、一回使うごとに精神力を１００消費するため、精神力切れになると顕現できなくなる。

おいおいおい！　いくらなんでも強すぎるだろう！　なんだよ、防御力無視の２０００ダメージって？　あきらかにあのスライムの天敵のような存在じゃねえか。完全に俺の出番は食われた。自分の事を棚に置いてだが、少しは自重というものを知ってほしい。仕方ないので俺はシェニックスと巨大スライムの戦いに割って入る隙を伺いながら、敵の鑑定を行うことにした。というのも、少し気になっていることがあったからだ。

それは奴のデモンズスライム（第一形態）と書かれた表示と〈[redacted]〉と表示された謎のスキルだ。恐らくは意図的に隠ぺいされたものであろうが、第一形態という以上、何か隠し玉を抱えているのは間違いない。インフィニティさんに確認するように依頼したところ、解析結果が出るまでにかなりの時間が掛かるということだった。解析結果が出次第、報告するという事である。大概、そういうやつの遅れって取り返しのつかない事態になるんだよな。

そんなことを考えていると、ようやく住民の避難を終わらせた司馬さん達がやってきた。

俺のところに来るなり、市街地で繰り広げられる巨大生物同士の戦いを見せつけられた司馬さんとワンコさんは茫然となっていた。それはそうだろう。巨大なスライムと火の鳥の大決戦など見ようと思っても見られるものではない。

「なんで怪獣大決戦が始まってんだよ」

司馬さんの呟きには恐れというよりは若干の呆れが混じっていた。こんな時でも余裕なんだな。誤魔化すわけにはいかないので事の顛末を俺が説明すると、司馬さんは沈痛な表情で眉間《みけん》を指で摘まむようにして押さえた。若干の眩暈でもしているのではなかろうか。俺はそのリアクションに苦笑いで答えるしかなかった。

「お前と違って、あのお姫さんは常識人だと思ったんだがなあ。また事後処理で始末書書かないとならねえと考えると頭が痛いぜ」

多分、今までも俺たちが知らないだけでだいぶ迷惑をかけているんだろうなあ。そう思うと、なんだか心が痛んだが、こちらに矛先《ほこさき》が来ても怖いのであえて触れないことにした。そんな話をしている間にも、シェニックスとデモンズスライムの攻撃の余波で街の高層ビルなどが倒壊していく。長丁場になれば街に甚大な被害をもたらすのは目に見えている。俺でさえそう思うのだ。異世界の被害から人々の生活を守るWMDに所属する司馬さんとワンコさんの危機感は更に大きいだろう。

「あんまり油売っていられねえな。ワンコ。国際魔導協定特別規定第七十七項だ、覚えてんだろな」

「はい、異世界間の危機に対して自衛の緊急性が求められる場合、WMDのメンバーは固有装備の封印を解除して戦うことができる、でしたね」

「さすがは優等生だ。行くぜ」

瞬間、司馬さんの周囲の空気の流れが変わった。息ができないくらいに張り詰めた空気。それは司馬さんがこれから呼び出そうとしている何かに反応しているのだということが分かった。司馬さんは両手をパンと叩くと、それを眉間の前に構えながら叫んだ。

『かの者の剣は七度わが身を貫かん。されどわが剣、死すれども怨敵の身を八度貫かん。この身に宿りしは復讐《ふくしゅう》の剣。この刃、ひとたび抜き払えば眼前の敵に必定の死をもたらさん』

な、なんというか不吉すぎる呪文じゃないか。七度やられても八度目で殺すとか怖すぎるだろう。

俺がドン引きする中で空間に亀裂が走った。その中から現れたのは、禍々しい装飾の鞘《さや》に納められた一本の剣であった。鞘は何重もの鎖によって厳重に封印されているようだった。それだけでも不吉すぎるというのに、鎖の周りは紅い稲妻によって絶え間なく放電していた。直感的にこの武器はやばいものだと理解した。俺の本能が警告を放っている。この武器と争ったらただでは済まない。

俺の怯えが伝わったのだろう。脳内のインフィニティさんも警告を告げる。

『警告。神話級武具が召喚されつつあります。召喚時の衝撃の余波で吹き飛ばされる恐れがあります。一刻も早く離れてください』

おいおいおい！　召喚されただけで衝撃波が巻き起こるってどういう武器だよ？　慌ててその場から離れようとする俺に司馬さんが気づいて声をかけてくれた。

「……おう、晴彦。しっかり踏ん張ってないと……あぶねえぞぉ」

瞬間、司馬さんは剣を鞘から引き放った。同時に暴風が司馬さんの身体を中心に荒れ狂う。これ駄目だ！　あかんやつだ！　暴風は周囲の立て看板や瓦礫《がれき》を次々と吹き飛ばしていく。俺も上空に舞いあげられそうになりながら、必死に岩にしがみついて堪えた。吹き荒れたのは一瞬だったが、その威力は凄まじいものだった。

嵐が止んだ後、俺の良く知る司馬さんの姿はそこになかった。代わりにそこにいたのは、メタルヒーローを思わせるような真っ黒な光沢のある全身鎧《よろい》を身に纏った姿の司馬さんだった。

「し、司馬さん、その姿は？」

（ダインスレイブ。太古の神を屠《ほふ》るために愚かな人間が作り上げた呪われた神話級武具さ）

フルフェイスの兜《かぶと》に遮《さえぎ》られてその表情を見ることはできないが、鎧の内部から響き渡るのは、俺の良く知る司馬さんの声だった。兜の奥から真っ赤に発光する目が俺をチラリと見る。状況についていけていない俺を置き去りにして司馬さんは大地を蹴った。瞬間、凄まじい爆風が巻き起こる。まるで一条の光のごとき速さで、司馬さんはデモンズスライムの元に飛び去って行った。槍というよりミサイルのような勢いだった。一番自重する必要があるのは実はあの人じゃないだろうか。引きつる俺の隣にいたワンコさんが、茫然と司馬さんが飛んでいった方向を眺めていた。若干放心しているようにも見えたので声をかけてみると我に帰ったようだ。

「ワンコさん、大丈夫ですか？」

「ああ、司馬さんがあれほどとは思っていなかったものでな。なんだ、あれは？　まるで人間兵器じゃないか」

「ワンコさんは、そういうの持ってないんですか」

「ああ、そうか。私も固有装備を解除する必要があるな。おいで、剣狼、虎狼」

ワンコさんがそう言った瞬間、天空から黒い狼と白い狼を模した闘気の塊が舞い降りる。それらはお互いを追うように空を舞った後、地面に落下した。闘気が晴れた後、そこには鞘に収まった二振りの刀が突き刺さっていた。ワンコさんはそれを無造作に引き抜くと、愛おしそうに胸の前で抱きしめた後に呟いた。

「おじいちゃん、師匠、力を貸してください」

恐らくあの刀は、ワンコさんのおじいさんとお師匠さんから譲り受けたものなのだろう。ワンコさんは構えを解いた後、アイテムボックスの中から取り出した専用のベルトを腰に身につけると刀をそこに差した。その後でこちらを向いて何かを放り投げた。

落とさないように受け取って手の中を見ると、何かのカードのようだった。

「これはなんですか」

「それは君の専用の装備が入ったギフトカードだ。カードをクリックすると質問が出るから装備すると宣言すればいい」

言われるままにカードの表面を触ってみると、WMDと書かれたロゴが空中に現れる。

『WMD専用データベースにようこそ。ゲストの方ですね。専用戦闘服をご要望ですか』

戸惑う俺にワンコさんが黙って頷く。言われるままに俺が頷くと、光の粒子《りゅうし》が俺の身体を包み込んだ。次の瞬間に俺は絶句した。全身タイツのような真っ赤な戦闘服に身を包んでいたからだ。目と鼻と口に穴が開いている以外はどこにも穴が開いていない。トイレに行く時とかどうするつもりだ？　というか、どう見ても悪の戦闘員の姿にしか見えないじゃないか。その上、サイズが合っていないためにお腹のあたりがはみ出て、へそと腹の肉がはみ出てしまっている。ワンコさんはそんな俺の姿を見て「予想以上に似合わないな」と呟いてから慌てて口を押えた。どうやら心の声が漏れてしまったのだろう。うう、いいわい。どんな格好をしようと防御力がもらえるならばそれでいい。

装備が終わってもデータベース画面は閉じなかった。代わりに表示されたのはどのような武器を使うのかという質問画面だった。膨大な数のリストの中から俺は一つの武器を選んだ。その選択にワンコさんが軽く驚く。

「本当にそれを選ぶのか」

その質問に俺は黙ってうなずいた。

◆◇◆◇◆◇◆◇

魔剣ダインスレイブを引き抜いた司馬は魔剣と一体化していた。その腕は魔剣の柄であり、その体は魔剣の恐るべき魔力を制御する鞘そのものと言えた。そして、その鞘である体内ではその魔力が放たれる瞬間を今か今かと待ち構えていた。

不死鳥と不確定形物の激しい戦いをさらに上空から見下ろしながら、司馬は切り込むタイミングを図っていた。神をもほふる自身の力で下手に攻めれば、異界の姫の魂が宿るフェニックスまで巻き込む恐れがあるからだ。魔剣自身はすぐにでも怨敵を討ち滅ぼすべく司馬の身体を動かそうとす

るのだが、司馬はそれに巌《いわお》の如き意志の強さで逆らった。

ふいに不死鳥にデモンズスライムの巨躯が迫った。不死鳥は飛行の速度を変えることでそれに対応しようとしたがタイミングを見誤り、大きく弾き飛ばされてしまう。頃合いだ、司馬はそう判断して右掌をデモンズスライムに向けた。

（弾けろ――）

直後、彗星群《すいせいぐん》のごとく放たれた光の剣の群れがデモンズスライムに襲い掛かる。光剣はスライムの身体に容赦なく突き刺さると同時に弾けてその巨躯を穿《うが》った。スライムが悲鳴をあげるが、司馬は全く表情を変えることなく光剣を放ち続けた。全く容赦がなかった。司馬は攻撃を加えつつも敵の状況を冷静に観察していた。兜越しに映し出されるモニターには、凄まじい量のデータ量が高速で羅列されては、司馬の鑑定スキル内にフィードバックされていった。

デモンズスライムのＨＰの数値が凄まじい勢いで減っていた。８６００あった体力は司馬の光剣のダメージを喰らうたびに３００ずつ減っている。一撃一撃はそこまでの破壊力はないのだが、手数が多すぎる。あっという間に六割を削り切った段階で、デモンズスライムは体力３４４０／８６００まで削られていた。だが、司馬は全く油断しなかった。

（もう再生を始めてやがる。再生能力は六十秒で１０００といったところか。たいした能力だ。間を開ければ、あっという間に回復されちまうな）

案の定、時間稼ぎのつもりなのか、スライムは体の一部を砲弾のように放つことで司馬に攻撃を放ってきた。やらせるかよ。そう心の中で呟きながら、司馬は掌から放つ光剣の嵐で全てを撃ち落としていく。その間に司馬の兜内ではカウントダウンの数字が減り続けていた。彼がダインスレイブを装着できる時間は４４４秒間。約7分の間に決着をつける必要がある。それ以上装着し続ければ自我を失った魔神と化してしまう。

だが、司馬は焦らなかった。焦りは冷静な判断力を失わせる。冷静な判断力の欠落は敗北をもたらす危険性があるのだ。司馬は右腕から生成する光剣の嵐で攻撃を続けながら、左手に凄まじいエネルギーを貯め始めた。黒く光を放つ闇の塊が司馬の掌を中心に集まり始める。それはとてつもない熱量を持った純粋な力の塊だった。司馬が力を集約するためにその掌を握りしめると、塊は一振りの黒光りする闇の剣を形成した。

「――かの者の剣は七度わが身を貫かん。されどわが剣、死すれども怨敵の身を八度貫かん。この身に宿りしは復讐の剣――」

ダインスレイブを召喚する際に唱えた詠唱を司馬は再び開始していた。同時に鎧の内部から膨大な熱と赤い稲妻が司馬の体中から迸《ほとばし》る。その身を焼き尽くさんばかりの荒れ狂う力の傍流《ぼうりゅう》に耐えながら司馬はその剣に力を集約させた。

「――この刃、ひとたび抜き払えば眼前の敵に必定の死をもたらさん――」

その詠唱を終えた後、司馬は両手で闇の剣の柄を掴むと右上段に振り上げた。同時に自身が彗星の塊の如き勢いでデモンズスライム目がけて切り掛かった。スライムは自身の巨躯を盾にしてそれを防ごうとするが、あっさりと貫通されていく。

次の瞬間、司馬の斬撃は大地ごとデモンズスライムの身体を両断した。

◆◇◆◇◆◇◆◇

茫然としながら俺は司馬さんの攻撃を見守っていた。というより見守るしかなかった。下手に介入しようとしたら、あの謎の光剣によって命を失う可能性があったからだ。シャレにならないだろう、あの威力は。まるで悪魔を倒しに来た神様か何かにしか見えないよ。人間の形こそしているものの余程俺より人間離れしているじゃないか。

司馬さんとスライムが戦っている間に鐘の音が一つ鳴っていた。先ほどギャル子を助けている時までにも一回鳴っているから、合計でこれで合計で三回鳴ったことになる。思ったより余裕はなさそうだ。

インフィニティさんの能力によって表示されている司馬さんのステータスはえらいことになっていた。表示するのも恐ろしい。そんな司馬さんがデモンズスライムを両断して奴の体力が0になった時、俺は思わず「やったかっ！」と叫んだ。直後にインフィニティさんから注意を受ける。

『マスター！　このタイミングで、その発言をするのは不用意すぎます』

はっ！　確かにインフィニティさんのいう通りだ。大抵の場合、こういう発言をした後は何らかの形で敵は生き残り、味方が不利になるお約束だというのに。司馬さんのあまりの強さに気が緩んでいたとしか考えられない。実際、気が緩んでいたのは俺一人だったらしい。司馬さんは攻撃を放った後もまるで油断せずにスライムの残骸を眺めているし、インフィニティさんも沈黙している。

ふいに頭の中で不気味な鐘の音が木霊《こだま》した。まだ終わっていない！　不穏なものを感じた俺はスライムのステータス表示を凝視した。ゆっくりではあるが、ゼロになっている体力の表示が何やら動いているのが分かった。あれ、おかしいな？　表示が変だぞ。何だ、この8が横になったような数字は？

やばいぞ。あの記号はどこかで見たことがある。

それがいつも目にするインフィニティさんの∞マークだと分かった瞬間に俺は戦慄した。駄目だ、あれは！　体力にあの表示はまず過ぎる！　焦った俺に合わせるような形で、インフィニティさんが俺にスライムのステータス解析が終わったことを報告してくる。そこに書かれた情報はあまりにも凄まじい内容だった。

デモンズスライム（第二形態）
年齢：？？？
ＬＶ：？？？
種族：魔神獣
状態：破裂準備中（残り十五秒）
称号：すべてを喰らうもの
体力：∞／∞
魔力：７２９／７２９
筋力：８２１

耐久：2556
器用：81
敏捷：56
智慧：0
精神：200
魔法耐性：2180

ユニークスキル
【暴飲暴食】【自己再生】【破裂〉】【分身】【物理吸収】【偽装】

スキル
【捕食】【吸収】【倍返し】【粘液】

絶句する俺の目に入ったのは、破裂準備中という不穏すぎる単語だった。司馬さんやシェーラに伝えようにも距離が離れすぎている。背後のワンコさんを守る必要があると思った俺は、急いで俺の背後に来るように伝えた。困惑しながらも、ただならない様子に何かを察したのかワンコさんは俺の背後にやってきた。

直後にスライムの肉体が空一面に破裂した。凄まじい勢いで撃ち出されていく破片を俺の防御壁が自動で防いでいく。同時に俺の魔力がガリガリ削れていく。このままでは魔力切れになる。そう思った俺は、魔力酔いになる危険性があることを重々承知しながら、アイテムボックスから取り出したエリクサーを口にした。強いアルコールを飲んだ後のような喉が焼けるような感覚の後、体の中から力が溢れるような高揚感が生まれていく。だが、それでも降り注ぐスライムの身体の破片の攻撃は止まなかった。二本目に着け終えて俺の魔力が八割持っていかれたところで、ようやくスライムの攻撃が止んだ。エリクサーの飲みすぎであろう。次の瞬間、俺は脳内がグニャグニャになるような強い吐き気を覚えて、その場にへたり込んだ。鼻から何か熱いものが溢れる違和感を覚えて掌で拭うと、なんと鼻血だった。薬が強すぎるせいだろうか。体に悪いこと極まりない。

なんとか吐き気を堪えて前を見る。そこには表皮が不気味な七色に変化した巨大スライムの姿があった。

◆◇◆◇◆◇◆◇

デモンズスライムの破裂による全ての攻撃を、魔剣による防御壁によって受けきった司馬は、安堵のため息をついた。警戒していたとはいえ、いきなりだった。とっさに背後にいたフェニックスを守るだけで精一杯だったが、眼下に目をやると、晴彦達もなんとか破裂の攻撃から身を守ることができているようでホッとした。すまんな、負担をかけて。心の中でそう晴彦に謝りながら、司馬はデモンズスライムを睨みつけた。兜越しに送られてくるステータス情報は次のようであった。

デモンズスライム（第二形態）
年齢：？？？
ＬＶ：？？？
種族：魔神獣の核
状態：普通
称号：すべてを喰らうもの
体力：５０００／５０００
魔力：７２９／７２９
筋力：８２１
耐久：０
器用：81
敏捷：56
智慧：０
精神：２００
魔法耐性：２１８０

ユニークスキル
【暴飲暴食】【自己再生】【破裂】【分身】【■■■■】【擬装】

スキル
【捕食】【吸収】【粘液】【[redacted]】

ステータスを確認して分かったことは、かなり体力を消費していることだった。弱体化しているということだろう。畳みかけるなら今しかない。司馬は右手から先ほどと同じ光の剣の群れを放った。流星群のごとく一直線に宙を舞った光剣の群れは、デモンズスライムの身体を容赦なく貫いていく。

防御力がないためか、体力のステータスが先ほどより勢いよく減っていく。４４００、４０００、３６００、３０００。だが、再生能力も上がっているのか、勢いよく回復をしていくことも分かった。回復に対してダメージが追い付いていない。一撃で奴の体力を一気に奪う一撃を行う必要がある。拳を握りしめる司馬の背後で、フェニックスの炎が今まで以上に燃え盛る。

『私が敵の特殊能力を防ぎます。その間に司馬さんは奴を屠る一撃を放ってください』

（おう……頼むわ）

司馬が同意した瞬間、シェーラが憑依したフェニックスはその専用能力を解放した。それは炎でできた渦であった。渦を身に纏ったフェニックスは、翼をはためかせてデモンズスライムにそれを纏わりつかせた。身悶えても決して消えない焔《ほのお》がスライムの再生能力を阻害する。司馬はそれに頷くと精神集中を行った。司馬の両手から眩いばかりの光と全てを覆いつくす深い闇が形成されていく。両の手から放たれた二つの異なる力の根源は、絡み合う糸のように交差した後、一つの形を作り出した。それは変貌前に鎖から引き放ったあの剣であった。これこそがダインスレイブ。かつて神に逆らった愚者が作り上げた全てを滅ぼす大量破壊兵器だ。司馬は鎧を身に纏う残り全ての制限時間をかけて剣に力を籠め始めた。圧倒的な魔力と闘気が剣に籠り始める。迸る紅い稲妻と周囲の張り詰めた空気に大気がビリビリと振動し始める。

「――この刃、ひとたび抜き払えば眼前の敵に必定の死をもたらさん――」

それこそが司馬の放つ最大最強の一撃、破滅（ダイン）の剣（スレイブ）だった。雄たけびを上げながら、司馬はデモンズスライムの身体深くに切り込もうとした。瞬間、神速によって現れた晴彦が叫ぶ。

「攻撃しては駄目だ！　司馬さん、そいつは……」

だが、神速のスキルを使う晴彦を超えた勢いでスライムに迫る司馬は止まれない。司馬の剣がスライムに深々と突き刺さると同時に晴彦は絶叫した。

「そいつは、あんたの攻撃を吸収して跳ね返すつもりなんだっ!!」

その言葉と同時に、司馬の身体全体に耐え切れないほどの衝撃が走った。

◆◇◆◇◆◇◆◇

デモンズスライムのフルカウンター能力をまともに喰らって上空に舞い上がった司馬さんを見上げながら、俺は自らの失策を呪った。あまりにもダメージを受けたせいだろう。鎧の全身から煙を巻き上げている。消し飛ばなかったのが奇跡に近い。もう少し早く気づいていれば。デモンズスライムは、自らのステータス偽装能力で司馬さんに攻撃させるように促したのである。

俺の鑑定スキルからは、奴の物理吸収能力も体力が∞であることも見えていたが、司馬さんの鑑定スキルではレベルが足りずにそれが見えていなかったのだ。スライムにはそれが分かっていた。だからステータス偽装をして体力が減っているように見せかけたのだ。随分とクレバーな真似をしてくれる。知性が0というのも偽装表記ではないのか。そう疑ってステータスを見直すと、やはり偽装の跡があった。擬装のスキル自体が奴のシークレットスキルであったのだ。

落ちてくる司馬さんを受け止めたのはワンコさんだった。全身から白い煙を噴く司馬さんはすでに意識を失って、あの物騒な鎧姿から元の姿に戻っていた。四肢の欠損などの酷い怪我をしているわけではないが、白目を剥《む》いていることから、すぐに戦闘続行は不可能だろう。主力を失った俺たちの前にデモンズスライムの巨躯が迫りつつあった。

司馬さんに失策があったわけではない。相手があれでなければあっという間に倒していただろう。司馬さんにとって運が悪かったのは、敵のスキル構成が【物理吸収】【偽装】という悪質すぎるチートコンボだっただけだ。

司馬さんを片付けたことで、スライムは次の標的に俺たちを見定めたようだった。覚悟を決めようにも足がすくんで動かない。そんな俺たちに、スライムはその圧倒的な巨躯で迫りつつあった。七色に光るゼラチン質の身体が堪らなく不気味に見えた。そんなスライムと俺たちの間に立ち塞がったのは、フェニックスと精神を共にするシェーラだった。彼女は俺たちを守るためにその翼を羽ばたかせると、紅蓮に燃える炎を容赦なく浴びせた。だが、物理吸収の壁に阻まれて攻撃はまるで効いていないようだった。それどころか体力表示が回復方向に進んでいる。それだけではない。鑑定スキル越しに視認できたのは、奴がその攻撃エネルギーを溜め込んでシェーラにぶつけ返そうとしているという情報だった。

「駄目だっ！　シェーラ、逃げ……」

俺が叫ぼうとする前に、デモンズスライムはスキルを発動させていた。奴はシェーラが加えた攻撃エネルギーをそのまま反転させていた。しかもスキルを発動させた状態で。倍返しと表示されたそのスキルは、相手の攻撃を倍の力によって跳ね返すという凶悪極まりないものだ。シェーラが放ったものよりも燃え盛る炎は、容赦なくその身体を焼き尽くす。

『きゃあああああ――――っ！！！』

あっという間に不死鳥はその身を焼き尽くされた。だが、それでもなお、灰となった体は光を放ちながら瞬く間に蘇る。あれが不死鳥特有の特殊能力・リンカネーションの効力なのだろう。スライムはそれを煩《わずら》わしいと思ったのか、シェーラの身体に自身のかなりの質量を使った粘着質な分身を放った。蘇ったばかりの不死鳥の身体は、後方のビルへと張り付けられてそのまま捕らえられた。幾ら不死鳥がもがこうとも決してスライムの身体は彼女を逃がさない。炎で束縛を焼き尽くそうとしても、物理吸収の能力が邪魔をして焼き払うことができないようだ。タチの悪い野郎だ。

不死鳥を捕えたことで興味を失ったスライムは、ゆっくりとこちらを向いた。何かを言うわけでもない。とにかく無言であったが、その威圧感たるや凄まじいものがあった。思わず足が震えて、立っているのもやっとの状況だ。逃げたい。この場から一刻も早く逃げ出したい。だが、ふと隣を見た俺は気づいてしまった。俺のすぐ横のワンコさんも気丈に双刀を構えていながらも、その足がわずかに震えていることを。彼女も俺と同様なのだ。同時に理解した。ここで逃げ出したら、俺は自分が許せなくなると。

だが、具体的な策があるわけでもない。何しろ相手はこちらの物理攻撃を全て吸収するのだ。考える時間を作る必要があると考えた俺は、神速のスキルを使ってワンコさんの腰を掴むと強引に担いだ。そして後ろに寝かせていた司馬さんを反対の方の手で担ぎ上げると、スライムと反対方向に高速で走り出した。驚いたのはワンコさんである。

「ちょ、ちょっと君、何をしてるんだ！」

「うわ、舌を噛むから黙って！」

「逃げてどうするというんだ？　敵はあっちにいるんだぞ！」

「ははは、これは逃げではありませんよ」

俺の言葉にワンコさんは首を傾げた。そんな彼女に俺はどや顔で言い放った。

「戦略的撤退、もしくは後ろに向かって前進というんですよ」

『物は言いようですね』

同じく話を聞いていたインフィニティさんから冷静なツッコミが入る。若干呆れているような声色だった。幾らでも馬鹿にするがよい。こちとら捨てるプライドもなければ見栄もない。戦争はな、勝ったものが正義なのよ。そう言い放った俺の顔は随分と下種な顔をしていたのだと思う。ワンコさんは唖然とした後、ため息をついてこう言った。

「今の君の顔を鏡で見せてあげたいよ」

「生き残ったら存分に見てあげましょう」

爆走しながら俺は答えた。そんな俺をスライムは黙って見送っているようだった。もしかしたら、俺を勇者とは認識せずに取るに足らない一般市民とでも思っているのかもしれない。今に見ている。貴様を打ち倒すための方策を考え出した後に俺は必ず戻ってくる。必ずだ。

◆◇◆◇◆◇◆◇

「……うわあああああん、無理だよう。全然考え付かねえよう！」

スライムからかなり離れたビルの陰で身を隠しながら俺は頭を抱えていた。舌の根も乾かないとはこのことだ。泣き言を言っても始まらないのは分かる。だが、奴のステータスを見てしまっては打開策など見つかるわけがなかった。困った。わりと詰んでるぞ、この状況は。

「先程と同一人物とは思えんな」

沈痛な表情で眉間のしわを指でつまみながらワンコさんが言った。司馬さんもこないだ同じポーズをしていたなあ。ＷＭＤに共通するポーズなのだろうか、あれは。

『そんなわけないでしょう、心底呆れているだけですよ』

うう、分かっているわい。スキルにまで呆れられるというのは、スキルホルダーとしてどうなんだろうか。我ながら混乱している。とりあえず落ち着くためにも状況を整理することにした。俺はインフィニティさんに命じて、デモンズスライムのデータをワンコさんにも分かるようにして表示してもらった。

デモンズスライム（第二形態）
年齢：？？？
LV：？？？
種族：魔神獣
称号：すべてを喰らうもの
体力：∞／∞
魔力：729／729
筋力：821
耐久：2556
器用：81
敏捷：56
智慧：0
精神：200
魔法耐性：21800

ユニークスキル
【暴飲暴食】【自己再生】【破裂】【分身】【物理吸収】【擬装】
スキル
【捕食】【吸収】【倍返し】【粘液】

「見れば見るほどお手上げなデータだな」

ワンコさんの声には若干の疲れが混じっていた。体力∞で耐久力、魔法耐性も凄まじく高い。極めつけは、先ほど見せた物理吸収と倍返しという謎スキルである。チートにも程がある。ああいうスキルは、俺のような異世界召喚系の人間が持つべきものではないのか。

正直お手上げもいいところだ。奴の高い魔法防御の前には、せっかくワンコさんからもらったこの武器も無駄にしかならない。そう思いながら俺は腰の銃を取り出した。

九十七式呪唱銃。通称ディザスター。『大惨事』と名付けられたこの銃は、ＷＭＤのアイテムベースのサーバーの中でもゴミ箱に入っていた、本来は失敗作である。というのも、この呪唱銃という武器は様々な魔力を込めてそれを呪文弾という形で敵に撃ち出すのだが、この銃に限っては例外で、いくらでも魔力を吸い上げていくのである。普通の人間であれば魔力切れになってしまう量を吸い上げても、この銃は魔力を求め続ける。試算では一撃放つために３００以上の魔力が必要となるために危険すぎて廃棄されていたらしい。データベースを見た時、インフィニティさんによってそのシークレット情報を得た俺は迷うことなくその銃を選んだ。俺の魔力なら使いこなせると読んだからだ。だが、ディザスターの出力は必要魔力の五倍。最大出力の１５００のダメージでも２１８０という高い魔法防御に弾かれるに決まっている。

ステータス割がおかしすぎるだろう。途方に暮れた俺たちの横で意識を失っている司馬さんから呻きのような声が漏れた。俺のかけたエリクサーで外傷は治っているものの、ダインスレイブを使用した代償でしばらくは意識を取り戻さないだろうというのが、インフィニティさんの分析した見解である。そんな司馬さんに視線をやったワンコさんがため息をついた。

「こんなことがなければ今頃は運動会をしていたんだがな」

「運動会？」

「ああ、司馬さんの町内の人たちの親睦目的で行われる予定だったんだ。司馬さんも奥さんと共に綱引きに参加するからと張り切っていたんだ。本当に楽しみにしていたのに、あいつさえ来なければ……」

「……今、なんて言いました。……綱引き？」

その瞬間、俺の脳内で散らばっていたパズルのピースが次々とはまり始めた。そして閃いた。物理吸収、体力∞、高い防御能力。７００近くある魔力。押しても押してもぐらつかない。ならば、どうする？

答えは簡単だ。押してもダメなら引けばいいだけだ。

その時の俺は、本当に意地の悪い顔をしていたのだと思う。その証拠に、俺の顔を見たワンコさんが短い悲鳴を上げたからだ。俺は気が触れたのではないかといった様子で地面に転がって笑い転げた。なんて馬鹿なやつなんだ、完璧すぎるデータを準備するから、ほころびがすぐに見つけられてしまったじゃないか。

困惑するワンコさんの可哀そうなものを見るような視線に気づいて、我に帰った俺は起き上がって咳ばらいをした。

「大丈夫か、君。可哀そうに、初めての戦場で怖い思いをしたのだろう」

「取り乱しましたが、別に気が触れたわけではありませんよ」

頭を撫でられそうになって俺は慌ててその手を遮った。可哀そうな人だと勘違いされては堪らない。そうではないのだ。俺は戸惑うワンコさんにこれからの反撃策について話し始めた。最初は訝《いぶか》しげだったワンコさんも徐々に真剣に聞くようになり、ついには目を見開いた。

「君は……天才か」

「あまり持ち上げないでください。インフィニティの計算でも勝率は50%、一か八かの大博打なんですから」

「それでもいいさ、……私の命もベットすれば少しは賭け率も上がるだろう」

そう言ったワンコさんの口ぶりはいつもの真面目一辺倒のものでなく、悪戯の共犯となって秘密を共有する子供のように瞳を輝かせていた。

ワンコさんと打ち合わせた俺は、二手に分かれてデモンズスライムに対峙することにした。ワンコさんは正面から。そして俺は背後からだ。奴の目がどのようなものかは分からない。ワンコさんが奴の注意を引いている間に、俺はあらかじめ行った打ち合わせ通りに準備を開始した。

「インフィニティ。【鑑定スキル：∞】をスライムの周囲に使用しろ」

俺の指示にインフィニティさんが同意する。同時に周囲の風景が平和だった頃の街に切り替わる。町中を歩く人々の幻影を見たスライムの動きが変わる。どうやらうまくいったようだ。奴は動いている幻影に狙いを定めて、その巨躯で街を押し潰し始めた。幻影ゆえに潰されることはない。モグラ叩きでもしているかのように何度も幻影に攻撃を加えるスライムの様子は、どこか滑稽に見えた。

狙い通りに注意を引くことができた俺は、続けてホルスターから銃を取り出すとスライムに向けて構えた後に躊躇うことなく引き金を引いた。銃口から放たれた薄緑色の光は回復効果のある治癒術と同じものだ。

そう、スライムに撃ち出されたのは実は攻撃のための魔力ではない。攻撃を加えれば奴の魔法防御は抵抗をするはずである。それではそもそも攻撃が通らない。ならばスライムが抵抗を行わない魔法を使えばよいのだ。それこそが回復魔法だった。

俺の予測が正しければ、奴は抵抗することなく回復魔法を受け入れるはずである。スライムは自らの身体を覆った薄緑の光に困惑したようだったが、それが無害なことが分かると体内に受け入れ始めた。よし、狙い通りだ。

俺は片方の手に持った銃で回復魔法を放ちながら、もう一つの手で術式を練り始めた。それは今回の切り札となる魔力吸収魔法だ。インフィニティ魔法によって新たに生成された新魔法を、俺は呪唱銃の中に組み入れた。回復魔法と魔力吸収魔法、二つの異なる術式が呪唱銃の中に組み上がる。

先に回復魔法を使ったことには理由があった。奴に違和感を持たせずに魔力回路のバイパスを繋げるためだ。一度繋がった経路は魔法を中断しない限り、奴の魔力を吸い上げていく。だが、計算外もあった。途中で異変に気付いたデモンズスライムが、魔力経路を利用して俺の身体の魔力を逆に吸い上げ始めたのだ。冗談ではない。そんなことができるとは聞いてないぞ。

思った以上の勢いで俺の体内の魔力が吸い上げられていく。百や二百の騒ぎじゃないぞ。不味い、このままではやられる。そう思って焦る俺に追い討ちをかけるように、デモンズスライムは自らの身体を使用した砲弾を撃ち放った。無防備になった俺にゼラチン質の砲弾が迫る。それに立ち塞がったのはワンコさんだった。

「させるか、吠えろ、剣狼！　虎狼！」

ワンコさんが放った斬撃は、そのまま巨大な真空破となって砲弾を切り裂いていく。だが、完全には防ぎきれず、爆ぜた砲弾から浴びせられる溶解液がワンコさんの身体に容赦なくかかる。ワンコさんが苦悶の悲鳴をあげる。まずい。このまま、あの攻撃が続いたらワンコさんの身体が持たない。俺が気を取られそうになるのを、ワンコさんは苦悶の表情を浮かべたまま振り返ると、厳しく戒める。

「……私のことは気にするな。君は己の為すべきことをやればいい」

「……でも！」

「君はっ！　勇者なのだろう!!　私は君を信じた。だから君も私を信じろ！」

分かったよ、ワンコさん。俺はワンコさんを傷つけたデモンズスライムに対する怒りを胸の内に宿しながら静かに奴を見た。やってやる。貴様の思い通りのシナリオを破綻させてやる。俺は静かにインフィニティさんに命令した。

「インフィニティ。オーバードライブを使うぞ」

『承認できません。今のマスターの身体では負荷に耐え切れず再起不能になる恐れも……』

「ここで死んだら再起不能も関係ないだろう」

インフィニティさんはそれでも躊躇った様子を見せた。理由ははっきりしている。俺がこれから使おうとしているオーバードライブは、使用者の限界を越えた能力を発揮する代わりに、使用者の身体と精神を破壊するほどの負荷を体に強いるのだ。かつてゼロスペースで試した時に数日間起きれなくなってからはインフィニティによって禁止されたスキルである。だが、躊躇ってはいられない。俺がここで一秒でも躊躇うことで、ワンコさんはそれだけ死の危険に晒《さら》されることになるのだ。

「インフィニティッ！」

俺に再三の催促をされてインフィニティさんはついに折れた。同時に俺の心の中で必ず帰ってきてくださいという言葉が投げかけられる。当たり前だ。俺を誰だと思っている。異世界に飛ばされても強制送還された男だぞ。異世界の物語が始まってさえいないというのに、絶対に死んでたまるか。俺は体の中に暴れ狂う凄まじい力の暴流を解放した。

『「オーバードライブ!!」』

インフィニティさんと俺の声が重なる。同時にデモンズスライムから吸い上げる魔力が凄まじい勢いで跳ね上がる。同時に俺の身体が悲鳴をあげる。立っていられないほどの激痛が俺の身体中に走り回る。まるで体の中に悶える龍でも飼っているかという暴れ具合だ。このままでは意識が遠のく恐れがある。デモンズスライムもそれに気づいたのだろう。奴はこれまでにない勢いで砲弾を飛ばし始めた。ワンコさんの斬撃も追いつかない勢いだった。彼女は獅子奮迅の勢いでそれを切った。斬って斬って斬って斬りまくった。それでも追いつかずに打ち漏らした砲弾が俺に迫る。思わず俺は目を逸らした。だが、痛みはやってこなかった。まさかと思い、目を開けた瞬間に絶句した。ワンコさんがその身を盾にして溶解液を腕で受け止めていたのだ。ワンコさんの腕が溶解液によって容赦なく溶けていく。それでも彼女は俺を信じて微笑んでくれた。死なせない。この人を俺は死なせないっ!!

瞬間、俺は自身の身体の事など全て忘れて、フルパワーでオーバードライブを発動させた。あまりの過負荷により全身から白い煙が吹き上がり始める。脳が焼き切れそうだった。凄まじい勢いでスライムの残存魔力が吸い上げられていく。やがて、それがゼロになったのを確認した瞬間、俺の口と鼻から凄まじい量の血があふれ出した。

次の瞬間、スライムの身体が大きく爆ぜた。眼前に広がる巨大な光と風を受けながら俺は意識を失った。

◆◇◆◇◆◇◆◇

仁王立ちしながら気絶する自らの主を内部から観察しながら、鑑定スキル・インフィニティは思った。何という無茶をする主人なのだ、と。人の事を普段から常識がないように言うが、自分だって人の事を言えないだろう。いや、後先を考えない分、自分より余程タチが悪い。

実のところ、インフィニティがこれまでに仕えた人間は晴彦以外にもいた。その歴史を辿ると古くは紀元前に遡《さかのぼ》るのだが、その多くは神託を受けた人間や預言者として人々に崇められた。だが、彼らの多くは理性的で計算高く、このような無茶は絶対にしなかった。だからこそ自らの身を顧みずに人のために行動する晴彦は異常とも言えた。実に奇妙な主だとは思いながらも不思議と嫌な気はしなかった。それはインフィニティ自身が晴彦という人間と共に行動することによってもたらされた変化なのだが、インフィニティにその自覚はない。

だが、代償は大きかった。オーバードライブによる多大な過負荷によって晴彦の体内に流れる魔力回路自体が焼き切れてしまっている。この状態では二度と自らの身体で魔力を循環させることはできまい。脳の神経回路までは焼き切れていないとは思うが、最悪の場合は半身麻痺などの後遺症が残る恐れもある。目覚めるまでどのような不具合があるか分かったものではない。実質のところ、晴彦は二度と魔法が使えないと言っても過言ではないのだ。

さらには晴彦を庇ったワンコという女の腕もすでに壊死しかかっている。恐らくデモンズスライムが死に際に放った呪いが原因だろうが、恐らくあの両腕は切り落とさないと命に係わるだろう。

スライムの粘着体によって拘束されていたフェニックスは、無事に束縛から逃れることができたようだ。今頃シェーラは元の身体に戻っているに違いない。

気絶している司馬もあと少しすれば起き上がってくるはずだ。意識を取り戻してからワンコの姿を見てからの晴彦の精神状態が若干心配ではあったが、なるようにしかならないため、あまり考えないことにした。そこにまで至って、ようやくインフィニティは自分自身もあまりにも疲れているのだという事を認識した。スキルである自分が疲れるなど本来はあり得ない話だが、今は考えるのをやめよう。そう思った後でインフィニティは沈黙した。

◆◇◆◇◆◇◆◇

　戦いの行方を見届けたWMD東日本支部副司令のアリーシアは胸を撫でおろした。どうなることかと思ったが、司馬たちの活躍によって大惨事になることを未然に防ぐことができた。本当に良かったと思うと共に、一刻も早く回収を急がせるべきだと判断した。特に剣崎壱美隊員と民間人の藤堂晴彦の負傷は甚大である。

「後方支援部隊は彼らの回収を急いでください。一刻を争います」

「司馬隊長はよろしいのですか」

「放っておいて大丈夫です。うちの人は、あの程度でくたばるような鍛え方はしていませんから」

　アリーシアはそう言って、夫である司馬の救助をバッサリと切り捨てた。実際のところ、殺しても死なないような頑丈な人を心配するよりも、実力が伴わないにも関わらず命を懸けて街を救った二人の重傷者を急いで助けるほうが重要だと考えたのだ。実際、モニターの一つにはすでに意識を取り戻しつつある司馬の姿が映し出されていた。恐らくはまた死に損なったとでも言っているに違いない。内心で安堵の溜息を吐《つ》きつつ、アリーシアは直立不動のまま気絶する藤堂晴彦の方を見た。

ジャイアントキリング。格下のものが強者を打ち倒す番狂わせ。まさしく晴彦が行ったことはそれだった。役にも立たないと思われた勇者見習いが、現役最強の司馬に変わって広域危険該当生物Sランクのクリーチャーを打ち倒したのだ。賞賛の気持ちがある反面、これからの事を思うと気の毒になった。この戦いを影で観察していたであろう裏社会の実力者たちに目をつけられた可能性があるからだ。それを思うとアリーシアは気が滅入った。

第六章

【特定条件を達成したことで魔王種の因子が目覚めようとしています。解放して上位種族へと進化しますか】

→はい
　いいえ

奇妙な空間の中を俺は漂っていた。どこかは分からない。なぜここに来たのかも。自分がなんであるかも曖昧だった。ふいに、空間の奥に一つの巨大な閉ざされた門が置かれていることに気づいた。それは俺が見上げるほど大きな門だった。見る者に禍々しさと恐れを自然と抱かせる異様な装飾の門だった。

開くのか試してみたが、まるで動く気配がない。どうしようか思案しながら門に触れていると、急に門が少しだけ内側に開いて中に吸い込まれた。入った瞬間、門が再び内側から閉ざされた。不味い。完全に中に閉じ込められた。暗闇の中で目を凝らすと、部屋の中央に蠢《うごめ》く何者かの影があった。俺がその姿を視認した瞬間に部屋の中に松明の微かな明かりが灯った。

【やあ、はじめまして。藤堂晴彦君】

暗闇の中でうずくまっていたのは一人の少年だった。彼に呼ばれて、ようやく俺は自分が藤堂晴彦であることを思いだした。だが、同時に強い違和感を覚えた。これまで生きてきた中で目の前の少年とは会ったことがないからだ。不可思議な少年だった。日本では見かけない儀礼的な装飾が施された服装をしている。俺が戸惑っていると少年は頷いた。

【戸惑うのも当然だろう。この姿の僕には会ったことがないはずだからね。僕の名は勇者クリス。かつて世界を救った太古の勇者の一人さ】

『太古の勇者？　それがどうして、会ったこともない俺のところに現れるんだ？』

【会ったことはあるはずだよ。君が僕を飽食の呪いから解き放ってくれたんだからさ】

そう言ってクリスは指を弾いた。瞬間、俺は愕然となった。クリスの身体がぐにゃりと歪んだかと思うと、先ほどまで戦っていたデモンズスライムが現れたからだ。あのスライムがクリスだったというのか。恐れる俺の目の前でスライムは元の少年の姿に戻った。

【見ての通りだ。君が戦った魔神獣デモンズスライムは自我を失った僕の成れの果ての姿さ。強さを求めた余りに人間としての自我を忘れた餓えた獣。自我をなくしたあまりに大事なもの全てを喰らおうとして、地下深くに封印された僕を何者かが解き放ったんだ】

クリスのいう事に俺は驚かされた。シェーラの話では魔神獣というのは人を襲う悪魔のような存在だと聞かされていたからだ。クリスは動揺する俺を静かに見つめながら、俺の方に向けて掌を翳した。そこから放たれた微かな光が俺の胸元にゆっくりと近づいてきた。

【勇者である僕を倒した君はこれを受け継ぐ権利がある。魔剣ティルヴィング。けして錆びること

なく鉄をも容易に切り裂き、狙ったものは外さない風の魔剣だ。使いたいときはその名を呼ぶといい】

『待ってくれ、あんたは』

俺はクリスに色々と聞こうと思った。なぜあのような姿になったのか。なぜ封印されたのか。誰が封印を解いたのか。だが、俺が尋ねる前にクリスは手で俺を制した。

【残念ながら時間が来たようだ。僕はここでティルヴィングと共に眠っている。何か聞きたいことがあれば再びここに来るといい。そうそう、あまり力ばかり求めないことだ。僕のようになりたくなければね……】

最後になってクリスの身体がぐにゃりと崩れてデモンズスライムのものになる。その巨躯からの恐怖で俺は怯えるように後ずさった。そんな俺にスライムはゆっくりと近づいていくと――。

◆◇◆◇◆◇◆◇

「うわあああああああああ――っ！！！」

生理的な恐怖による叫びを上げながら、俺はその場から跳ね起きた。心臓がバクバクいっている。夢だというのにあの生々しさはなんだ。額に触れて驚いた。凄まじい汗が流れている。額だけでなく、どうやら全身のようだ。一体あれは何だというのか。デモンズスライムが元勇者だと。あり得ない。だったら魔神獣とは一体何なんだ。あれが勇者だとしたら勇者である俺は何と戦ってるというんだ⁉　気持ちの悪い後味の悪さを感じながら俺は周囲を見渡した。

見慣れない部屋だ。白を基調とした生活感のない部屋。おそらくは病院だろうか。とにかく外に出て状況を知ろう。そう思って起き上がろうとすると腕にかすかな痛みを覚えた。血管に針と管が刺さっている。管の先を辿ると点滴らしきものがぶら下がっていた。胸にもなにやら管がたくさんついているのが分かった。腕の管は点滴だろうが、胸元や頭のやつは何だろう。

まあいいや、引きちぎってしまえ。そう思って強引に引きちぎった瞬間、横にある心電図モニターらしきものと怪しげな周辺機材が一斉に警告音を鳴らした。うわ、やばい、取ってはいけない奴だったか。俺がそう思うよりも早く部屋に看護師さんたちが駆け込んできたのを見て、俺は自分がやらかしたことに気づいた。

駆け付けた看護婦さんたちからこってり絞られた後、俺は自分が置かれた状況を理解した。どうやらあの戦いの後、一週間意識不明の重体となったらしい。自分でも驚きだが、医者がいうにはこうして意識を取り戻すこと自体が奇跡に近いということだった。そう言われて、はじめて俺は自分のしたことの危険性を理解して恐怖した。幾ら人を守るためと言っても無茶をし過ぎた。

俺が意識を取り戻したことを知って最初に駆け付けてくれたのはシェーラだった。俺が意識を取り戻したことを知るや否や、病室に駆け込んだ彼女は俺の胸に飛び込んできていた。役得だと思ったのも一瞬でその後に大泣きされてしまった。落ち着かせるまでが大変だった。というか泣きじゃくる女の子を宥《なだ》める経験なんて今までの人生でしたことがない。経験値不足だ。

泣き止んだ後に目を真っ赤にしたシェーラと話すうちに気づいたことは、彼女がやつれたように思えたことだった。妙だと思った俺は理由を彼女から聞いて仰天した。なんでも俺が起きるまで心配のあまりに食事が喉を通らなかったそうで、医者にもこのままでは死ぬから食べなさいと言われて怒られていたらしい。当然だ、俺も医者と同じように怒った。このまま俺が起きなかったら餓死していたかもしれないと考えるとゾッとした。何のために命を懸けたのか分からないではないか。

そう言うとシェーラは泣き笑いを浮かべた。

「食べます。ハルが元気になったんだから一緒に食べます」

そう言って目から大粒の涙を浮かべるものだから、再び泣き出さないように慌てて宥める羽目になった。

そしてシェーラと一緒に食事を取ることになったのだが、そこで違和感を覚えた。食事の味がしないのだ。最初は病院食だから薄味なのかな、そう思った。だが、どれを食べても味がしない。おひたしを食べようが、肉団子らしきものを食べようが、なんだかもさもさする感触がするだけで、何も味を感じることができない。

怖くなった俺は途中で箸を置いた。そんな俺の様子を不審に思ったシェーラが声をかけてくる。

「ハル、どうかしたんですか」

味がしないとは答えられない。俺は曖昧な笑顔を浮かべながら、シェーラに心配をかけないように無理やり病院食を詰め込んだ。味がしない食事というのは拷問そのものだった。食事が終わった瞬間、凄く気分が悪くなって俺はトイレに行った。そして個室トイレで先ほど食べたものを全て戻した。胃液の味さえしない。一体自分に何が起きているのかインフィニティさんに尋ねてみた。だが、俺の万能スキルは何も答えなかった。今までそんなことはなかっただけに、俺は冷水を被せられたようなショックを受けた。そして自身の身体に何らかの異常が起きていることを悟ったのだった。

◆◇◆◇◆◇◆◇

気が滅入るのは何も俺自身の問題だけではなかった。それはワンコさんの事である。意識を取り戻した後に俺が一番はじめにワンコさんの生死を確認した。担当らしき医師は生きていることは明確に話すものの面会に関しては頑《かたく》なに承諾しなかった。もやもやする日々が数日過ぎた後、俺の病室に司馬さんがひょっこりやってきた。

「よう、晴彦。意識を取り戻したって本当だったんだな」

「司馬さん！　よかった、無事だったんですね」

「ああ。でも悪かったな。事件の事後処理に追われて、なかなかお前たちの見舞いに来れなかった。許してくれ」

「いいんですよ。お互いに無事であれば。でもワンコさんが……」

「……ああ、それなんだがな。ようやくワンコもお前に会う決心がついたそうだ。これから見舞いに行くがお前もついてくるか」

司馬さんの意外な提案に俺は一も二もなく頷いた。司馬さんはそんな俺の表情に苦笑いした後に少しだけ暗い表情になった。だけど、能天気な俺はワンコさんに会えることが嬉しくて気づくことができなかった。

◆◇◆◇◆◇◆◇

「ワンコ、晴彦を連れてきたぞ」

そう言って部屋に入った司馬さんに続いて個室病室に入った俺は絶句した。ワンコさんの顔半分に痛ましく包帯が巻かれていたからだ。彼女は俺の姿を見るなり、ぎこちない表情の笑みを浮かべた。

「ああ、君か。無事で何よりだ」

「ワンコさん……その包帯……」

「ああ、これか。先生も手を尽くしたのだが、どうしても傷が残るそうだ。今は傷口が膿《う》んでいるせいで、このように包帯を巻いている」

「そんな……エリクサーとかで治らないんですか」

俺が疑問を口にするとワンコさんは力なく首を横に振った。どうしてだ。俺が困惑していると司馬さんが補足してきた。

「あのスライムの最後の溶解液な。呪詛に近いものがあったらしい。要は呪われた状態だ。例えエリクサーを使っても呪詛が邪魔して傷を癒せないんだよ」

馬鹿言うなよ。顔は女の命っていうじゃないか。ワンコさんは黙ってればあんなに奇麗なのに、これから顔の半分を包帯で隠して暮らさなければいけないというのか。そんなの可哀そうじゃないか。

「僕のエリクサーなら何とかなるかもしれません」

「いや、だからな。落ち着け、晴彦」

何とかワンコさんを治そうと俺は詰め寄った。司馬さんの制止を振り切ろうとして、もみ合った瞬間、俺はワンコさんの手の上に置かれていたタオルを払いのけてしまった。そして絶句した。

包帯で巻かれたワンコさんの手首から先がなかったからだ。

凝視してはならないはずなのに、俺はそこから目が離せなくなった。ワンコさんは目に涙を浮かべながら必死でタオルを掴もうとした。だが、手がない以上うまく掴めない。慌てて司馬さんがタオルを掴むとそれを覆い隠した。

「晴彦、見るな、これは違うんだ」

「ああああああ、あああ――っ！！！」

珍しく動揺する俺に司馬さんの声はすでに届いていなかった。声にならない絶叫。それが自分の喉から出ていることに気づくのに、さほど時間はかからなかった。

◆◇◆◇◆◇◆◇

それからすぐに病室から出された俺は、しばらく立ち直ることができなかった。あの勝利のためにあまりにも大きな代償を払ったことが胸を締め付ける。放心状態になった俺を司馬さんは屋上へと連れ出した。煙草を一本勧められたが丁重に断ると、司馬さんは慣れた手つきで自分の分を口にくわえてライターで火をつけた後、深く息を吸い込んで火を灯した。しばしの沈黙の後、司馬さんが吐き出した煙が風で宙を舞う。

「あいつな。お前に手の事を気づかれたくなかったんだよ。重荷になるって分かっていたからな」

司馬さんの語りかけに、俺はどう答えていいのか分からなかった。

「あの手になったのは俺のせいですよ」

「……そうじゃねえ。あれはあいつ自身が選んだんだ。お前さんのせいなんかじゃねえ」

「でも俺が、もっとうまく戦えれば！」

そう叫んだ俺の胸倉を司馬さんが掴みあげる。物凄い形相だった。単なる怒りだけでない。情けなさと悲しみが同居したような表情。それを見た瞬間、俺は泣きそうになった。怖さからではない。自分自身があまりにも情けなくなったからだ。

胸倉を掴むつもりはなかったんだろう。司馬さんは我に帰ると、胸倉を掴む手を放して小さな声で謝ってきた。

「……すまん」

「……司馬さんは悪くない。悪いのは聞き分けのない俺です」

司馬さんは俺から視線を離すと、フェンス越しに外の景色を眺め始めた。

「……あいつがお前に会わなかったのは、自分の手を見せる決心がつかなかったからだよ。やっと決心がついて、今日の面会の後に姿を消すつもりだったんだ。手のことには気づかれないようにしてな」

司馬さんの伝えた言葉は俺を凄く悲しい気分にさせた。ワンコさんは俺のことを思ってくれたのだろう。でも本当にそれをされて真実を後で聞かされたら、俺は一生自分を悔やんだだろう。

「ずるいですよ。司馬さんもワンコさんも。俺たち、仲間じゃないですか」

「仲間だからこその気遣いだったんだろうぜ。あの手はお前の真っすぐさの邪魔になる枷《かせ》にしかならない。ずっと負い目を感じるはずだ。だったら……。あいつはそう考えたんだろうさ」

「だからって」

凄く悲しくて、やるせなかった。ぼろぼろと涙を流す俺の横で司馬さんは黙って煙草を吸った。ぷかぷかと舞い上がる煙は今の雰囲気とはどこか場違いだった。空の色はそんな俺たちの気持ちを無視するようにどこまでも蒼かった。

『マスター――。それ以上の涙を流すと眼球が充血しますよ』

「……落ち込んでるんだからさ、もっとましな慰《なぐさ》め方をしろよ、インフィニティ……あれ？」

そこにきて俺はようやく長い沈黙を続けていた相棒が復旧したことに気づいた。びっくりだ。慌てて涙を拭う。司馬さんも、いつもの俺の一人語りが始まったことに驚いているようだった。

『二人とも不景気な顔をしていますね。どうしたというのですか。……なるほど。状況は把握しました。マスターが気に病むことはありませんよ。というか、泣きすぎです』

「お前、絶対に今、脳内を読んだだろ！」

恥ずかしくなって俺は赤面した。恐らくこいつの事だ。俺自身に鑑定スキルを使用して今までのやり取りを全て再生したに決まっている。全く、なんて奴だ。

『状況は理解しましたが、そこまで悲観している理由が分かりませんね』

「……なんでだよ。ワンコさんは両手がなくなったんだぞ」

『確かにそれは悲しむべきことですが。やり直しは効くはずでしょう。まさかこれまでの生活の中でマスター自身が行ってきたことをお忘れですか』

はあ？　いったい何を言ってるというんだ。今までの生活って。思い出すことと言えば、魔力の修行で高圧電流と睡眠を繰り返されたり、延々筋トレをやらされたり、必殺技のポーズを繰り返して使えなかった魔法を使えるようになったり。

使えなかった魔法を使えるようになっただと？　そこまで考えたところで、俺の頭の中に天啓ともいえるアイデアが舞い降りた。そうだ、俺は大切なことを忘れていた。

「……マイナススキルの克服」

そう呟いた瞬間、確かにインフィニティさんが笑ったような気がした。

その日の深夜、俺はワンコさんの病室に忍び込んだ。なるべく音を立てないように引き戸を開けて中に入ると、どうやら眠っているようだった。無理もない。おそらくは日中の精神的な疲れもあったのだろう。

俺は計画を実施するために、インフィニティさんに命じて彼女のステータス表示を行った。

剣崎壱美

年齢：24
LV：28
種族：人間
職業：侍
称号：境界渡り　孤狼族のクォーター
体力：244／244
魔力：58
筋力：245（644）
耐久：166（321）
器用：280
敏捷：285
智慧：120
精神：144
ユニークスキル
【弐回攻撃】【固有武装召喚】【クリティカルヒット】【先読み】
マイナススキル

【両手の欠損［呪］：100／1200000】【顔の損傷［呪］】（100／600000）

予想通り、彼女のステータス画面にはマイナススキルとその克服経験値が書かれていた。100だけ経験値が蓄積されているのは、おそらくエリクサーか何かを使用したものと思われる。効果がないと見て諦めたのだろう。だが、俺の目には、あとどのくらい経験値を稼げばいいかが、はっきりと見えている。

仮説を実証するため、俺は寝ているワンコさんの腕にエリクサーをこっそりとつけてみた。眠っているせいか身悶えたが起きる気配はない。ステータス画面を確認してみる。

【両手の欠損［呪］：200／1200000】
【顔の損傷［呪］：200／600000】

よし！　仮説は実証された。というか、手だけじゃなくて顔にも効果があるのか。エリクサーが一本で経験値を100稼げるとすれば、あと1200本近くあれば大丈夫だという事になる。では、俺のアイテムボックスの中にはどのくらいのエリクサーが眠っているのだろう。インフィニティさんに命じてアイテムボックスのエリクサーの数を確認してみると、十六本のエリクサーが眠っていることが分かった。

残り千百八十二本は量産する必要がある。入れ物もいるよな。俺はそう思いながら自らの身体にカーソルを合わせると、アイテムボックスの中の虚空空間ゼロスペースの中に入っていった。

◆◇◆◇◆◇◆◇

ゼロスペースに入るなり、俺は胡坐をかいて座るとエリクサーの制作過程に移ることにした。だが、ここで予想外のアクシデントに見舞われた。魔力を全く自身の身体で精製できないのだ。いつもなら体内に循環する魔力の流れを感じて操ることができるはずなのに、今日に限っては何をやってもその感覚が掴めない。なにこれ、怖い。冷や汗が流れるのを感じた。俺の取り乱す様子を見るに見かねたインフィニティさんが口を挟む。

『オーバードライブの後遺症です。マスターの魔力回路が焼き切れているために自力で魔力を精製することができません。私のサポートがあれば錬金を行うことは可能ですが、錬金を行いますか』

「……あ、ああ、頼む」

インフィニティさんにそう返答しながらも気が気ではいられなかった。魔力が精製できない？それはこれからの戦いに致命的な弱点になるのではないだろうか。憂鬱《ゆううつ》な気持ちになりかけたが、気持ちを切り替えることにした。まずはワンコさんを助けることが先決だ。その気持ちを組み上げるような形で、インフィニティさんは俺の体内から魔力を吸い上げる。なんとも言えない疲労、恐らくはこれが魔力の消費なのだろう。自分で加減ができないことはかなり怖いのだが、そんな俺の気持ちを無視して、万能スキルは身体の魔力が空っぽになるまで容赦なく吸い上げた。疲労で俺の意識が遠のくのと同時に、側でエリクサーが一本生成される。

次の瞬間、電撃が体を走った。一瞬で目が覚めたが電圧がきつすぎる。文句を言おうかとも思ったが、ここでへそを曲げられるとエリクサー生成を手伝ってもらえなくなる。しばらく思案した後で我慢することにした。だが、その間もインフィニティさんは事務的に俺の身体の魔力を吸い上げた。

吸い上げる。作成する。気絶する。起こす。その単純ともいえる悪夢のサイクルを淡々と繰り返し続けるインフィニティさんに、俺は恐怖すら覚えながら身を任せた。最後の方にはエリクサーを四本生成しても気絶しない状態になった俺の魔力は、自重しなさいと人から言われるくらいまで跳ね上がっていた。

藤堂晴彦
年齢：32
LV：4（レベルアップ待ち）
種族：人間（？）
職業：魔王候補生　恐怖を知る豚　優しさを知る豚　異界の姫の豚騎士
称号：電撃豚王　公園の怪人『豚男』　強制送還者
体力：186／186
魔力：1270／1270↓4819／4819
筋力：176

耐久：184（304）
器用：155
敏捷：211
智慧：56
精神：165
魔法耐性：227

ユニークスキル
【ステータス確認】【瞬眠】【鑑定LV：∞】【アイテムボックスLV：0】

スキル
【名状しがたい罵声】【金切声】【肥満体質：97／58】【全魔法の才能】【運動神経の欠落：4807０／65000】【人に嫌われる才能：106320／120000】【アダルトサイト探知LV：10】【無詠唱】【精霊王の加護】【努力家】【魔力集中】【魔力限界突破】【限界突破】【インフィニティ魔法作成】【電撃耐性（大）】【神速】【二回行動】【思考加速】【地形効果無視】【オーバードライブ】
【クロックアップ】【孤狼流剣術：初級】

インフィニティ魔法
【魔法障壁：絶】【Dボム作成】【回復薬（最上質）作成】
マイナススキル
【味覚喪失：0／120000】【魔力回路喪失：0／180000】

◆◇◆◇◆◇◆◇

次の日の早朝。病室で目覚めたワンコは異変に気付いて飛び起きた。どういうことだ。なくなっていた両手が生えている。驚いて両手を握ったり開けたりしながら感覚を確認する。ある。諦めたはずの自分の手が元に戻っている。その現実を認識した時、彼女は思わず泣きそうになった。夢ではない。これは間違いなく現実だ。

涙で滲みそうになった視界を服の袖で拭った後、彼女は何者かの存在に気づいた。そこにいたのは晴彦だった。疲労困憊《ひろうこんぱい》の様子でうつ伏せになったまま、ベッドのシーツに寄りかかるようにして眠っている。彼の足元には空になったペットボトルがいくつも散乱していた。おそらくは彼が何かをしてくれたのだろう。垂れた前髪をかき上げた時、ワンコは顔に違和感を覚えた。昨日まで堪えていた片目の痛みがないのだ。まさかと思って恐る恐る包帯を取ってみると傷一つなかった。それが分かった瞬間、ワンコは今度こそ泣き崩れてしまった。

「……ワンコさん……むにゃ、よかった…………ぐーがー」

号泣したせいで赤くなった目から流れる涙を拭いながら、ワンコは目の前の太った男が自分のために夜通し治療を行ったのであろうと悟った。

「全く君というやつは……。格好をつけすぎだ。こんなことをされたら……好きになってしまうだろうが」

ワンコは涙ぐんだ瞳で目から溜まる涙を拭いながら晴彦を見た。ワンコの様子にまるで気づかない幸せな豚男は、幸せな夢を見て安らかな笑みを浮かべながら眠り続けた。

晴彦は目を覚ました瞬間に仰天した。自分の顔を見るなり、潤んだ瞳をしたワンコが抱きついてきたからだ。抱きつかれるまでは寝ぼけまなこであったが、慣れないことをされたせいで、一気にいろんなものが覚醒した。甘い吐息が自分の耳に触れたと同時に、スレンダーながら張りのある胸の柔らかさと温もりを意識してしまった。これまで女性にほとんど耐性の無い晴彦が顔を真っ赤にさせるのも無理からぬことであった。

「わ、ワンコさん！　どうしたんですか⁉」

晴彦の問いかけに対してワンコは声を発しない。返答代わりに晴彦を抱きしめる力を強めるだけだ。どうしていいのか分からずに、晴彦は背中に手を回すべきか迷いに迷った。調子に乗ってひっぱたかれるのを恐れたからだ。だが、ワンコの次の行動は晴彦の予想を遥かに超えるものだった。

「……ハル君」

「へ⁉　ワンコさん、どうしたんですか」

「ハル君って呼んじゃダメかな」

「だ、駄目ではないんですが。いや、落ち着いてください！」

恥ずかしさに限界が来た晴彦は、嫌がるワンコを無理やり引き剥《は》がした。ワンコは名残惜しそうな顔をしたが、晴彦が戸惑っているのに気づいて自重した。ただし、ニコニコしながら晴彦の顔を眺めている。

ヤバイ、原因は分からないが、ツンデレの人がデレた。その破壊力に晴彦はノックアウト寸前だった。

「ハル君、もう一度抱きついては駄目かな」

「だ、駄目です！　もう駄目ですよ!!」

これ以上されたらどうにかなってしまう。晴彦はかろうじて残る理性をフル動員させてワンコの誘惑に抵抗した。ワンコが若干寂しそうな顔をしたので心がズキンと痛んだが、これ以上は理性が吹っ飛ぶと確実に理解している。ワンコは晴彦の顔をまじまじと見た後、悪戯っぽい笑みを浮かべた。

「じゃあ、頭を撫でてくれたら抱きつくのやめるね」

「どうなってるんだ、これは――!!」

ワンコは期待しながらこちらを見ている。頭を撫でますか？
↓はい
いいえ

恋愛ゲームであれば、おそらくはこのような選択肢が出ているのではないだろうか。だが、これは現実であり、ゲームではない。晴彦は事態に脳みそがついていけず、パニックに陥った。ゆえに現状から逃げるように「うああああ！！」と叫びながら病室から飛び出していった。

◆◇◆◇◆◇◆◇

ワンコさんが壊れた。間違いない。あれはまともな状態ではない。モテ期が来たとか寝ぼけるつもりは毛頭ない。学生時代、すでにそういうトラップは経験済みなのである。

あの時は酷かった。高校時代に今のワンコさんのような状態となった女の子のことを好きになり、その気になって告白したら嘲笑と共に振られたのだ。モテそうにない俺に優しくして、その気になったら振って笑いものにするという苛めだったらしい。あれをやられた時は人間不信になった。以来、女性の仕掛けるトラップには引っかからないことにしている。だってそうだろう。俺のような豚男に惚れるような奇特な女の子なんて、世の中にいないはずなのだからな。

ワンコさんは奇麗だし、誠実な女性だ。人を騙すような人ではないと思いたい。だが、もしものことを考えると、怖くて本心を問いただすことなどできない。

「インフィニティ、ワンコさんが何者かに操られていないか鑑定してくれ」

『鑑定するまでもありません。彼女は正気ですよ』

「本当か。悪いが信じられないぞ」

『マスターは本当に難儀な性格をしていますね。ワンコもシェーラも可哀そうに』

ワンコさんはともかく、どうしてシェーラの名前も出てくるのか意味が分からない。

そんなことを考えながら自分の病室に戻ると、しばらくしてから俺の見舞いにシェーラがやってきた。その手にはリンゴといくつかの果物の入ったバスケットを持っている。どうやら差し入れを持ってきてくれたようだ。ベッドの横のパイプ椅子に座った彼女は、不慣れながらも一所懸命にリンゴの皮を剝いてくれた。

「ハル、リンゴが剝けましたよ」

「ああ、ありがとう」

わざわざ剝いてくれた心遣いは非常に有難い。だが、相変わらず味はしなかった。シェーラに察知されないように我慢して咀嚼《そしゃく》する。シャリシャリとした感触だけはあるものの、甘みも何もない。

俺の味覚は本当にどうにかなっているようだ。

インフィニティさんが言うには、味覚喪失はマイナススキルの克服でどうにかなるらしい。何の行動で経験値が上がるのかというと基本的には咀嚼回数らしいのだが、例外として魂が震えるほどの美味しい物を食べた時に、急に元に戻ることもあるらしい。どこかのグルメ漫画か。

そんなことを考えていると、病室にワンコさんがやってきた。俺のことを追ってきたのだろうか。

何故か彼女が入ってくるのをシェーラは警戒しているようだった。ワンコさんから守るように俺の服の袖をぎゅっと握っている様子を見て、ワンコさんが苦笑する。

「ごめん、お邪魔だったよね。また来るよ」

そう言って俺が何か言う前にワンコさんは寂しそうに去っていった。気まずくなった俺はシェーラに声をかけた。

「シェーラ、気のせいかな。ワンコさんに冷たくないか」

「ハルはあの人みたいに奇麗な人の方が好きですよね」

笑顔なんだが、なんだか怒っているのではないかと思った。ワンコさんもシェーラもどうしたというのだろう。一体何が二人の仲を悪くしているのかがさっぱり分からない。答えが見つからず、シェーラを宥めることのできなかった俺は、数少ない相談者である司馬さんに相談することにした。

見舞いにやってきてくれた司馬さんに相談があることを伝えると、場所を変えようと俺を屋上に連れて行ってくれた。金網フェンス越しに外の景色を眺めた後、司馬さんは俺に告げた。

「……まずはワンコの事の礼を言わんといかんな。今回は本当に助かった。お前がいなければワンコは立ち直れなかっただろう」

「そのワンコさんの事で相談があるんですが……」

「ああ？　どういうことだ」

俺は司馬さんに事の顛末《てんまつ》を説明した。最初はポカンとした顔をして俺の顔を見ていた司馬さんだったが、話が進むと共に、中年特有のにやけた笑みを浮かべながら口元を抑えていた。完全に目元が笑っている。相談した人を間違えただろうか。

「おま……うちの部署でも堅物で有名なんだぞ、あいつは。本当に予想を裏切るのが好きな奴だな。そんなに俺を驚かせることが楽しいのか」

「嫌だなあ、趣味でやっているわけじゃありませんよ。でもワンコさんも酷いですよ。こんなモテない男をからかうなんて。本気にしたらどうするんですか」

そう言った瞬間、司馬さんは俺の発言に解せぬといった表情を浮かべた。何だろう、何かおかしなことでも言っただろうか。司馬さんは困惑しながらも入れに問いただした。

「晴彦。お前、それは本気で言ってるのか」

「ええ、そりゃそうですよ。俺みたいな豚男に、あの人が惚れるわけないんですから」

「色々とこじらせてるんだな、お前も」

司馬さんはなんだか可哀そうなものを見るように俺を見た。そんな司馬さんの視線の方が俺には分からない。司馬さんは埒《らち》が明かないと思ったのか、こう尋ねてきた。

「で、結局のところ、お前はどうしたいんだ」

「からかっているなら目を覚ましてあげたいですし、もし万が一のことがあれば気の迷いだと教えてあげたいです。俺はそんな立派な人間じゃないと」

「本当にそれでいいのか」

司馬さんの問いに俺は力強く頷いた。司馬さんはそんな俺に対して、頭をぼりぼりと掻いた後に教えてくれた。

「分かった。とっておきの台詞を教えてやる。これを言えばどんな悪女も目を覚ましてくれる。だが、お前にその勇気と覚悟があるかな?」

「デモンズスライムにも屈しなかった男ですよ、俺は。なんでも言ってください」

俺の覚悟に何か感じ入るものがあったのだろう。司馬さんは身振り手振りを入れて秘策について語ってくれた。凄まじく勇気のいるセリフだと思ったが、俺は敢えてそれに挑戦することにした。

◆◇◆◇◆◇◆◇

病室に戻るとシェーラとワンコさんが一緒に過ごしていた。珍しいこともあるものだ。そう思いながらも俺は司馬さんから与えられた秘策を試すことにした。

「ワンコさん、シェーラ。実は俺は黙っていたことがあるんだ」

「え？　ハル、急にどうしたんですか？」

「ハル君、なんだか思いつめた表情をしているね」

俺の言葉にワンコさんとシェーラが首を傾げる。いいぞ。まずは話を聞いてくれる雰囲気を作ることができた。だが、ここから先を言うのはすごく恥ずかしい。だが、俺は敢えて心を鬼にして二人の前で告げた。

「実は俺は異常性欲者なんだ。二人の事を思うと、もう辛抱堪らなくていられない！　俺のことを思うなら、頼むから豚と罵った挙句に踏んでくれないか！」

『…………』

インフィニティさんはあきれ返っていたが、構うことなく俺はその場に土下座した。顔から火が出そうだった。だが、効果は抜群のようだ。二人の美少女は俺の発言に呆気にとられたのか、声すら発していない。呆れ返ったのかもしれない。だが、それでいい。二人が訳の分からない感情に振り回されて険悪になるより、俺がピエロになることで人間関係を円満にする。完璧な作戦だ。そう思って俺が土下座をしていると、ワンコさんが俺の肩に手を触れた。多分怒ってますよね。恐る恐る顔を上げると、ワンコさんは潤んだ瞳でこちらを見ていた。何だかその唇が艶めかしいのは俺の気のせいか。

「まさか君がそんな積極的だとは思わなかった。私もそういった経験は疎《うと》いから、優しく指南してもらえると嬉しいよ。ハル君」

「え？」

おかしい、おかしいよ、これ!!　どうなってんの、司馬さん！

予想外のリアクションで怯える俺にシェーラが声をかけてきた。

「私、ハルが何をしたいのか分からないけど頑張ります。……で、その、なんと罵《のの》しればいいんでしたっけ」

うおっ！　自分の発言がそのまま呪詛返しになるとは。恥ずかしい。本当に恥ずかしい。恥ずかしすぎて俺はこの場にいられない。畜生、畜生、自分の発言が恥ずかしくて仕方ない！

いたたまれなくなった俺は、泣きながら病室から走り去っていった。

◆◇◆◇◆◇◆◇

晴彦が立ち去った後にシェーラとワンコは顔を見合わせた。なんだったんだろう、今のは？　こういう風に部下を弄ぶ上司の事を真っ先に思い出してしまい、何となく事情を察したワンコは苦笑

した。多分、いや、間違いなく司馬さんの仕業だ。今度会ったら文句を言ってやる。

「ハルはどうしてしまったんでしょう」

「ああ、見なかったことにしてあげた方がいいよ。多分本人も今頃のたうち回っているはずだから」

敢えて触れてあげないことが優しさだ。ワンコはそう自分に言い聞かせた。失態を見せてもワンコは全く晴彦のことが嫌いになれなかった。むしろ、あんな風に騙される可愛い人だと思ってしまう。ちょっと考えればおかしいと思ったはずなのに。純粋な人だ。だからこそ他人には譲りたくない。あばたもえくぼと言えばそこまでだが、それほどワンコの心の大半に晴彦がいるのだから驚きである。

晴彦の事を思いながらワンコはシェーラを見た。シェーラも女の勘でワンコが何を言おうとしているか、ある程度察しているようだった。

「あのさ、さっき言おうとしたことだけど」

「はい。大事な話があったんですよね」

「うん、シェーラ姫。私にとっても貴女にとっても大事な話だ」

ワンコはそう言った後に一息置いた。その間は彼女自身が心の準備をするためのものだ。今から言おうとしていることを考えると、顔が赤くなるのが自覚できた。だが、勇気を出して言わなければならない。

「正直に言おう。私はハル君のことが好きだ」

その瞬間、シェーラ姫が息を呑むのが分かった。その反応を見てワンコは思った。ああ、やっぱりか。やっぱりこの子も自分と同じなのだ。何となく察してはいたものの、分かってしまうと辛いものがあるな。そう思った。シェーラは黙ったまま、口を開こうとしなかった。返答をしないことに若干の不満を感じたが、もし自分が同じ立場に置かれたらどう思うかと考えたら、責めることなどできなかった。だからシェーラの本心を知るために切り出した。

「ごめん。後から出てきて勝手なことを言って。でも言わないのはフェアじゃないと思ったから、こうして直接伝えようと思った」

「……どうして私にこの話をしたんですか」

「……言いたくなければいい。でも、君もそうだと思ったから」

「ハルにはこのことを」

「言ってないよ。何も言わずに抜け駆けするのは姑息《こそく》なやり方だと思ったから」

シェーラはワンコの質問にしばらく沈黙した後、観念して躊躇いがちに告白した。

「貴女のいう通りです、私はハルに惹かれています」

「やっぱりそうか。正直に話してくれてありがとう」

シェーラの返答にワンコはあっけらかんと笑ったが、シェーラにはワンコの意図が分からなかった。だから警戒を解かない。身構えるようにしながらシェーラは尋ねた。

「……私からハルを取るつもりですか」

「そんなつもりはないよ。ハル君の心はハル君のものだ。でも許されるなら貴方の事だけでなく私の事も想ってほしい。そう思っている」

「嫌です、と言ったら」

「その時は正々堂々と戦おう」

ワンコの言葉にシェーラは呆気に取られたようだった。まさか正々堂々と宣戦布告をしてくると
は思っていなかったんだろう。恋敵ながら竹を割ったような性格のワンコをシェーラは憎むことが
できなかった。

「……なぜでしょうか。ワンコさん。私は貴女の事が嫌いになれません」

「不思議だな、私もだ。お互いにいい友人になれそうだな。私たちは」

「ええ、とっても」

そう言って二人の少女は、お互いの手を握って固い握手を交わしたのであった。

◆◇◆◇◆◇◆◇

一方その頃。晴彦は生まれてきたことを反省していた。なぜあんなことをしてしまったんだろう。
魔が刺したとしか思えない。どうかしていたのだ。完全にやらかした学生のノリじゃないか。自ら
夜の屋上でのたうち回りながらコンクリートの床にごろごろと転がった。そのたびに失態の光景が
頭をよぎる。その様は傍から見れば樽のようだった。夜空には奇麗な三日月が浮かんでいた。
こんな奇麗な空の下で俺はこんなに醜く見苦しい。このまま消えてなくなりたい。脳裏に浮かぶ
のは二人の生暖かい視線と対応だ。それが余計に晴彦のプライドをズタズタにした。そんなことを

考えながら夜は更けていった。そして晴彦が立ち直るまでは数日かかったのだった。

◆◇◆◇◆◇◆◇

思い出したくない一件から数日が過ぎた後、俺は司馬さんと共に病院の屋上にいた。どうしても確認したいことがあったからだ。何を確認したいことというのは他でもない。先日のデモンズスライムとの戦いで俺のレベルが跳ね上がっていたから能力を確認したかったのだ。それだけではない。他にもいくつか確認しておきたかったことがあったので、それを確認してもらうために俺は可視化できるように設定してステータス画面を開くように命じた。

「ステータスオープン」

藤堂晴彦
年齢：32
LV：35
種族：人間（？）
職業：魔王候補生　恐怖を知る豚　優しさを知る豚　異界の姫の豚騎士
称号：電撃豚王　公園の怪人『豚男』　強制送還者
体力：186／186↓341／341
魔力：4819／4819↓4943／4943

筋力：176↓272
耐久：184↓246
器用：155↓217
敏捷：211↓273
智慧：56↓118
精神：165↓258
魔法耐性：227↓258

ユニークスキル
【ステータス確認】【瞬眠】【鑑定LV：∞】【アイテムボックスLV：0】

スキル
【名状しがたい罵声】【金切声】【肥満体質：96／58】【全魔法の才能】【運動神経の欠落：48070／65000】【人に嫌われる才能：106320／120000】【アダルトサイト探知LV：10】
【無詠唱】【精霊王の加護】【努力家】【魔力集中】【魔力限界突破】【限界突破】【インフィニティ魔法作成】【電撃耐性（大）】【神速】【二回行動】【思考加速】【地形効果無視】【オーバードライブ】
【クロックアップ】【孤狼流剣術：初級】

［ＮＥＷ！］【物理吸収】
［ＮＥＷ！］【暴飲暴食】
［ＮＥＷ！］【倍返し】
［ＮＥＷ！］【魔剣召喚】

インフィニティ魔法
【魔法障壁：絶】【Ｄボム作成】【回復薬（最上質）作成】

マイナススキル
【味覚喪失：１１３６０／１２００００】【魔力回路喪失：０／１８００００】

数あるステータスは軒並み上昇していた。特に魔力がやらかしている感満載だったが、司馬さんも事情は知っているので何も言わなかった。ただ、司馬さんにはこう突っ込まれた。なぜゼロスペースを使用できたなら、日数をかけて魔力を自然回復しなかったのかということだ。言われてみれば確かにそうだ。それに関してインフィニティさんに突っ込みを入れると、奴は何故か返答を拒否した。まさかとは思うが、こいつ、さんざん自重しろと言っておきながら、俺の魔力を意図的に上げようとしてないだろうな。このスキルの事だ。こういう沈黙をするときは、何か良からぬことを考えているに決まっている。

『……分身体を作成するにはもう少しだけ必要ですね』

「何か言ったか。万能スキル」

『いいえ、何も』

絶対何か考えてやがるよ。ていうか、分身体ってなんだ？　聞こえるように言いやがったぞ。それ以上突っ込もうかとも思ったが、インフィニティさんは沈黙した。

これ以上の情報は聞き出せないと思った俺は、そのほかのツッコミをいれることにした。

まずは職業の魔王候補生である。実は、あの戦いの後から不穏すぎる質問が何度か俺の頭の中で流れていた。あまりにも怖かったので敢えて触れずに保留にしてあるのだが、恐らくはその質問の影響かと思われる。ちなみに質問内容はこうだ。

【特定条件を達成したことで魔王種の因子が目覚めようとしています。解放して上位種族へと進化しますか】
↓はい
いいえ

皆さんならこの質問にどう答えるだろうか。もしかしたら『はい』と答える人も中に入るかもしれない。しかし、それは人間辞めますかと同義である。俺は今の人間としての自分が気に入っているし、魔王とやらに進化する気などさらさらない。ただ、この先に何が起きるのかも分からない。

そう言った場合、この質問に『はい』と答える日が来るかもしれない。だからこそ手札として持っておいた方がいいと思ったのだ。

案の定、司馬さんは職業の表示について突っ込んできた。俺が持論を返答すると、司馬さんは何とも言えない表情をした。

「俺はそんなヤバい選択肢はさっさと断った方がいいと思うぞ」

「そうですかね。もしかしたらこの先に必要になるかもしれませんよ」

「……俺と一緒に異世界に渡った大和ってやつもそう言って魔王になった。結果、奴は惑星全てを滅ぼそうとするような化け物になったんだ。魔王なんてな、ろくなもんじゃねえぞ、晴彦。」

「……司馬さん」

司馬さんにも色々と思うところがあったのだと思う。司馬さんの言わんとすることも何となくわかったが、断る理由としては弱いと思った。要は力を制御すれば問題はないはずだ。司馬さんには悪いが、大和さんという人にはそれができなかっただけにしか思えなかった。

さらにインフィニティさんが、選択肢は保留してアイテムボックスのスキル欄の中に入れて一時保存しておけると言ったことで、保留にする決心がついた。それを伝えると司馬さんは呆れた後に好きにすればいいと言ってくれた。

まあ、魔王になる可能性だけを残して現在の人間のままで生きていく。それがとりあえず俺の出した結論だ。

職業の欄の件が終わってから順番にステータスを確認する。うむ。力も素早さも軒並み上がっている。確かに以前に比べて体が軽いし、力強くもなったと思う。マイナススキルが邪魔して魔法こそ使用できないものの、克服すればなんとかなると思われる。

スキルの項目までたどり着いた時に俺の目は点になった。あってはいけないスキルが俺のステータス項目に表示されていたからだ。

物理吸収。デモンズスライム第二形態のメインスキルにして俺たちを苦しめた忌まわしいスキル。それがしれっと俺の中に存在している。これはやばい。よくあるＲＰＧでも最強スキルのひとつじゃないか。俺の好きなゲームにもこのスキルは登場するが、このスキルを持っているものは鬼のように強い。何しろ敵が与えた物理攻撃を全て自らの体力に変換してしまうからだ。つまり、攻撃されればされるほど元気になるのだ。攻撃を行っている方は堪ったものではない。

俺は早速司馬さんで実験を行うことにした。実のところ、先日騙された意趣返しの意味もある。司馬さんは物理吸収に嫌な思い出があるせいか若干渋ったが、結局俺に説得される形で実験に参加してくれた。

実験内容はいたって簡単。物理吸収を使用した俺に対して、司馬さんが攻撃を行ってダメージがどうなるかを検証するというものだ。これが使用できれば俺ＴＵＥＥの時代が幕を開けることになる。

「やりたくねえが、仕方ねえか。行くぜ」

司馬さんは俺の間合いに入るなり、渾身の力で俺の腹を殴った。いつもならみぞおちに入って悶絶するはずなのに、全くダメージが入らない。

『349のダメージを確認。物理吸収を使用したため、攻撃エネルギーが吸収されます。……あれ？』

おお、す、素晴らしい。全く痛くない！　このスキルは凄いぞ！　これならば俺は司馬さんよりも戦える。どんな敵も怖くない。だが、俺に攻撃を加えた司馬さんは俺のステータスの変化に気づいた。そしてこれ以上ないくらいに気の毒な表情をした。

「お前はこれ以上、このスキルを使用しない方がいい」

『……私もそう思います』

は？　二人して何を言ってるんだ。なんで、こんなに使えるスキルを使用しないなんて選択肢を選ぶ必要があるんだ。困惑する俺に司馬さんはあるステータスを指さしてくれた。

【肥満体質：96／58↓99／58】

そこには何故か3kg増えた俺の体重表示があった。今の一瞬で3kg増えたことになる。ど、どういうことだよ！

『おそらく攻撃されたエネルギーが吸収されて体内の栄養分に変化したものと思われます』

これってあれか。攻撃を受ければ受けるほど太るっていうやつなのか。忌まわしすぎるわ、呪われたスキルじゃねえか！　ショックを隠せない俺にインフィニティさんが同意する。嘘だろう。眩暈を感じる俺に司馬さんは生暖かい視線を向けたまま、慰めるように俺の肩をポンポンと叩くのだった。

色々と考慮した結果、デモンズスライム譲りのスキルは、魔剣召喚を除いて全て使用することを断念した。理由はその効果を見ていただければ一目瞭然だろう。

【物理吸収】対象に与える全ての物理攻撃を吸収する。吸収されたエネルギーは蓄えられて体重へと変化する。100のダメージにつき1kg増量する。

【暴飲暴食】食べだすとやめられなくて止まらなくなる。食べるのをやめるためには精神抵抗の判定を成功する必要がある。本来食べられないものでも咀嚼可能。食べたもののスキルを一定確率で習得することができる。一度使用するたびに体重が10kg上がる。

【倍返し】物理攻撃で与えた攻撃を倍にして跳ね返すカウンター攻撃。これを行う場合、あらゆる能動的な行動は一切使用することができない。

【魔剣召喚】魔剣ティルヴィングを召喚する。召喚時は手を翳して叫ぶ必要があるため、人前で実行するには勇気が試される。

本来であれば、これらのスキルを使えば俺TUEEEを実行することも簡単なのだが、それを行えば異世界に戻ることはできなくなる。これまで厳しいダイエットを行ったことは、全て水泡と帰す訳である。それは何としても避けたい。

というわけで、これらのスキルは全てインフィニティさん管理の重要なアイテム欄に全て放り込んだ。迂闊《うかつ》にアイテム欄から出そうものなら、「それを使うなんてとんでもない」とインフィニティさんからお叱りのコメントが飛び出す特別仕様だ。

物理吸収だけは取っておきたかった。まあ、少しだけ実装するためにアイデアも考えてある。吸収したダメージをカロリーにして変換した後、それをそのまま相手の身体に撃ち出す魔法があればこちらは無傷、相手の体重だけ増えるという悪夢のコンボが完成する。まあ、それを使うためには焼き入れた魔力回路を復活する必要があるのだが。

まあ、そんなこんなで退院した俺には毎日の日課が二つ増えた。それは座禅することとガムを噛むことである。ガムを噛むのは咀嚼数を稼いで味覚を取り戻すためである。そして座禅を行うのは、精神集中を行うことで失われた魔力回路をもう一度回復するためである。

座禅はまだよかったのだが、ガムを淡々と噛む行為が意外としんどかった。なにせ稼ぐ回数が回数である。

【味覚喪失：11360／120000】

一週間、三食食べて獲得できたのが、たかだか一万千三百六十回。あまりにも時間が掛かりすぎる。ゆえに俺はゼロスペースで座禅をしながらガムを噛むという訓練を自らに課した。これが地味にきつかった。想像してもらいたい。空気はあれども風もない、音も全くない。もっと言えば底冷えするような空間で延々と座禅をする苦しさを。精神を集中している間に何回か人の呼ぶような幻聴さえ聞こえてくる始末だ。不気味にも程がある。

まさか誰もいないよな、そうインフィニティさんに尋ねてみると、何か心当たりがあったのか黙り込んでしまった。おい、怖いからやめろ。

そんなわけで、嫌になるまではゼロスペースで訓練を続けた俺のマイナススキルは、数日のうちに次のように蓄積されていった。

【味覚喪失：87360／120000】
【魔力回路喪失：1230／180000】

あり得ないくらいに顎が痛い。だが、頑張ったおかげで早いうちに味覚の消失問題はカタがつきそうだ。それよりヤバいと思ったのは、思った以上に座禅では経験値が蓄積されないことだった。このままでは何十日かかるか分からない。埒が明かないだろう。何かいい方法はないだろうか。そう思った俺は、得意のネットサーフィンと書籍で情報を調べることにした。

気になったものは片っ端からファイルにして保存していく。フォルダの中はあっという間に精神集中や魔法に関する膨大な資料でいっぱいになった。

ネットには座禅のほかにも瞑想《めいそう》、読経、禊などの宗教儀式などといったものが書かれていた。珍しいものだと滝に打たれて精神集中や、焼けた石の上を走るなどといった凄まじいものもあった。石はやりたくないし、春先とはいえ、まだ寒い水に打たれるほど自分は人間ができていないように思える。

さて、どうするものかと考慮していると、インフィニティさんが声をかけてきた。

『マスター。樹に吊るされて魔力回路を再開発するというのはいかがでしょうか』

「え、何なの、その怪しい修行は？」

例によって随分と物騒な話を持ってきたぞ。そう思った俺は、警戒しながらインフィニティさんの話を聞いてみた。話を聞いてみると、どうやらこういう話らしかった。

かの北欧神話に登場する大神オーディンは、自らの槍で体を貫いた状態で樹に吊るしあげられたことで、魔術の真理に到達して彼の使用する魔術の基礎となるルーン文字を習得したという。それにあやかった修行を行えば、失われた魔術回路を再度開発することも可能ではないか。そういう過程に基づく話であった。

なんとも眉唾《まゆつば》な話であったが、インフィニティさんが言うには、イギリスで主流となるウェイト版タロットに登場する吊るされた男のモチーフになったのが、この時のオーディンであるという説もあるらしい。そう言われると何やら由緒正しい修行法ではないかと思えてくるから不思議である。

どうせこのままでは魔法が使えないし。ダメ元で試してみるか。インフィニティさんに修行を試すことを告げると、いきなりゼロスペースに強制転移させられた。過程をすっ飛ばす手際に仰天である。

しかもそこは、いつもの見慣れたゼロスペースではなかった。目まぐるしく雲が流れゆく真っ赤な夕焼けのような背景が印象的な空の下で、崖に向かう小高い丘の上に一本の朽ちかけた樹が生えていた。何やら不穏なものを感じて俺が思わず後ずさろうとすると、インフィニティさんが声をかけてきた。

『今回の修行用に特別な空間を用意しました。あそこにある樹に吊るされながら修行を行ってもらいます』

「……お、おう」

そう言われてもドン引きである。いきなりゼロスペースに連れてこられたのもびっくりだが、なんというかこの空間、悪意にも似た作為しか感じない。だいたいなんだ？　あの崖の先にあるような樹は。悪魔の手のような不気味なシルエットじゃないか⁉

怯える俺をせかす様に、インフィニティさんは崖に向かうよう俺に指示を出した。樹の近くには木でできた箱が足場のように置かれていた。そしてその先の木の枝には、縄で括《くく》られた円を描くロープが吊るされていた。

まるでこれから処刑されるようだな。逃げたくなった俺に、インフィニティさんがせかす様に声をかける。

『さあ、早く靴を脱いで吊るされる準備をしてください』

「いや、なんで靴を脱ぐ必要があるんだ……」

『深い意味などありません。マスター、私を信じて早く！』

「こういう時のお前は信用できねーんだよ！」

まるで熱湯に入れられるのを拒むお笑い芸人のやり取りである。嫌がる俺に脳内でインフィニティさんは催促する。やいのやいの言われて嫌がりながらも、俺は靴を脱いで木箱の上に立った。直後、ロープに意思があるかのように俺の足をからめとる。俺が悲鳴をあげる前にロープは俺の右足首を持ち上げて樹に吊るしあげた。逆さまになった光景に俺は恐怖した。

同時に体の中から力が抜けていくような不気味な疲労感に襲われる。何かを吸われている。どういうことだ、これは？

『魔力を練って脱出しないと生気を吸われますよ』

「今回は説明不足なことが多すぎないか」

『言ったらマスターは恐らくこの手段を選ばないと思いまして』

「そうだな、事前にこうなることが分かっていたら、絶対に選ばなかったよ！」

俺は内心で苛立ちを隠しながらも修行を開始した。

◆◇◆◇◆◇◆◇

修行を開始して思い知ったのが、人間は脳に血液が行き過ぎると精神衛生上よろしくないという結論だった。最初の方こそ抵抗する気力もあってなんとか腹筋を使って頭を持ち上げようとしたのだが、何回か試して無理そうだったので諦めた。かろうじて俺が無事でいられたのは、やばいなと思った時、インフィニティさんがある程度の血流操作をしてくれたからに他ならない。普通の人間がやったら間違いなく体に重要な支障をきたす恐れがある。やるような人間はいないだろうが、くれぐれもよい子は真似をしないようにしていただきたい。

頭に血が昇ると安眠もできない。その上、食事ができないことが大きなストレスとなった。その時に分かったことは一つ。飢餓は人間から冷静な判断力を失わせるが、極限の飢餓は人間から思考能力そのものを奪い去る。というか空腹のあまり考える力すら沸いてこないのである。そんな状態になった俺に、インフィニティさんは餌を与えるなどの一切の手心を加えなかった。

最初の数十時間こそ冷静に瞑想こそしていたものの、極限まで生気を吸われて空腹となったことで意識が朦朧《もうろう》としてきた。いやらしいのは、樹が俺の死なないギリギリのところで生気を吸うのをやめている点である。生かさず殺さずギリギリの負荷をかけ続ける。こいつ、インフィニティさんにそっくりじゃないか。

体感時間にして三日目以降になると昏もかさかさになり、自分が現実の中にいるのか夢の中にいるのかも曖昧になっていた。時折、亡くなったおばあちゃんが川の向こうから手招きしている景色がちらついた。あそこに行くのも悪くないかもしれないと思いながらも、慌てて我に帰った。

五日目になってから変化が起きてきた。目を閉じると明滅する光や体を流れる何かを明確に感じられるようになってきた。冷静にこれが何なのかを考えた後、おそらくはこれが自らの身体に流れる魔力の流れであることを自覚した。ならば、これを集中させればここからの脱出も可能になる。そう思った俺は目を閉じて意識を集中させた。高まり続ける何かが空間を支配していく。

『この力は……いけません！　この空間を吹き飛ばすつもりですか！』

インフィニティさんの焦った声を聞きながら俺は思った。それも構わないか。だってそうだろう。ここまでされたら、後は死ぬしかないじゃないか。そう思った瞬間、俺の足を掴んでいたロープが緩み、俺は自由の身となった。そして魔力を再び制御できるようになっていた。そんな俺の中で、インフィニティさんのどこか嬉しそうなアナウンスが響き渡った。

『魔力回路喪失を克服しました！　克服報酬として魔力感知、ルーン魔術作成、グングニル召喚、空間魔力制御、快適空間作成を習得しました……マスター、ちょっと……』

「消し飛べぇえっ！！！」

一度高まった魔力をすんなりと止められるわけもなく、俺は内側からこみ上げた魔力を解き放った。光の柱の如き魔力の暴走が、インフィニティさんの作り出した特殊空間を消し飛ばした。

◆◇◆◇◆◇◆◇

命がけの修行から戻った俺は、そのまま倒れこむようにして床にへたり込むと泥のように眠った。途中でシェーラが心配して起こそうとしていたが、疲れの方が優先して眠り込んでしまった。何時間ほど経っただろうか。異常なまでの喉の渇きを感じて起き上がると毛布が掛けてあった。見かねたシェーラが、体を冷やさないようにとかけてくれたようだ。時刻は夜中の二時ごろ。電気も消えて真っ暗だった。シェーラが就寝の時に電気を消してくれたのだろう。手探りで電気をつけた後に台所に行って水をがぶ飲みした。味覚は戻っていないのだが、それでもうまく感じるのは何故だろう。

喉の渇きをいやした後、冷蔵庫の中身を確認した。すぐに食べられるものは生野菜くらいしかない。いつもならそれでも美味しく感じるのだが、味がしないのでは全く嬉しくなかった。我ながら難儀な体になったものである。

まあ、空腹よりはましかと思いつつ、キャベツを軽く水洗いした後そのまま貪った。傍から見たら動物園のカバか何かだろうな。できるだけもしゃもしゃ咀嚼することを意識しながら食べ終えたものの、全く空腹感を満たせなかった。当たり前だ。草だけで力が出るものか。

ああ、肉食いたい。でも味がしない肉だと考えると気が失せた。肉汁の滴る肉をたっぷりのステーキソースをかけて貪りたい。にんにくはがっつりでお願いします。早く味覚が戻ってほしいものだ。そう思って虚ろな目でリビングにて佇んでいると、シェーラが眠そうな目をしながら起きてきた。カーディガンを羽織ったパジャマ姿が可愛らしい。

「起きたんですね」

「ああ、ごめん。起こしちゃったのかな」

「大丈夫ですよ。それよりハルこそ大丈夫ですか。アイテムボックスの中から出てきたらかなり疲労していましたが。気のせいか随分やつれた気がします」

「あははは……色々あってね」

シェーラは俺の姿を見て何かを思案し始めた。一体どうしたんだろう？　俺がその様子を眺めていると、シェーラは何かを決意したようだった。

「ハル。お腹は減ってますか」

「ああ、うん。キャベツ食べたけどそれだけ足りなかったみたい。まあ、味覚がないから何食べても一緒なんだけどね」

「じゃあ、私が何か作ります」

そう言ったシェーラの表情は、何か気迫のようなものが感じられた。お、おう。その気迫に俺は気圧された。シェーラは満足そうに微笑んだ後、俺にリビングにいるように伝えると台所に向かっていった。

大丈夫かなあ。普段、包丁を扱うのは危ないからという理由で、料理担当はもっぱら俺の役割である。シェーラが料理をどれだけできるのか正直なところは分かっていない。まさかこのタイミングでメシマズを披露するなんてことだけは避けてほしい。ああ、そうか。味覚がないから不味いかも分からないか。自虐的なツッコミを自分に入れながらテレビをつけると、深夜のショッピング番組がやっていた。あまり面白くもないのでチャンネルを変えると深夜アニメがやっていた。ぼうっとしながらそれを眺めていると、台所の方からいい匂いがしてきた。この香りは一体なんだろう。

興味を持った俺が台所の方に目をやるとシェーラがやってきた。キッチンミトンを手にはめた状態で、お盆に載せた小さめの土鍋を持って来ているのが分かった。おお、鍋料理か。鼻孔をくすぐる良い香りに俺の胃袋が思わずクウッと鳴った。

シェーラは俺に席に着くように告げた後、お盆に載った土鍋をテーブルの上に用意した鍋敷きの上に置いた。そして鍋の蓋を開けた。中から湧き上がる湯気の中から垣間見た鍋の中身を見て、俺は感嘆の声を挙げた。

「おお、雑炊か」

香りから察するに鳥雑炊だろう。溶き卵の火の通り具合が半熟とその境目の絶妙な火の通りになっている。薬味の刻み葱《ねぎ》と刻み海苔《のり》がなんとも嬉しいじゃないか。

しかし、ここで疑問が残った。なぜシェーラが日本風の雑炊を知っているのか。そのことを尋ねるとシェーラは照れくさそうに笑った。

「実は壱美に教えてもらいました。ハルの味覚がなくなったって話したら、心配して手伝ってくれたんです。どうせなら食べ慣れた日本風の味付けの方がいいだろうって。彼女に会ったらお礼を言ってあげてください。きっと喜びますから」

そういうことか。俺はワンコさんに心の中で感謝しながらシェーラの正直さに感嘆した。黙って自分の手柄にすればいいはずなのに、損な性分をしているな。

「本当にありがとうな。シェーラ」

素直な感謝の言葉を俺が口にすると彼女は顔を真っ赤にした。お礼を言っただけなのに可愛いな。何だか俺まで照れくさくなってしまう。お互いに気まずい沈黙が続いた後、シェーラは何かに気づいた。

「大変、冷めてしまいますよ。早く召し上がれ」

「おお、そうだな。いただきます」

俺はそう告げて手を合わせた後、器によそってくれた鳥雑炊をレンゲで持ち上げると口に入れた。

最初は予想通りに何も味がしないと思われた。だが、数度噛んでいくと、俺の舌に不思議な変化を感じた。かすかだが、これは鳥の旨みだ。ほんのり甘い昆布ダシと共に、鳥肉のほのかな風味が舌の上を転がる。

うまい。味がするってこんなに素晴らしいことなんだ。感動のあまり、目に涙が浮かんできた。美味しい。本当に美味しい。

俺の異変に気付いたインフィニティさんが驚きの声をあげる。

『これは……!? ハルを想う彼女の想いが克服経験値を凌駕《りょうが》したというのですか!! それだけではない、これはワンコの想いまで……理解不能……理解不能……理解不能……』

若干壊れ気味になっているインフィニティさんを放って、俺はシェーラにお代わりを頼んだ。彼女は元気になった俺の顔を見て、本当に嬉しそうに笑ってくれたのだった。

番外編
トラウマ

その日、藤堂晴彦は共に暮らしている異世界の姫シェーラを伴って街を歩いていた。言葉の壁があって外に連れ出せなかった彼女のために、日本語を母国語に翻訳するイヤリングを作ったので、その性能のテストとシェーラの気晴らしを兼ねてのことであった。

シェーラはいつものジャージ姿ではなく、紺のワンピースに薄手のカーディガンを羽織った服装をしていた。控えめの服装であったが、金髪碧眼の美少女である彼女の美貌を映えさせるものであった。そんな美少女が街を歩くだけで人目を引いてしょうがない。敢えて気にしないようにしながらも、晴彦はただでさえ少ない精神力がガリガリと削られていくのが分かった。

普段、街中を歩くことのなかったシェーラにとって全てが新鮮な光景であった。馬が引かないのに勝手に動く鉄の車や、煌びやかな装飾のされた服屋や雑貨店を見るたびに彼女は晴彦に説明を求めた。テンプレ通りの反応だよな。そう内心で苦笑しながらも晴彦は丁寧に説明を行った。

楽しい二人のひとときに水を差したのは、チャラチャラした服装の三人組が晴彦たちの横を通り過ぎていった時だった。三人組はシェーラを見て感嘆の声をあげた後、一緒に歩く晴彦を一瞥した後に鼻で笑った様子だった。なるべく視線を合わせないようにしながらも晴彦は俯いて通り過ぎようとした。だが、通り過ぎざまに聞き捨てならないことを耳にした。

「今のカップル、美女と野獣というよりは美女と豚だったたな」

「釣り合わなすぎだろう、何だよ、男の方の服装のセンスのなさは」

「見苦しいを通り越して消えてほしいよな」

すれ違いざまに吐き捨てられた心無い言葉にショックを受けた晴彦は表情を暗くさせた。その表情の変化に気づいたシェーラの行動は早かった。

「ちょっと貴方たち、待ちなさい」

呼び止められた三人組は驚いて振り返った。そんな男たちに対してシェーラは驚くべき行動を取った。晴彦の腕に両手を絡ませたのである。腕を組んだ形となったことに晴彦は驚いていたが、それ以上にショックを隠せないのは男たちであった。三人共に唖然とした表情をしたまま固まっている。シェーラは勝ち誇った表情をしたまま、敢えて何も言わなかったが、見せつけられた男たちが、口惜しそうにその場から立ち去って行ったのは言うまでもない。

「シェ、シェーラ、なにしてるの」

「ごめんなさい、気を悪くしましたか」

「いや、そういう訳じゃないんだけど」

「良かった。なら、このまま歩きませんか」

晴彦は顔を真っ赤にしていたが、シェーラは組んだ腕を離そうとしない。仕方なく晴彦はそのまま腕を組んで歩いていくことになった。

暫《しばら》く歩いていくと、次第に進行方向に人だかりができているのが分かった。どうやら街起こしのイベントの真っ最中のようである。たこ焼きや牛串、綿あめなどの露店から流れてくる香ばしい匂いが二人の食欲を刺激した。

「せっかくだから何か買って食べようか。シェーラは何がいい？」

「あれがいいです！」

「ああ、たこ焼きね」

シェーラはたこ焼きがお気に入りだった。いつもアパートに来てくれる司馬さんが持ってきてくれるのを食べて以来、特にお気に入りなのである。変なところで日本に染まったよな。そう思いながら、晴彦はたこ焼きと二人分の飲み物を買った後に座れる場所を探した。

幸いなことに来場者のためにいくつかのテーブル席が用意されていたので、そこに二人して座って食べることにした。今日はダイエットのことは忘れよう。そう思いながら焼きたてのたこ焼きをハフハフ言いながら食べていると、拡声器越しに聞いたことのあるような声が聞こえてきた。

催《もよお》し物の舞台で司会をしているイベントの司会者の声だったのだが、どこかで聞いたことがある。どこだったか。記憶の奥からそれを思い出した瞬間に晴彦は青ざめた。

声は引きこもりのきっかけになった就職面接の試験官の声そっくりだったからだ。

『わが社には貴方のような人材は相応しくありません。せめてもっと痩せてまともな身だしなみに整えてから出直してはいかがですか。ああ、そうそう、そのドモリ口調もいただけない。失礼ですが、豚がブヒブヒ言っているようにしか聞こえませんでしたよ』

今考えれば失礼極まりない対応であった。だが、一度植え付けられたトラウマは晴彦の心の古傷を容赦なく抉った。暗い表情をして冷や汗をかく晴彦の頭の中では、かつての面接の時の周囲の嘲笑が響き渡っていた。晴彦の異変に気付いたシェーラが声をかけるが、晴彦は反応しない。

彼は心象風景の中で暗く淀んだ闇の沼の中に引きずりこまれそうになっていた。全身が引きずり込まれそうになった瞬間、それを救ったのはシェーラの手であった。

その瞬間、晴彦は現実世界に引き戻されていた。目の前では晴彦の手を握って心配そうな顔をしているシェーラの顔があった。

「……シェーラ、俺、どうしていたんだ」

「大丈夫ですか？　ハル」

不思議と先ほどまでの拡声器の声は聞こえなくなっていた。まるでシェーラの声と握ってくれた手が晴彦のトラウマを打ち破ったかのようだった。

「ごめん、昔のことを思い出していたようだ」

「もう心配いりませんよ、ハル」

シェーラは力強く微笑んだ後、晴彦の両手を握ってくれた。だが、次の瞬間にとんでもないことを言い出した。

「ハルを苦しめるあの邪悪な機械は私が魔法で破壊しましたから」

な、何を言っているというのだ？　晴彦が戸惑いながら周囲を見渡すと、音響用の高価そうな機械が黒焦げになっていた。スタッフたちにケガはないようだったが、腰を抜かしている。

一番ひどかったのは、爆発の衝撃と驚きで舞台の上から転げてしまった司会者だ。

別の意味で青ざめた晴彦の元に、険しい顔をした警備員たちがやってきたのは言うまでもなかった。

あとがき

はじめまして。『異世界召喚されたが強制送還された俺は仕方なくやせることにした。』の作者のしぐれあめと申します。

この本を手に取ってくださった方、編集のI様、出版先のTOブックスの皆様、作品のイメージにピッタリの美麗なイラストを描いてくださったイラストレーターのKACHIN様、コミカライズを担当頂いた幾夜大黒堂《いくやだいこくどう》様、そして出版前からネット上で私の作品を読んでくださった皆々様に厚く御礼申し上げます。

この作品は元々が大手ネット小説サイト『小説家になろう』で掲載している作品です。

ただ、他の作品とは少々毛色の違うファンタジー作品となります。なにせ主人公が勇者として召喚されたにもかかわらず、太り過ぎで元の世界に戻されて、そこからダイエットを決意するという内容ですから。ファンタジー部分はさておき、この作品のダイエットに関する部分は割とリアルに作者の実体験を元に書いています。

今ではメジャーになっている炭水化物抜きダイエットと一時間のウォーキングという方法で、80kgから58kgまでダイエットに成功した時の体験を元に設定を練り上げました。

主人公である藤堂晴彦の体重はなかなか痩せないように設定したせいで若干増えてますが、炭水化物抜きは間違いなく痩せます。最初の一カ月で8kg痩せてからはどこまで行けるのか試してみたくなり、体重が70kgを切ってからは毎日0.5kgずつ減っていく体重計に乗るのが楽しくなってきました。

そんな私ですが、理想体重になって炭水化物抜きをやめてからはリバウンドで80kgに戻ってしまいました。日々のご飯って本当に美味しいですね。そんな訳でこの作品の主人公と同じように現在は炭水化物抜きとウォーキングでダイエットを行っています。

次に皆さんとお目にかかれる時にはもう少し体重が減っていることを願いながら精進していくつもりです。

最後になりましたが、この本を手に取ってくださった読者の皆様に改めて感謝を申し上げます。また皆様とお目にかかれる日を楽しみにしております。

平成三十年二月　しぐれあめ

異世界召喚されたが
強制送還された俺は仕方なくやせることにした。

2018年5月1日　第1刷発行

著　者　しぐれあめ

協　力　株式会社MARCOT
発行者　本田武市

発行所　TOブックス
〒150-0045
東京都渋谷区神泉町18-8　松濤ハイツ2F
TEL 03-6452-5766(編集)
0120-933-772(営業フリーダイヤル)
FAX 03-6452-5680
ホームページ　http://www.tobooks.jp
メール　info@tobooks.jp

印刷・製本　中央精版印刷株式会社

ISBN978-4-86472-677-1